혈왕전서

혈
왕
전
서

1판 1쇄 찍음 2015년 1월 29일
1판 1쇄 펴냄 2015년 2월 3일

지은이 | 미르영
펴낸이 | 정 필
펴낸곳 | 도서출판 **뿔미디어**

편집장 | 이재권
기획 · 편집 | 윤영상

출판등록 | 2002년 9월 11일 (제1081-1-132호)
주소 | 경기도 부천시 원미구 소향로 17번길(두성프라자) 303호 (우)420-864
전화 | 032)651-6513 / 팩스 032)651-6094
E-mail | bbulmedia@hanmail.net
홈페이지 | http://bbulmedia.com

값 8,000원

ISBN 979-11-315-6251-2 04810
ISBN 979-11-7003-272-4 04810 (세트)

血王全書

사천비무(四川比武)

6

혈왕전서

미르영 신무협 장편 소설

목차

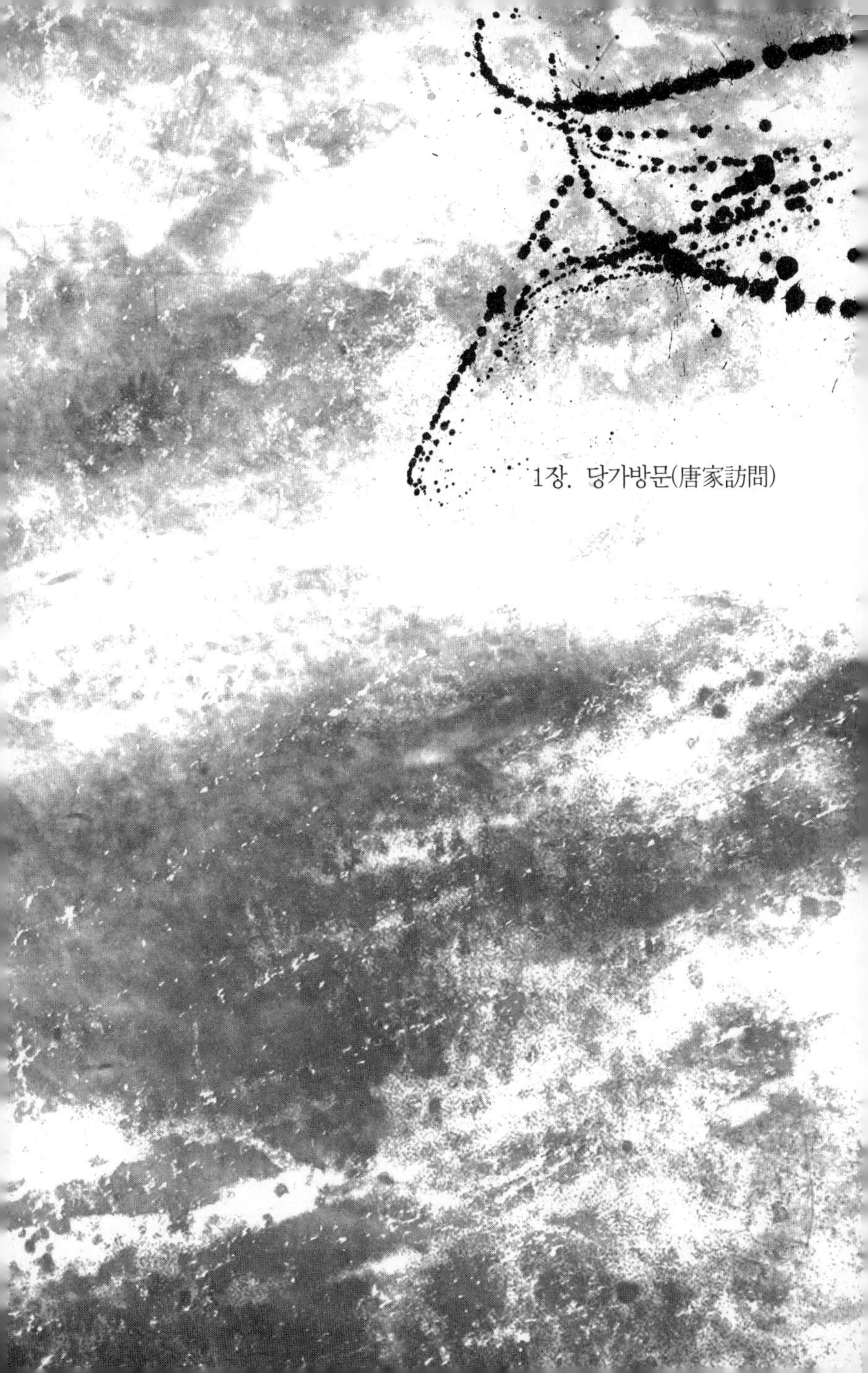

1장. 당가방문(唐家訪問)

윤상호의 눈빛이 변하며 싸늘한 예기가 그의 전신에서 흘러내렸다.

"제법 한가락 하는 모양이구나."

"오너라."

파팟!

나직한 윤상호의 말에 당추민의 신형이 번개같이 움직였다.

화르르!

너울거리는 그의 손짓을 따라 푸른 불길이 일렁였다.

타타탁!

윤상호는 싸늘한 표정으로 아무렇지 않은 듯 당추민의

손길을 쳐 냈다.

'청화사린의 독기를 막을 수 있을 것 같으냐?'

일반적인 열양수(熱陽手)와는 달리 청화사린공은 열기 대신 독화를 사용하는 것이다. 윤상호가 쳐 내고는 있지만 조만간 중독되리라는 사실을 당추민은 믿어 의심치 않았다.

그러나 그의 믿음은 여지없이 허물어졌다. 연이어 출수되는 윤상호의 손길에 진력이 점점 더 거세어졌고 손이 아릴 정도로 아파 왔기 때문이다.

'이자, 독에 영향을 전혀 받지 않는다.'

청화사린의 독에 영향을 받지 않는 이유는 두 가지밖에 없었다. 청화사린공에 버금가는 독공을 익히고 있거나, 절정의 이른 고수라면 영향을 받지 않는다.

굳건한 내력에서 정심함을 느낀 당추민은 두어 번 거센 공격을 퍼부은 후 뒤로 물러났다.

"어디서 온 놈이냐?"

"후후후, 어디서 왔을까 이제야 궁금한 모양이로군."

반말을 지껄이는 당추민을 윤상호가 노려보며 검에 손을 가져갔다.

"대사형!"

가벼이 훈계만 내리려던 사형이 이제는 진짜 손을 쓸 것 같은 생각에 당삼걸이 윤상호를 불렀지만 윤상호의 검이 검광을 뿜었다.

슈슈슛!

"헛!"

미처 피할 사이도 없이 양 소매와 상의의 매듭이 잘려 맨 살을 드러낸 당추민이 뒤로 훌쩍 물러섰다.

"으으음."

"참으로 우둔하오. 창천의 검이 백두의 하늘에서 빛남을 어찌 모른다는 말이오, 형님."

"뭣이!!"

당삼걸의 말이 무슨 뜻임을 모르지 않는 당추민은 흠칫한 표정으로 윤상호를 바라보았다.

'창천의 검이라니, 저자가 장백파의 인물이란 말인가? 그렇다면 저놈이 입문한 곳이 바로…….'

요즘 강호에 수없이 회자되고 있는 곳이 바로 장백파다. 세력을 빠르게 확장하고 있는 것은 물론이고, 창천의 가르는 검광을 천하에 당할 자가 거의 없다는 말을 들은 적이 있는 당추민이었다.

'작금에 구대문파의 명성을 누르고 욱일승천하고 있는 장백파에 저놈이 들어가다니. 정말 장백파라면 무시할 수 없는 곳이다. 요동을 비롯해 북경 인근에서 가장 세를 떨치는 곳이니까.'

사실 장백파는 있는 듯 없는 듯, 했던 문파였다.

세인들에게 알려진 구파일방과는 다른 그저 변변치 못한 문파라고만 알고 있던 문파였다.

그러나 작금에 이르러 장백파를 무시할 수 있는 문파는 중원 어디에도 없었다. 창천의 검으로 대변되는 장백파의 위상은 지금 무당이나 화산에 못지않았기 때문이었다.

요동의 모용세가와 북경의 천잔도문이 욱일승천의 기세를 보이고 있는 것도 장백의 문하라는 소문이 있었기에 더욱 함부로 대할 수는 없었다.

비무를 지켜보려 몰려든 몇몇 이들도 당삼걸의 말을 알아들은 듯 놀라운 빛을 감추지 못하고 있었다.

"이분은 본 파의 장령제자이시자, 나에게는 사형이 되시는 호결아(虎抉牙)라는 분이시오."

"으음, 호결아 윤상호라니……."

일반제자도 아니고 장령제자라는 소리에 당추민은 신음성을 삼켰다. 창피한 꼴을 당한 것도 생각이 나지 않았다.

장령제자라면 다음대 장문인의 위에 가장 근접한 사람이었다. 그런 자를 삼류 모리배로 몰았으니 이보다 더 큰 실수는 없었다. 자칫 문파 간의 분쟁이 될 수 있는 사안이었다.

"계속 시비를 걸 텐가?"

"죄송하게 됐소."

윤상호의 신분이 아직은 확인되지 않았기에 당추민은 반공대를 했다.

"나와 사제는 당문으로 갈 것이니 자네는 이만 가 보게. 우리가 당문에 갈 것이라는 것을 자네도 잘 알 것이네."

이번에 무림맹에서 모용세가와 천잔도문의 막후에 있는 장백파를 정중히 초대했다는 것을 당추민도 잘 알고 있었다. 윤상호의 말대로 분명 당문에 올 것이 분명했다.

"알겠소. 당문에서 봅시다. 가자!!"

당추민은 신경질 난 목소리로 수하들을 돌려 세웠다. 이미 추한 모습을 보인 터라 더 이상 있다가는 어떤 꼴을 당할지 모르기 때문이었다.

"사형, 왜 참으셨습니까?"

"이곳에서 해결될 일이었으면 내 그렇게 하겠지만 그런 일이 아니지 않은가? 그리고 사제한테도 좋지 않은 일이고. 무엇보다 누가 뭐라고 해도 자넨 당문의 출신이 아닌가 말이야. 내가 사제의 가문에 누를 끼친다면 사제의 처지가 더 곤궁해질 우려가 있어서 그랬네."

"그러셨군요."

모욕을 당했지만 자신을 위해 참고 있는 윤상호를 보며 당삼결은 다시 한 번 고마움을 느꼈다.

"이만 들어가세 마시던 술은 다 마셔야 하지 않겠나. 자네 의 제가 안절부절 못하고 기다린 지 오래네."

윤상호의 말대로 유광은 두 사람의 비무를 보면서 마음을 졸인 듯 연신 눈물을 훔치고 있었다.

"다 큰 녀석이 울기는!"

"크흐흑, 다행입니다. 형님! 형님께서 장백파에 입문하셨다니 정말 다행입니다."

"이제 그만 눈물을 멈춰라. 보기 흉하다."

"예, 형님!"

유광은 자신의 의형이 욱일승천하는 기세로 무림에서 무시하지 못할 장백파의 일원이 된 것이 기뻤다. 당문에서 당삼걸이 어떤 대우를 받았는지 누구보다 잘 알고 있었기 때문이었다.

세 사람은 객잔 안으로 들어가 마시던 술을 다시 마시기 시작했다.

'저분이로군.'

세 사람이 객잔에서 술을 마시고 있을 때 서린은 객방에서 나와 객잔의 일층으로 내려오고 있었다.

이미 창을 통해 윤상호와 당추민의 비무를 구경한 그로서는 내려오지 않을 수 없었다. 윤상호의 움직임을 보며 바로 그가 바로 자신이 만나야 할 사람임을 알았기 때문이었다.

저량과 구영호를 대동하고 내려온 서린은 세 사람이 마주 앉아 술을 마시고 있는 탁자 옆의 빈자리에 앉았다.

"저 사람들이 먹고 있는 음식이 맛있어 보이니 저걸로 시키도록 하지."

"알겠습니다, 공자."

서린은 일부러 윤상호 일행이 먹고 있는 것을 시켰다. 유광이 숙수 차림으로 자리에 앉아 있었기 때문이었다.

아니나 다를까 점소이를 시켜 요리를 시켰지만 안 된다는 말뿐이었다.

"저기에 앉은 사람들은 되고 우리는 안 된다니 무슨 소리인가?"

"원래 저 요리는 유 숙수가 친분이 있는 분들에게만 만들어 드리는 요리입니다. 그러니 공자께서는 다른 것을 시키시지요. 저것 말고도 훌륭한 요리 많습니다."

점소이는 서린의 요구에 당혹스러워하면서 조심스럽게 다른 요리를 권했다.

"다른 소리 할 것 없다. 난 저것이 먹고 싶으니 어서 만들어 오너라!"

서린은 안색을 굳히며 점소이를 다그쳤다.

산전수전 다 겪은 터라 서린 일행의 신분이 범상치 않다는 것을 느끼고 있던 점소이는 어찌할 바를 몰랐다.

"이보시오. 안 되는 것을 억지로 우기면 어떻게 하겠다는 것이요? 난 오늘 요리를 만들지 않을 것이니 다른 것을 시키도록 하시오."

점소이의 곤란한 처지를 본 유광은 자리에서 일어서서 서린에게 다른 것을 시키도록 권했다.

"흥! 손님에게 내지도 않을 요리를 만들어 내어 우롱하다니 마땅치 않군."

서린은 유광의 말에 코웃음을 쳤다.

"저자가?"

오랜만에 만난 의형이 장백파에 입문한 것을 축하해 주는 자리였지만 유광은 노화가 치밀었다.

"광아, 그만해라."

"예, 대형."

화를 내는 유광을 가라앉힌 것은 당삼걸이었다.

"공자 미안하게 됐소. 내 의제와 오랜만에 만나 회포를 푸는 중이라 이 요리는 오늘 공자께서 드실 수 없을 것 같으니 말이오. 그리고 우리 광이는 절친한 사람이 아니면 이 요리를 만들어 주지 않으니 양해 바라오."

당삼걸은 정중히 서린에게 양해를 구했다.

"흥! 당문의 위세가 진동을 하는구나. 그까짓 요리 하나가 뭐라고!"

당삼걸의 사과에도 불구하고 서린은 당문까지 싸잡아 비난했다. 서린의 말을 들은 당삼걸의 검미가 일순 꿈틀거렸다.

비록 당문에서 도망치다시피 한 당삼걸이지만 그가 경원

시하는 것은 몇몇 사람들일 뿐 그 또한 당문에 대한 자부심을 가지고 있었기 때문이었다.

"말이 과하시오. 어째서 우리에게 시비를 거는 것인지는 모르겠지만 괜히 곤욕을 치르기 전에 그만하시오."

당삼걸은 눈을 부라리며 서린을 노려보았다.

"크하하하, 당문에 인걸이 하나 있다고 하더니만 이제 보니 경우가 없는 자로다."

"무슨 말이오."

"무릇 숙수라고 하는 것은 자신의 재주로 만인의 입을 즐겁게 해 주는 것이 본분이거늘 제가 좋은 사람들만 대접한다고 하니, 이 아니 우스운가? 거기다 명문정파나 당문의 사람이 아니면 입도 못 대는 것 같으니 반쪽뿐인 숙수를 훈계하지는 못할망정 요리를 청하는 손님을 구박하다니. 에잉!! 됐다. 넌 가서 아무거나 가지고 오너라."

서린은 당삼걸의 행동을 비난하더니 점소이에게 아무 요리나 가져오도록 시켰다.

"이놈의 자식이 보자보자 하니까!"

유광이 자리를 박차고 일어났다. 완력이라면 누구 못지 않은 자신이 있었던 유광이다. 다른 사람도 아니 자신의 의형이 비난을 받자 팔을 걷어붙이며 서린에게로 다가가려 했다.

"자리에 앉게."

윤상호의 입에서 조금은 서늘한 목소리가 흘러나왔다.

요리를 시키는 것이 목적이 아니라는 것을 느낀 그는 조용히 서린 일행을 바라보았다.

"으음……."

윤상호의 입에서 침음성이 흘러나왔다. 기세를 살피고 난 후 서린이 일부러 시비를 걸고 있다는 것을 확실히 알게 되었기 때문이었다.

앉은 자세 하나하나가 빈틈이 없었다. 껄렁해 보였지만 언제든지 출수할 수 있는 자세를 유지하고 있었던 것이다.

'나도 승부를 장담할 수 없을 정도로 고수들이다. 어떻게 저런 자들이 나타났는지…….'

윤상호가 느낀 첫인상이었다.

구영호야 모르겠지만 저량과 서린은 어쩌면 자신을 능가할지도 모른다는 생각이 들었다.

"어째서 이러는지는 모르겠지만 괜한 시비는 삼가시오."

"흥, 요사이 기세가 세진 장백파의 문인이라 그런지 사람을 윽박지르는군."

"당신이 원하는 것이 뭐요?"

계속해서 시비를 거는 서린을 보면서도 윤상호는 애써 참으며 이유를 물었다. 괜한 시비를 걸 사람으로는 보이지 않았기 때문이다.
"내가 사천에 온 이유야 비무 때문인 것을 왜 모르는 것인지. 쯔쯧!"
"으음."
이유가 명백해졌다. 자신을 바라보는 앳된 청년은 비무를 청하는 것이었다. 자신과 당추민의 비무를 본 모양이었다.
"좋소. 당신이 원한다면."
"후후! 말귀를 알아들으니 다행이오. 내일 오시에 도강언에서 봅시다."
"알겠소."
윤상호와의 비무가 결정되자 서린은 약속 장소를 정했다. 윤상호 또한 서린의 실력이 녹록치 않은 것을 알았기에 비무를 허락했다.
"그런데 말이오. 그거 참 맛있게 보이는데 어떻게 안 되겠소?"
서린은 윤상호 일행이 먹고 있는 요리가 맛있어 보여 입맛을 다시며 다시 한 번 유광을 쳐다보며 물었다.
"크흠!!"
"아니면 말고."
윤상호가 헛기침을 터트리며 축객령을 내리자 서린은 고개를 돌리고는 점소이를 보았다.

"아무거나 빨리 되는 것으로 가져와라. 속히 나가 봐야 하니 말이다."

"예, 공자."

얼마 안 있어 요리가 나오자 서린 일행은 빠르게 먹고는 이내 객잔을 나섰다.

"사형, 저자들은 누굴까요?"

"모르겠다. 비무를 청하기는 했지만 악의는 없는 것 같다."

윤상호는 나가는 서린 일행을 보며 악의가 없음을 느낄 수 있었다. 되지도 않는 이유로 도발하기는 했지만 서린의 눈에서 호기심과 무인의 투기만 느껴질 뿐이었기 때문이다.

"저량."

"예, 주군."

"내가 왜 저 사람과 비무를 하려고 하는지 아나?"

"저는 잘 모르겠습니다."

"후후후, 내 출신이 어디인지를 짐작해 보게."

"주군께서야…… 아!"

"이제야 알겠나. 비록 흑도방파라고는 하나 내 가문은 장백파와의 인연으로 거듭났네. 작금에 와서는 무시할 수 없는 세력을 키우기도 했고. 나 또한 신병을 치료하기 위해서지만 오랫동안 머무른 탓에 장백파와의 인연이 적지 않네."

"그러셨군요."

"하지만 그리 인연이 깊음에도 나는 장백의 무예를 익힌 적이 없네. 해서 이번에 한번 견식 해 보려고 하네. 가문의 뿌리가 되는 곳이니 말이야."

"왜 시비를 거시나 했습니다."

저량과 서린의 대화를 들으며 구영호는 왜 알 수 없는 시비를 건 것인지 이유를 알 수 있었다.

"이제는 그들을 한번 만나 봐야 할 것 같으니 당문으로 가세."

"예, 주군."

세 사람은 서둘러 당문으로 향했다. 이번 비무대회를 주관하는 곳이기에 당문으로 가는 길은 무척 분주했다. 여러 명의 무림인들이 당문으로 향하고 있었기 때문이었다.

"어서 오십시오. 어떻게 오셨습니까?"

당문으로 들어가는 정문에는 중후한 인상의 중년인이 손님들을 맞고 있었다. 그는 서린 일행이 오자 포권을 하며 맞았다.

"당 가주를 만나 뵈려고 왔소."

"예?"

당가의 접객당주를 맡고 있는 당무인(唐武仁)은 자신의 앞에 있는 자들의 신분이 궁금했다.

당문의 가주인 암현왕(暗弦王) 당무결(唐武結)이라고 하면 사천뿐만 아니라 무림에서도 그 지위가 결코 낮지 않은 사람이었다. 아무나 쉽게 만날 수 있는 사람이 아닌 것이다.

'도대체 이자가 누구기에?'

이토록 당당히 당문의 가주를 만나겠다고 하는 사람은 없었다. 보통 사람이라면 되지도 않는 소리라며 축객령을 내리겠지만 당무인은 그럴 수가 없었다.

품고 있는 기세 또한 만만치 않았지만, 서린의 뒤에 시립하듯 서 있는 구영호를 알아본 탓이었다.

"무슨 일 때문에 그러시오? 본가의 가주께서는 그리 한가한 분이 아니시오."

당무인은 완곡히 서린의 청을 거절했다. 지금 구파의 명숙들을 접대하느라 시간을 낼 수 없었기 때문이었다. 당무인은 서린의 면모를 살피고 있었다.

당가주의 막내 동생으로 세간에는 인의호협(仁義豪俠)으로 알려진 당무인은 사람 보는 눈이 뛰어나 무공이 그리 높지 않음에도 당가의 접객당주를 맡고 있는 사람이었다.

"급한 일이라 그렇소. 당 가주가 바쁘다고 하니 그럼 연통이나 넣어 주시오. 구천문의 수문장이 가주를 뵙기를 청한다고 말이오."

"구천문(九天門)!! 자…… 잠시만 기다리십시오."

당무인은 서린의 말을 듣자 곧바로 당문으로 들어갔다. 구천문이라면 황궁을 말하는 것이고 그곳을 지키는 수문장이라면 금의위를 말한다는 것을 알아들었기 때문이었다.

비록 동창으로 인해 세가 조금 약해지기는 했지만, 무시할 수 없는 곳이었다. 금의위에서 당가의 가주를 보기 위해 왔다면 예사 일이 아니었기 때문이었다.

당무인은 빠른 걸음으로 세가 안으로 들어갔다. 당가주가 구파의 명숙들과 머물고 있는 천무전(天武殿)으로 들어간 당무인은 당무결의 곁에 다가가 귓속말로 금의위에서 사람이 왔음을 고했다.

"내 곧 갈 터이니 별채로 안내해라."

"알겠습니다, 가주."

당무결의 명을 받은 당무인은 조용히 천무전을 나갔다. 그로서도 의문이 아닐 수 없었다. 이번 비무대회 때문이 아닌가 생각해 보았지만 그도 아닌 것 같았다.

이미 여러 방면으로 관에 손을 써 놓았기에 그럴 염려는 없었다.

'강물이 우물물을 침범하지 않는 것이 강호의 불문율이거늘. 그럼에도 이번 비무대회 때문에 금의위에서 사람이 나왔다면 예사 일이 아닐 터.'

당무결은 불안한 마음이 들었다. 사천무림을 지배하는

자로서 그 누구에게도 두려움을 가진 적이 없는 그가 이런 마음이 든다는 것이 그로서도 당혹스러웠다.

"무슨 일이십니까?"

아미파의 장문인인 고연신니(固然神尼)는 당무인의 이야기를 듣고 안색을 굳히고 있는 당무결을 보며 의아한 듯 물었다.

"아무것도 아닙니다, 신니. 뜻밖의 손님이 오셔서 말입니다."

"뜻밖의 손님이라니요?"

당문의 가주가 안색을 굳힐 정도의 손님이 왔다는 사실에 고연신니는 궁금한 듯 물었다.

"신경 쓰실 일이 아닙니다. 그나저나 이제 중지를 모은 것 같으니 이번 비무대회에 대해 의논을 마무리해야 할 것 같습니다."

"그러지요."

고연신니는 궁금했으나 일단 의문을 접었다. 논의가 마무리 단계에 이르렀기 때문이었다. 고연신니는 당무결의 말을 듣고는 자리에서 일어났다.

"자! 이제 어느 정도 정리가 된 것 같으니 본 니가 마무리를 짓겠습니다. 일단 이번 비무대회는 전 중원을 대상을 펼치는 것인 만큼 오 일 동안 출전할 수 있는 자를 가리겠습니다. 명문정파에서 출전한 후기지수들은 각 두 명으로 한정하고 문파에 소속되어 있지 않은 자들은 관문을 설치해 출전 여부를 가리는 것으로 말입니다. 관문을 주관하시게 되는 제갈세가의 이가주(二家主)께서 노고가 많으실 것으로 생각됩니다."

"별말씀을! 공평무사하도록 최선을 다하겠습니다."

고연신니의 소개에 청수한 중년인이 일어서 화답했다. 무림맹의 군사를 맡고 있는 제갈청운(諸葛青雲)의 동생인 제갈상운(諸葛祥雲)이었다.

현원전단신공(玄元檀神功)을 대성해 무공을 익히지 않은 제갈청운을 보좌하고 있는 그는 제갈세가의 실질적인 기둥이라 할 수 있었다.

"제갈세가의 신기묘산은 좋은 인재들을 살필 수 있을 것으로 생각합니다."

고연신니의 말에 모두 승복한 듯 좌중의 사람들이 모두 고개를 끄덕였다.

"여러분도 알다시피 이번 비무에서 십육 강 안에 든 자들에 대해서는 구파일방의 무공비급이 개방됩니다. 본 파에서도 소청기공(小淸氣功)을 개방하기로 했습니다. 비록 소청신공(小淸神功)보다는 못한 것이지만 대성하기만 한다면 일파의 장로들을 능가할 정도는 될 것입니다."

"하하하! 아미에서 소청기공을 개방했으니 본가에서도 삼양신장(三陽神功)을 개방하기로 했소."

고연신니의 말이 끝나기 무섭게 당무결 또한 상양신공을 개방한다는 선언을 했다.

난해하기 그지없다는 도반삼양귀원공(導反三陽歸元功)을 대신해 만들어진 것이지만 아미의 소청기공에 못지않은 것이라 좌중이 일순 술렁였다.

"당문께서 큰 결심을 하신 겁니다. 비록 십육 강 안에 든 자들 중 한 명에게만 개방되겠지만 삼양신공이 뛰어난 신공임에는 불문가지이니 말입니다."

"과찬이십니다, 신니. 아미의 소청기공 또한 본 가의 삼양신공에 못지않은 기공임을 이미 알고 있습니다."

"분에 넘치는 칭찬 감사드립니다. 여러분도 아시다시피 이번에 십육 강 안에 든 자들에게는 이 두 가지 무공 비급 말고도 다른 비급들을 연성할 기회가 주어집니다. 그 가치는 거의 동등하다 할 수 있으니 후기지수들에게는 큰 복연이 아닐 수 없습니다. 그리고 또한 신검이라는 묵린을 우승자에게 주기로 했으니 이번 비무대회는 그 어느 때보다 치열할 것으로 생각됩니다. 해서 이번 비무를 주관하실 분을 모셔 왔습니다. 무당의 청검자(晴劍子) 어르신과, 소림의 공료대사(空了大師)십니다."

고연신니의 소개에 계피학발의 노인과 인자한 승인이 일어서서 좌중을 향해 인사를 했다.

두 사람이 인사를 하자 좌중에 앉은 이들이 분분히 일어서 마주 인사를 했다. 청검자는 무당의 장로였고, 공료대사는 소림의 장경각주였으니 너무도 당연한 것이었다.

"무림동도들의 과분한 후은에 힘입어 소승과 청검자께서 이번 비무를 주관하게 되었습니다. 이번 비무대회의 목적이 무림을 이끌어 나갈 동량지재(棟樑之材)를 뽑는 것인 만큼 최선을 다하겠습니다."

공료대사가 인사를 끝내고 앉자 모두들 자리에 앉았다.

"비무대회에 대한 것은 이것으로 결정을 본 것으로 하겠습니다. 비무 시작일이 이제 열흘도 남지 않았으니 맡으신 소임에 최선을 다해 주시기 바랍니다. 이것으로 오늘 회합은 모두 마치겠습니다."

고연신니의 당부를 끝으로 비무대회에 대한 모든 것이 결정이 났다.

사람들은 분분히 일어서 자리를 털고 전각을 빠져나갔다. 자리를 털고 나서는 이들 대부분이 중소문파의 사람들이었다.

이번에 상당수 후기지수들이 참석하는 탓에 그들도 기대에 부풀었다. 이번에 십육 강 안에만 든다면 중소문파들로서는 상당한 기회가 될 것이기 때문이다.

"가주, 아까 온 전언이 무엇인가요?"

고연신니는 좌중이 정리되자 당무결에게 물었다.

"금의위에서 사람이 나온 모양입니다."

"금의위에서 사람이 나오다니요?"

"저도 무슨 일인지는 모르겠습니다. 이번 비무대회 때문이 아닌가 하는 생각이 듭니다만, 일단은 만나 봐야 이유를 알 수 있을 것 같습니다."

"으음, 이상한 일이로군요. 관과 무림은 강물과 우물물같이 서로 침범하지 않는 것이 태조 이래로 불문율이거늘, 이렇게 대놓고 찾아오다니 말입니다."

"별일은 아닐 겁니다. 여러분께서는 이번 비무대회를 개최하는 것에 대해 세세한 사항을 의논해 주십시오. 전 금의위에서 나온 자를 만나 보고 오겠습니다."

당무결은 무림 명숙들에게 양해를 구하고는 천무전을 나섰다. 별채로 통하는 길로 들어 선 그는 기이한 기분을 느꼈다. 뭔가 알 수 없는 감각이 그의 신경을 자극했기 때문이다.

별채인 화선각(花仙閣)으로 들어선 당무결은 사방에서 넘실거리는 기이한 기운에 긴장하기 시작했다. 다른 곳도 아닌 세가 내에서 누군가 자신을 노리는 것 같은 기분이 들었다.

'마치 초절정의 고수가 내뿜는 기운 같지 않은가? 사방에서 뻗어 나오는 것을 보면 그런 것 같지도 않은 것 같고. 으음, 기이한 일이로군.'

당무결은 발걸음을 멈추고 자신을 살피는 듯한 기운을

느끼려 애를 써 보았다. 아무리 살펴봐도 기운의 종적은 묘연했다. 흘러나오는 방향을 알 수는 없었던 것이다. 그저 미세한 여운만이 사방에서 넘실거리고 있었다.

당무결은 자세히 살피기 위해 공력을 일으켰다. 그러자 자신을 감싸고 있던 기이한 기운이 씻은 듯이 사라져 버렸다.

'이 정도 기척이 없는 기운이라면 어느 정도의 고수인지 짐작조차 할 수 없구나. 이번 비무대회를 보기 위해 고인이라도 방문한 것인가?'

당무결은 화선각 주변을 둘러보았다. 하지만 그의 눈에 보이는 것은 고즈넉한 풍경뿐이었다.

"이런!"

기이한 감각에 자신이 넋을 놓고 있었음을 깨달은 당무결은 서둘러 화선각으로 들어갔다. 화선각 안에는 서린이 차를 마시고 있었다.

"금의위에서 나오셨다고 들었소. 난 당가를 이끌고 있는 당무결이라고 하오."

"처음 뵙겠습니다. 금의위 소속으로 북진무사에 몸을 담고 있는 천서린이라고 합니다."

서린은 당무결에게 포권을 한 후 신패를 꺼내 보여 주었다. 신패를 본 당무결은 진짜 금의위임을 확인할 수 있었다.

"공께서는 어쩐 일로 무부의 가문을 찾아오신 것이오?"

"일단 앉으시지요. 자세한 이야기는 이 사람이 해 줄 것입니다."

당무결의 질문에 서린은 구영호를 가까이 불렀다.

"이자는 하오문의 사천향주가 아니오."

당가의 가주답게 당무결은 하오문의 사천향주인 구영호를 알아보았다.

"가주, 처음 뵙겠습니다. 먼발치로 몇 봬 온 적이 있지만 인사드리는 것은 처음입니다."

"무슨 일이기에 저분과 동행한 것이오?"

"사실 하오문은 지금 누란 위기에 처해 있습니다."

"무슨 말이오?"

"세상에 알려지지는 않았지만 저희는 지금까지 혈교와 치열한 싸움을 벌이고 있습니다."

"혈교라니!! 그 무슨 소리요?"

당무결이 화들짝 놀라 물었다.

"사실 저희는 혈교의 흔적을 찾아냈었습니다. 그리고 그들을 추격하다 역으로 놈들의 집요한 공격을 받게 되었지요. 산서와 섬서는 물론 사천에 있는 하오문은 혈교에 의해 모두 붕괴된 것이나 진배가 없는 상황입니다."

"으음, 그게 진정 사실이오?"

"그렇습니다."

"으음, 산서와 섬서, 그리고 사천에까지 혈교가 나타나다니 말이오. 도저히 믿기지 않는 이야기요."

"믿지 못하시는 것도 당연한 일입니다. 그동안 있었던 일을 가주께 자세히 설명을 드리도록 하겠습니다. 그러니까 처음 본문에서 혈교의 흔적을 발견한 것은……."

구영호는 하오문이 지금까지 혈교를 추적해 온 과정과 하오문이 혈교에 의해 무너진 과정을 상세히 설명했다.

구영호의 말이 거듭될수록 당무결의 눈은 커지고 있었다. 혈교의 출현이 사실일지도 모른 다는 생각이 들었기도 하지만 사천에 숨어 있을 수도 있다는 것이 그의 놀람을 부추겼다.

"그러니까 혈교가 사천에서 암약을 하고 있다는 소리요? 그것도 흔적 하나 없이 말이오."

"그렇습니다. 제가 위험지경에 빠지고 난 뒤 사천으로 돌아와 본문의 문도들을 소집해 봤으나 한 명도 연락이 닿지가 않았습니다. 사천에 암약하는 혈교가 없다면 이럴 일은 없을 겁니다. 무엇보다 문제인 것은 사람들 모르게 본문의 문도들을 제거했다면 그 세력의 크기는 짐작조차 할 수 없다는 것입니다."

"으음, 사천에 혈교가 암약한다는 것은 정말 믿을 수 없는 일이군요."

당무결은 믿을 수 없다는 듯 고개를 흔들었다. 당가에서도 자체적인 정보망을 가지고 있지만 그런 징후는 한 번도 보고된 적이 없었기 때문이었다.

"믿으셔야 하오. 내가 이번에 사천으로 온 것은 황궁에서도 그런 징후를 발견했기 때문이오."

고개를 흔드는 당무결을 보고 서린이 굳은 어조로 구영호의 말을 이었다.

"황궁에서요?"

"그렇소. 혈교의 일은 비단 무림의 일만이 아이오. 혹세무민하는 사교는 백성들의 정신을 좀먹는 것이라 황궁에서도 신경을 곤두세우고 있소. 해서 이번에 비밀리에 내가 사천까지 내려온 것이오."

"으음!"

그런 이유로 황궁에서 나왔다면 혈교가 출현한 것은 틀림없는 사실임을 알 수 있었다. 아무리 개방과 하오문의 정보력이 뛰어나다고 해도 한 나라와는 상대가 되지 않는 일이었던 것이다.

"그건 그렇다고 쳐도. 어째서 본가로 온 것이오?"

이런 사실이야 사람을 보내 알려도 그만이었다. 당무결은 서린이 찾아온 이유가 궁금하지 않을 수 없었다.

"사실 우리는……."

"놀라지 않을 테니 사실대로만 말해 주시오."

말끝을 흐리는 서린의 모습에 뭔가를 느낀 것인지 당무

결이 입술을 깨물며 이야기를 재촉했다.

"우리는 당가의 인물 중 누군가가 혈교와 관련이 있다는 사실을 포착했소. 그래서 사천에 오자마자 당가로 온 것이오."

"본문과 말이오? 그럴 리가 없소."

"날수천매."

"으음!!"

부인하는 당무결을 향해 서린이 동생인 날수천매를 언급하자 그의 얼굴이 일그러졌다.

"이제 아시겠소. 우리가 왜 왔는지 말이오."

"어디까지 아시는 것이오?"

"지금은 석년에 화산파와 날수천매가 관계된 일에 관한 사항뿐이오."

"그러니까 동생의 일에 혈교가 관여되었다는 것이오?"

"그렇소. 날수천매는 혈교의 사이한 대법에 당한 것일 수도 있다는 증거를 찾을 수 있었소."

"으음, 모든 것을 다 알고 오신 모양이니 말은 해 주겠소만, 나 또한 그에 관한 일은 일부만 알고 있을 뿐이오."

"그래도 상관없소. 황궁보다는 더 많이 아실 것이니 말이오."

"아시다시피 석년의 일은 내 동생과 관련이 있소. 가인이는 누가 뭐래도 당문 역사상 최고의 천재라고 할 수 있는 아이였소. 하지만 타고난 용모는 가진 재주에 비해 형편이 없었소. 내게는 더할 나위 없이 사랑스러운 동생이었으나 남들이 보기에 추물에 가까웠으니 말이오."

동생을 생각하는 것인지 당무결이 잠시 말을 멈췄다.

"혼사를 포기한 그 아이는 무공에 천착했고, 큰 성과를 거둘 수 있었소. 그로 인해 여아에게는 당문의 비전을 전수하는 것이 금지되었으나 그 아이만큼은 예외로 모든 것이 전수되었소. 당문이 이만큼 발전할 수 있었던 것은 그 아이의 공도 적지 않을 정도로 그 아이는 탁월한 성취를 이루어 냈소. 용모에 대한 반발 심리일지는 모르겠으나 그 아이의 노력은 상상을 불허하는 것이었소."

"어느 정도인지 짐작이 가오."

당무결의 말대로 날수천매로 인해 당문의 성세가 커진 것은 사실이었다.

"그러던 어느 날이었소. 가문에 틀어박혀 수련에 매달리던 아이가 갑작스럽게 바깥출입이 잦아졌소. 난 그 아이가 바깥출입을 시작하자 다행스러운 일로 여겼소. 그런데 어느 날 그 아이가 사라진 것이요."

"아무 이야기도 없이 말이오?"

"그렇소. 정말 감쪽같이 사라진 것이오. 본가에 비상이 걸렸소. 그 아이의 머릿속에 들어 있는 비전은 절대로 유출되어서는 안 되는 것이었기 때문이오. 전력을 다해 일 년을 넘게 백방으로 찾고, 수소문을 해 봐도 그 아이의 행방은 오리무중이었소.”

당문의 정보망에 걸리지 않고 사천에서 종적을 감춘다는 것은 어려운 것이기에 서린의 눈빛이 빛났다.

“누군가 조직적으로 흔적을 지운 것이 틀림없는 것 같소.”

“맞소. 당가의 눈이 그리 호락호락하지는 않으니 말이오.”

“그럼, 그대로 동생을 찾는 것을 포기한 것이오?”

“아니오. 단서가 나타났소. 시름에 잠겨 있던 아버님께서 가인이를 그리다가 그 아이의 방에 감추어져 있는 몇 장의 편지를 발견하셨소.”

“편지라면?”

“그것은 연서(戀書)였소. 우리는 가인이에게 연서를 보낸 놈을 추적했소. 이곳 성도에서 의원을 열고 있던 놈이었기에 추적은 순조로웠소. 놈을 추적하는 동안 나는 놀라운 사실을 알게 되었소. 가인이가 부술(剖術)을 이용해 몇 번에 걸쳐 용모를 바꾸었다는 것이오.”

“부술로 용모를 바꾸려 했다는 말이오?”

“그렇소. 칼로 용모를 뜯어고치겠다는 어이없는 생각을 가인이가 한 것이오.”

“그래, 그 의원은 찾았소?”

"아니오. 그자도 가인이가 사라진 시기에 의원을 접고 감쪽같이 사라진 상태였소. 또다시 미궁에 빠져 버린 것이오."

"으음, 결국 동생이 어떻게 사라진 것인지 알아내지 못한 것이로군요?"

"그렇소. 그렇게 시간이 흐르고, 삼 년이 지난 어느 날 우리는 화산파에서 놀라운 소식을 들었소. 당문의 것으로 보이는 기물을 확인해 달라는 것이었소. 난 화산으로 달려갔소. 그리고 화산의 장문인께서 보여 주는 옥잠(玉簪)을 볼 수 있었소. 바로 가인이가 심혈을 기울여 만든 파옥잠(破玉簪)이었소. 당시 화산의 장문인께서는 별말씀이 없었지만 나는 직감적으로 풍문으로 듣던 화산의 변고와 가인이가 관계가 있다는 사실을 알 수 있었소. 하지만 그것이 다요."

"그 이후는 어떻게 됐소?"

"가인이의 행적은 아직까지 발견되지 않았소. 죽었는지 살았는지 말이요."

'당가인이 그런 비참한 죽음을 당했다는 것을 당 가주는 모르는 모양이로군.'

대륙천안에서 비밀리에 당가인의 시신을 회수하였기에 당무결은 그녀가 혈교에 의해 죽었다는 것을 모르는 모양이었다.

'그나저나 집안에만 있던 사람에게 연서가 날아들었다는 것은 당문 내부에 누군가 혈교와 연관된 자가 있다는 것을 뜻하는데 거기까지는 생각이 못 미친 것인가? 아니야, 당가의 가주가 그것을 모를 리가 없을 것이다. 그렇다면…….'

서린은 당무결이 무엇인가 감추고 있을지도 모른다는 생각이 들었다. 사천을 지배하는 가문이 그만한 판단력이 없다는 것이 이해가 되지 않았던 것이다.

"석년의 사건은 아직도 명확하게 밝혀진 것이 없습니다. 그나마 유일한 단서가 혈교가 관련이 있다는 것만 알 수 있을 뿐입니다. 그리고 그 뿌리가 이곳 사천 깊숙이 내렸다는 것만 짐작하고 있을 뿐, 놈들의 정체가 확실히 밝혀진 것은 아무것도 없는 상태입니다. 당 가주께서는 이 점을 각 문파에 알리고 협조를 구하셔야 할 것입니다. 놈들이 하오문을 제거하기 위해 혈안이 된 것을 보면 음모를 꾸미고 있는 것이 분명하니 말입니다. 경각심을 가지지 않는다면 아마도 상상할 수 없는 겁난을 겪게 될 것이 분명합니다."

서린은 혈교에 관한 사항에 당가주도 책임이 있음을 넌지시 알리며 그의 눈치를 살폈다.

"으음, 알겠소. 이번 비무대회를 위해 본가에 온 명숙들에게 주의를 주겠소. 그리고 놈들에 대해서는 본가의 정보망을 이용해 최대한 알아보겠소."

"고맙습니다. 전 금강빈관에 머물 터이니 일이 생기면 연락을 주십시오."

"알았소."

서린은 당무결과 대화를 마치고 당문을 나섰다. 의혹이 많이 일기는 했지만 일단은 접기로 했다. 당가라는 존재가 섣불리 파고들 수 있는 것이 아니었기 때문이다.

그러나 혈교의 인물이 당가 내부에서 암약하고 있는 것은 분명해 보였다. 그것도 한두 해가 아닌 이십여 년 이상을 암약했다면 당가의 고위 인물일 가능성이 상당히 컸다.

'일단 미끼를 던졌으니 움직임이 있을 것이다. 그나저나 저량의 수족인 삼도회와 빨리 연락이 닿아야 감시하기가 수월할 텐데 큰일이로군. 사사묵련에서 사람이 온다고는 하지만 시일이 걸릴 터이니.'

서린이 당무결에게 혈교의 일을 말한 것은 일종의 미끼였다. 이토록 오랜 세월을 아무도 모르게 암약할 수 있었다는 것은 누군가의 비호 없이는 불가능했기 때문이다. 엽장천을 놔준 것이나 당무결에게 혈교의 일을 언급한 것은 숨어 있는 쥐새끼들의 조바심을 키워 주기 위한 의도였던 것이다.

음모를 꾸미고 있는 그들로서는 점차 다가오는 서린의 추적이 껄끄러울 것이고 제거하려 할 것이다. 그런 그들의 움직임을 역추적하다 보면 사천에서 암약하고 있는 혈교의 뿌리가 드러날 것이라는 판단에서였다.

실력에 자신이 있기에 급조한 작전이지만 사실 이런 일은 많은 인원이 필요한 일이었다. 그것도 정보나 추적에 전문가가 아니면 어려운 일이다. 사사묵련의 밀혼영이나 하오문의 삼도회의 인물이 아니면 사실상 불가능한 일이기에 저량의 역할이 무척이나 컸다.

—저량! 삼도회의 삼야를 찾는 일에 전력을 기울여라. 그들을 얼마나 빨리 찾느냐에 따라 이번 일의 성패가 걸려 있다.

—알겠습니다, 주군.

서린은 저량에게 전음으로 삼야를 찾는 일에 전력을 기울일 것을 당부했다. 저량 또한 서린의 의도를 파악하고 있는 상태라 당문을 나서면서 생각하고 있던 바였다.

금강빈관으로 돌아온 서린은 엽장천이 도망간 방에 저량과 구영호를 머물게 한 다음 자신의 방에 들었다. 앞으로의 일을 고민하기 위해서였다.

서린이 금강빈관으로 돌아와 머물고 있을 무렵 윤상호와 당삼걸은 당문을 방문하고 있었다.

유광과의 술자리가 있었지만 내력을 운기 해 취기를 풀고 당문을 방문한 두 사람은 수문위사에게 배첩을 건넸다.

두 사람이 당문을 방문한 이유는 당추민과의 약속도 약속이지만 장백파로 무림맹의 정식 초청이 왔기 때문이기도 했다.

수문위사가 가지고 온 배첩을 본 당무인은 객청으로 나왔다. 욱일승천하는 장백파의 장령제자가 보낸 배첩은 그로서도 무시할 수 없는 것이었다.

객청으로 들어온 당무인은 놀라지 않을 수 없었다. 이제는 볼 수 없으리라 여긴 당삼걸이 있었기 때문이다.

'어째서 저 아이가?'

당무인은 당삼걸과 같이 온 윤상호를 보며 의아했다. 당삼걸은 당문에서 반도나 마찬가지인 상태였다. 그런데 너무도 당당히 당문으로 들어선 것이 이상했던 것이다.

"장백파에서 오신 겁니까?"

"그렇습니다."

"그런데 저 아인?"

당무인은 윤상호의 뒤에 무표정한 얼굴로 서 있는 당삼걸에 대해 물었다.

"제 사제입니다. 이곳 당문 출신으로 알고 있습니다."

"으음, 그랬었군."

당무인은 윤상호의 말을 듣고 안도의 한숨을 돌렸다.

'그나저나 저 아이에게 이제 의지할 곳이 생겼으니 다행스러운 일이다. 장백파라면 일이 터질 염려는 없을 테니 말

이다.'

당삼걸이 돌아왔다면 평지풍파가 일 것이 분명했지만 신변의 위협은 없을 것으로 보였기 때문이다. 가문의 일로 눈밖에 난 당삼걸이지만 내심 재질을 아끼던 사람 중에 하나가 당무인이었다.

'예전의 당문은 안 그랬는데, 산문지재(山門之材)의 예는 본받지 않고 그저 시기만 할 뿐이니……. 기세가 잘 정제되어 있는 것을 보니 본가는 동량을 잃었구나.'

당삼걸에게 든든한 배경이 생긴 것에 마음이 놓이면서도 아쉬움이 밀려들었다. 그만큼 당삼걸의 재주가 아쉬웠던 것이다.

"삼걸아."

"예, 숙부님."

"네가 본가에 대해 아쉬운 점이 많은 줄은 안다. 그러나 명문이라고 할 수 있는 장백파에 들었으니 본가에 머무르는 동안 될 수 있는 한 자제하기 바란다. 추인이가 네게 못된 짓을 했다는 것을 알고 있지만 이제 너는 혼자 몸이 아니니 말이다."

"알고 있습니다, 숙부님."

당삼걸은 자신의 숙부가 무슨 뜻으로 이런 말을 하는지 알고 있었다.

당추인과의 얽힌 은원을 기분대로 풀어 버린다면 자칫

두 명문 정파의 싸움으로 비화될 수도 있다는 뜻이었던 것이다.

"그래, 잘 알고 있다니 다행이다. 이런 너무 내 생각만 한 것 같소이다. 날 따라오시게."

지난 오 년간, 전보다 더 성장한 것 같아 보여 기분이 좋아진 당무인은 서둘러 두 사람을 천무전으로 안내했다.

그곳에는 명문정파에서 온 사람들이 이번 비무대회를 어떻게 치를 것인지 갑론을박 의논 중이었다.

천무전에 들어서자 각파 명숙들이 두 사람에게 쏠렸다.

"이분들은 멀리 장백파에서 이번 비무에 참가하시기 위해 온 분들입니다."

"장백에서?"

당무결과 함께 이번 비무대회를 주관하고 있는 고연신니는 당무인의 말에 놀라며 두 사람을 바라보았다.

"이분은 장백파의 장령제자인 윤상호란 분이고, 이쪽은 그의 사제로서 사사로이 저에게는 조카가 됩니다."

"윤상호라고 합니다."

"당삼걸입니다."

그동안 장백파에서는 중원의 비무대회에 참가자를 보낸 적이 없었기에 명숙들은 두 사람을 유심히 살폈다.

"장백파에서는 어떻게 온 것인가?"

고연신니가 윤상호에게 물었다.

"이번에 사천에서 열리는 비무대회에 참가하라는 장문인의 명이 있었습니다."

"호오, 장백파의 장령제자가 이번 비무대회에 직접 참가한다는 말인가?"

고연신니의 의문은 당연한 것이었다. 장령제자는 문파에서 미래를 위해 투자하는 가장 큰 재목이었다. 이런 비무대회에서 장령제자가 출전에서 만약 패배라도 당한다면 문파의 위신에 크게 문제가 되기에 보통 일대제자 중에서 능력이 출중한 자를 선발하는 것이 관례였다.

"그렇습니다, 신니. 장문인께서는 그동안 소원했던 무림의 관계를 일신하고자, 이번에 저와 제 사제를 비무대회에 참가하도록 명하셨습니다."

"기쁜 일이구만. 그동안 장백파의 중원 나들이가 뜸했는데 이번 기회에 고절한 솜씨를 볼 수 있을 테니 말이네. 그런데 다른 분들은 안 오신 것인가?"

"예, 신니. 요사이 본 파에 일이 많은지라 장문인께서 저희 둘만 보내셨습니다."

"음, 그렇기도 하겠지."

모용세가와 천잔도문을 주축으로 지금 장백파의 세가 커지고 있는 것을 알고 있는 고연신니는 윤상호의 말을 알아들었다.

문도수가 다른 문파에 비해 절반도 안 되는 것이 장백파의 실정인지라 장령제자와 그의 사제를 보낸 것도 많은 인원인 것이다.

"며칠 후 비무가 시작이 될 테니 준비를 잘하도록 하게. 장백의 무예가 오랜만에 선보이는 자리니 내 기대가 크네."

"과찬이십니다. 저와 사제는 장문인이 명을 받들어 최선을 다할 뿐입니다."

"그만 물러나 쉬도록 하게."

"알겠습니다."

윤상호와 당삼걸은 정파의 명숙들에게 인사를 하고 천무전을 물러나왔다.

"객청에 머물 곳을 마련해 줄 터이니 비무가 시작되기 전까지 그곳에서 머물게."

당무인은 두 사람을 객청에 머물도록 권유했다.

"아닙니다, 숙부님. 저희는 예전 제가 살던 집에 머물 것입니다."

"추인이 때문이냐?"

당무인이 얼굴을 굳히며 물었다.

"아닙니다. 제 의제가 그동안 손을 보기는 했지만 오랫동안 비워 둔 터라 손도 볼 겸 제 집에서 머물겠습니다. 그리고 괜한 시비가 일어나는 것도 싫고 말입니다."

"무슨 뜻인지 알겠다. 그러면 그리하도록 해라. 그리고 일을 마치는 대로 너에게 찾아가도록 하마."

"그러십시오, 숙부."

당무인은 삼걸이 어째서 당가에 머물기를 원하지 않는지를 알기에 아무런 말도 하지 않았다. 삼걸의 말대로 괜한 분란만 일으킬지도 모르기 때문이다.

두 사람은 당무인의 배웅을 받으며 당가를 나섰다. 당삼걸은 윤상호와 함께 곧바로 자신의 집으로 향했다.

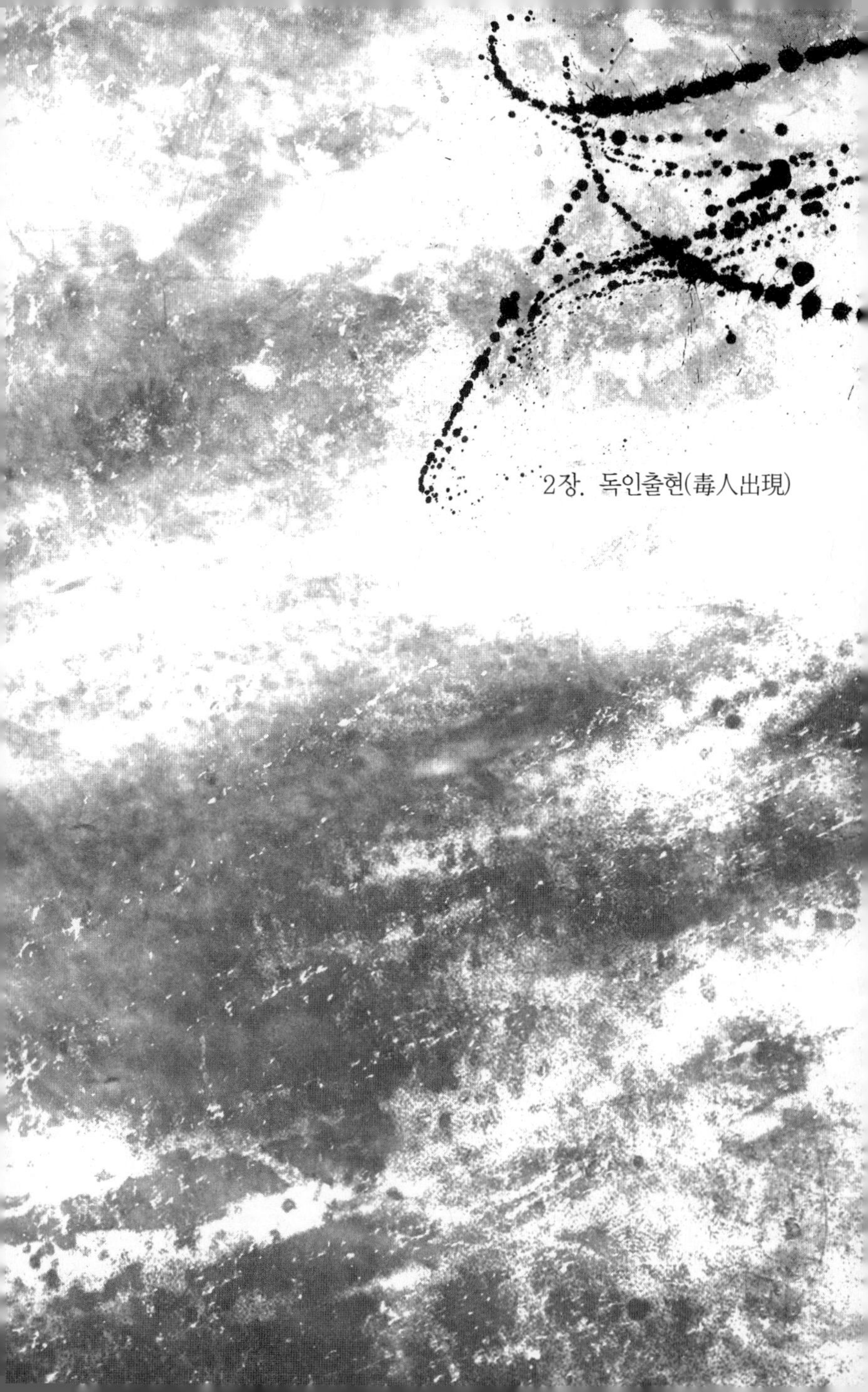

2장. 독인출현(毒人出現)

마당에는 잡풀 하나 없이 깨끗했고 떠나기 전 손볼 것이 있었던 곳은 말끔히 수리되어 있었다.

'내가 없는 동안 의제가 고생이 많았겠군.'

자신의 집에 도착한 후 삼걸은 자신이 집을 비운 후 그동안 유광이 무척이나 신경을 쓰며 관리했다는 것을 알 수 있었다.

"형님 오셨습니까?"

어느새 유광이 집에 와 있었는지 당삼걸과 윤상호를 맞았다.

"집을 보니 그간 네가 수고했다는 것을 알 수 있겠구나."

"당연한 일인데 별말씀을 다 하십니다."

"아니다. 본가의 눈치가 만만치 않았을 텐데, 네가 고생이 많았다."

그동안의 고생을 아는 듯 당삼걸이 정겨운 눈빛을 보내자 유광은 머리를 긁적였다.

"들어가시죠, 형님."

"하하하. 그래, 알았다. 사형 어서 들어가시죠. 좋은 냄새가 풍기는 것을 보니 광이가 아까 못다한 술자리를 다시 마련한 것 같습니다."

"나도 회가 동하는군. 사천 제일 숙수의 요리를 다시 맛보게 생겼으니 말이야."

세 사람은 방으로 들어가 술자리를 벌이기 시작했다. 서린과의 시비로 흥이 깨져 유야무야 마무리 된 탓으로 금강빈관에서는 아쉬움이 많았었다. 이제야 홀가분하게 진짜 술자리가 벌어지는 것이다.

"그런데 대형. 본가에 가셔서는 별 일 없으셨습니까?"

"다른 이들과 부딪치지 않도록 막내 숙부님께서 신경을 쓰신 것 같더라. 번갯불에 콩 볶아 먹듯 들어갔다가 나왔다."

"당추인이 폐관에 든 상태니 형님께 시비 걸 사람이 없기는 하지만 내심 걱정을 했습니다."

"그래, 그간 당문의 사정은 어떻더냐?"

"형님이 떠나시고 당추인이 충격을 받았는지 폐관에 들

었고 별다른 일은 없었습니다. 형님께서 아시는 대로 사천무림이 무림맹에 가입했고요."

"그 외에는?"

"워낙 폐쇄된 곳이 당가가 아닙니까? 저로서도 잘 알 수가 없었습니다. 다만!"

"다만?"

"일 년 전인가, 저희 객잔에 서역에서 온 자들로 보이는 사람들이 머문 적이 있습니다. 그런데 밤 깊은 시각에 당가의 인물로 보이는 사람이 그들을 만나려고 온 적이 있습니다. 뭔가 비밀스러운 이야기를 나누는 것 같았는데 정확히 무슨 내용인지는 모릅니다. 그리 좋은 분위기는 아니었던 것으로 기억납니다. 당가에서 오신 분이 녹수갑(鹿手匣)을 끼고 계셨으니까요."

"으음, 녹수갑을 끼고 있었다면 장로급의 인물인데 희한한 일이로구나."

"저도 그렇게 생각했습니다. 녹수갑은 당문의 사람들이 자신도 다루기 힘든 독물이나 독암기를 사용할 때 쓰는 것이라고 알고 있는데 말입니다."

"그거 이외에는 다른 것은 없더냐?"

"그 외에는 별다른 일은 없었습니다."

술자리가 벌어지는 동안 당문의 일이 궁금해 물었지만 별다른 변화는 없는 것 같았다.

"그나저나 아주 박살을 내시겠지만 내일 그 싸가지 없는 놈과 도강언에서 비무를 하실 텐데, 이만 술자리를 끝내는 것이 좋겠네요, 대형."

윤상호가 별달리 술을 들지 않자 내일 있을 서린과의 비무 때문이라고 짐작한 유광은 술자리를 파하기를 권했다.

"그래, 그것이 좋겠다."

당삼걸 또한 유광의 생각을 짐작한 듯 술자리를 치우도록 했다. 유광에 의해 술자리는 이내 치워졌다.

유광이 자리를 비우자 당삼걸이 조심스럽게 입을 열었다.

"사형, 요리만 드시고 술을 드시지 않으니 내일 있을 비무가 걱정이 되십니까?"

"조금은 걱정이 된다네."

"예?"

당삼걸은 뜻밖에 말에 윤상호를 쳐다보았다. 자신이 알기로는 비무 같은 것으로 걱정할 사람이 아니었기 때문이다.

"자네 의제는 그 사람을 아무렇지 않게 말했지만 난 솔직히 그자와의 비무가 조금은 두렵네."

"뭔가 있군요?"

"그렇네. 그자를 마주할 때 뭔가 말할 수 없는 기이한 느낌이 들었었거든."

"기이한 느낌이요?"

"뭐라고 할까? 마치 거대한 칼을 보는 것 같은 느낌이 들었네. 사제는 느끼지 못했나?"

"전 그자 말고 뒤에 있던 덩치 큰 자에게서 답답한 마음을 느꼈습니다."

"뒤에 있던 자가 말인가?"

"그렇습니다. 만만치 않은 존재 같더군요. 그런데 어째서 그자가 우리에게 시비를 건 걸까요? 일면식 없는 사람들인데 말입니다."

"내 생각이지만 그들은 우리를 아는 것 같았네. 그자의 눈빛은 살기보다는 호기를 담고 있었으니까."

"호기요?"

"그렇네. 분명히 호의를 담은 눈빛이었네. 그럼에도 시비를 건 것을 보면 우리를 따로 만나야 할 이유가 있는 것 같네."

"따로 만나기를 바란다는 것입니까?"

"그런 것 같네. 어찌 되었던 비무를 해야 할 것 같기는 하네. 만만치 않은 사람 같았으니, 오늘 난 운기조식으로 몸 상태를 조절해야 할 것 같네."

"알겠습니다, 사형. 조용히 쉬실 수 있도록 하겠습니다."

윤상호는 그렇게 삼걸이 마련해 준 방에서 밤이 새도록 운기 조식을 하며 몸 상태를 최적으로 만드는 데 주력했다.

서린과의 대결이 어쩌면 일생일대의 어려운 비무가 될지도 몰랐기 때문이었다.

다음 날 아침 일찍 일어나 몸을 푼 윤상호와 당삼걸은 유광이 준비해 준 말을 타고 도강언으로 향했다. 성도에서 백여 리 길이라 오시까지 도착하기 위해 말을 탄 것이었다.

도강언(都江堰)은 사천성 서북의 민강(岷江)과 타강(陀江)의 줄기가 갈라지는 곳에 있는 고대의 수리 시설로 사성에 끼친 이익은 헤아릴 수 없는 것이며 사천성의 풍부한 농작물의 생산을 받혀 주는 기초가 되었다.

이로 인해 이 수리 시설을 만든 촉나라 태수 이영과 그의 아들 이랑은 사천성 사람들의 신앙의 대상이 되어 왔다. 두 사람이 도착한 곳은 두 사람을 모신 이왕묘였다.

두 사람은 자신들을 기다리고 있는 서린 일행을 볼 수 있었다. 서린 일행도 도착하지 얼마 되지 않은 듯 뒤편에 매어져 있는 말들이 숨을 고르고 있었다.

"어서 오시오."

전날과는 달리 서린은 윤상호 일행을 정중히 맞았다.

"오래 기다리신 것은 아닌지 모르겠소?"

"우리도 조금 전에 왔소. 일단 가시지요."

서린은 윤상호와 당삼걸을 이끌었다. 이왕묘를 지나 민강이 바라보이는 곳이었다. 주변이 탁 트인 것이 비무를 하기에는 맞춤인 장소였다.

"이곳이면 충분하리라 생각합니다."

"그런 것 같군요."

"어제는 초면에 실례가 많았습니다. 전 금의위에 속해 있는 천서린이라고 합니다."

"천서린! 그럼!"

"죄송합니다. 주위의 눈이 있는지라 비무를 핑계로 이곳으로 모셨습니다."

"으음……."

윤상호는 이제야 천서린을 알아볼 수 있었다. 어렸을 적 모습이 조금은 남아 있었던 것이다.

"예, 맞습니다."

"찾으려면 애를 먹어야 한다고 생각했는데 이리 쉽게 만나 뵙게 되다니 정말 반갑습니다."

서린의 정체를 장문인으로부터 들은 바가 있기에 윤상호는 감히 하대를 하지 못했다.

'이자가 누구기에?'

누군가에게 이리 공손히 대하는 사형의 모습을 한 번도 보지 못했던 당삼걸은 의문이 들었다.

"이유가 있어 이리로 오시도록 했습니다. 저량, 넌 구향주와 함께 우리를 감시하는 자가 있는지 살펴라."

"알겠습니다, 주군."

저량과 구영호는 사전에 의논이 돼 있었던 듯 공지의 경계로 가 사방을 살피기 시작했다.

"이제는 됐습니다. 저 두 사람의 눈을 벗어나는 자들은 없을 테니 말씀하셔도 됩니다. 그리고 말씀을 놓으십시오. 아직은 그러는 편이 좋습니다."

"으음, 알겠네. 자네 말마따나 아직은 아니니 말을 놓겠네."

"그렇게 하십시오."

"호연자께 자네에 대한 말은 들었네. 어려운 일을 한다고 하니 걱정이 앞서네."

"걱정하지 마십시오. 예정대로 진행되고 있으니 그리 염려하지 않으셔도 됩니다. 그런데 장백파에서는 이번 무림비무대회에 참가하시기 위해 온 것입니까?"

"여러 가지 이유가 있네. 초청을 받아서이기도 하지만 자네를 찾아 전할 것이 있어서 이기도 하네. 그리고 명문정파에서 소외된 쓸 만한 인재들을 찾기 위해서이기도 하고."

"호연자 님의 안배가 어느 정도 효과를 거둔 모양이군요."

"자네도 소문을 들었겠지만 천잔도문과 모용세가가 요동과 북경을 중심으로 새로운 무림의 축으로 성장하고 있네. 다만 자금이 부족해 어려움을 겪고 있기는 하지만 그도 조만간 해결이 될 것 같네."

"걱정을 했는데 다행이로군요."
"그런데 자네는 어째서 우리를 이곳으로 부른 것인가?"
"몇 가지 알려 드릴 것이 있어서입니다."
"중요한 일인가 보군."
"그렇습니다. 제일 시급한 일은 이번 비무대회에 문제가 있을 것 같다는 사실입니다."
"문제? 어떤 문제인가?"
"비무대회에 혈교의 음모가 개입되어 있는 것 같습니다."
"혈교가?"
"그렇습니다. 전 이번에……."
서린은 혈교의 일에 대해 간략하게 일러 주었다.
"그것이 사실이라면 정말 심상치 않은 일이로군."
"그렇습니다. 그리고……."
중요한 일인 듯 서린의 전음이 이어졌다. 서린의 전음에 시간이 갈수록 윤상호의 안색이 변했다.
—사실인가?
—그렇습니다.
—자네의 말이 사실이라면 큰 도움이 될 것 같네. 우리가 꾸미는 일이 들통 나면 명과의 관계가 악화될까 내심 저어했는데 말이야.
—이것이 증표입니다. 그러니 그 사람에게서 정확한 장

소를 알아내신 후 군자금으로 쓰십시오.

—알겠네.

서린은 천으로 싸인 길죽한 물건을 건네주었다. 검반향의 전설이 담긴 검이었다. 대리의 보물을 찾을 수 있는 신물을 건넨 것이다.

—사람들이 알아볼 수 있으니 잘 간직하십시오.

—걱정하지 말게. 이래 보여도 이런 일에는 자신이 있으니 말이야.

윤상호는 자신 있는 음색으로 전음을 보냈다.

—그럼 이제 비무를 해야 할 차례인가요?

—진정 비무를 하겠다는 이야기인가?

—성도에서 우리를 지켜보는 눈이 많았습니다. 그러니 해야겠지요.

—나도 자네가 궁금했네. 어르신께서 그토록 칭찬하는 사람이 어떤 사람인지 무척이나 궁금했었지. 자, 한번 어울려 볼까?

쏴아아아!

전음을 마친 윤상호가 기세를 일으켰다. 당추민과 대적할 때와는 다르게 투기가 가득했다.

'대사형께서 전력을 다하실 모양이구나.'

당삼걸은 윤상호의 장력한 투기에 급히 뒤로 물러났다.

휘이익!

윤상호는 서린에게 받은 검을 당삼걸에게 던졌다. 자신의 애검을 꺼내기 위해서였다.

'대사형께서는 진심이시구나. 여간해서는 검을 꺼내시지 않는 분인데…….'

윤상호가 검을 꺼내자 서린 또한 자신의 검을 꺼내 들었다. 두 사람의 검에서는 말할 수 없이 강렬한 예기가 뻗어 나왔다.

두 사람이 내뿜은 경기가 장내를 맴돌았다.

'안 되겠다.'

삼걸은 자신에게도 경력의 여파가 미침을 느끼고 더욱 뒤로 물러섰다. 자칫 두 사람의 경력에 휘말리면 낭패를 볼 것이 분명했기 때문이다.

인근은 수색하러 갔던 저량과 구영호 또한 어느새 돌아온 것인지 두 사람의 대결을 지켜보고 있었다.

그러나 근심 어린 당삼걸의 표정과는 달리 두 사람은 아무렇지 않은 듯 비무를 지켜보고 있었다.

'저런 표정이라니. 그만큼 강한 고수라는 것인가? 대사형은 본문에서도 장로님들을 뛰어넘을 정도로 뛰어난 실력을 가지신 분이거늘…….'

삼걸은 흥미로운 눈으로 비무를 지켜보는 두 사람에게서 까닭 모를 불안감을 느꼈다. 윤상호가 어쩐지 패할 것 같은 불안감이었다.

'아니다. 사형의 실력은 내가 잘 알지 않은가? 설혹 백부님이라도 사형에게 적잖이 곤욕을 치룬 후에나 이길 수 있을 것이다. 사형이 익힌 비월유성검(飛越流星劍)은 무당이나 화산이라 할지라도 감당하기 힘든 검법이니 그저 지켜보는 수밖에…….'

윤상호가 익힌 비월유성검은 중원의 검법과는 차원이 틀린 것이다. 중원의 검법이 대부분 변초를 통한 화려한 면모를 중시한다면 비월유성검은 일격필살의 기세가 담긴 것이다.

윤상호는 두 손으로 검병을 잡고는 상단세의 자세를 취했다.

비월유성검의 일초 천라유성세(天羅遊星勢)가 시전 되려는 것이었다.

하늘을 덮는 듯한 검기를 뿌리다 밤하늘을 가르는 유성처럼 적의 목을 단숨에 가르는 천라유성세는 쾌검의 최고봉이라 칭해지는 점창의 사일검법을 능가하는 쾌검이었다.

'으음, 검기의 기세로 옭아매는 형태의 검법이로구나. 몰려오는 검기의 그물을 끊어 내지 못하면 그 안에 숨어 날아오는 검날에 목숨을 잃을 수도 있다.'

윤상호가 대치하고 있는 공간 안에 기이한 파동이 일며 자신을 옭아매고 있자 서린은 혈왕기에 철한풍의 기운을 실어 검에 주입했다.

처음으로 세상에 나타나는 철혈제왕기였다.

깊은 어둠처럼 서린의 검극에서 뻗어 나온 철혈제왕기는 천라유성세의 검기를 가닥가닥 끊어 나가기 시작했다.

'보통의 무인이라면 기세만으로도 피를 토하고 쓰러져야 하는 천라유성세의 기운을 이렇게 끊어 낼 수도 있다니, 정말 놀랍구나.'

윤상호는 천라유성세로 뻗어 낸 검기가 와해되는 것을 느끼고는 침음성을 삼켰다. 고수라는 것은 짐작했지만 이렇게 간단하게 천라유성세가 끊길 줄은 생각하지 못했던 것이다.

주르륵!

윤상호의 이마에서 식은땀이 흘러내렸다. 이제는 서린의 철혈제왕기가 그를 압박하기 시작했기 때문이다.

'대단한 기세다.'

거대하게 자신을 향해 밀려오는 철혈제왕기의 기운은 마치 만 년의 풍상을 견뎌 온 거암처럼 장중하면서도 웅휘로웠다.

'이렇게 밀리는 것은 곤란하다.'

윤상호의 검의 원을 그리듯 잔잔한 파문을 일으키며 서서히 회전하기 시작했다. 비월유성검의 이초 비격원호세(飛激圓弧勢)였다.

파앙!

그의 검이 원을 다 그리자 압축된 공기가 터지듯 파열음이 흘러 나왔다.

"차앗! 비격원호세, 비(飛)!"

하얀 섬광과 함께 윤상호의 검이 날았다. 하지만 실재로 검이 날아간 것은 아니었다. 마치 검이 서린을 향해 곧바로 쏟아지는 것처럼 보였을 뿐이었다.

검강과는 다른 검기의 결정체였다. 햇빛에 반사된 검광과 함께 서린을 향해 파고든 검기가 마치 검이 날아가는 것처럼 보였던 것이다.

"곤룡(困龍)!"

서린의 검에서 검은 기운이 검에서 뿜어져 나왔다. 창천을 비상하는 백룡을 잡으려는 듯 거대한 그물막을 펼친 흑색의 검기들이 삼 장여나 펼쳐졌다.

차차차창!!

두 사람의 검기가 부딪치며 파열음이 장내를 뒤흔들었다. 하얀 백룡은 자신을 감싸려는 흑망(黑網)을 벗어나려는 듯 꿈틀거렸고, 흑망은 백룡을 놓치지 않으려는 듯 펼쳐진 그물을 더욱 죄었다.

파팡!

몸부림치던 백룡이 힘을 잃고 흑망 속에서 수그러들었다.

"으음, 어떻게 저런 것이 가능한 것인지……."

저량은 자신의 눈을 의심했다. 전혀 차원이 다른 무공이었다. 서린이 검강을 발현할 수 있다는 것은 그도 느끼고 있었다.

그러나 지금 본 것은 검강과는 차원이 다른 것이었다. 검강이라면 차라리 놀라지도 않을 터였다. 마치 빛이 형태를 이루어 물(物)을 이룬 것 같은 현상이었다.

"흡광(吸光)의 경지에 이르렀군."

자신의 검광을 손쉽게 물리친 서린을 보며 윤상호가 놀라운 듯 입을 열었다.

"현광(現光)의 경지 또한 만만한 경지가 아닌 것으로 알고 있습니다만!"

"그새 알아보았나?"

"못 알아볼 리가 있겠습니까? 한 뿌리에서 나온 것이거늘."

서린 또한 유상호가 시전 한 검법의 정체를 아는 것 같았다.

'흡광은 또 무엇이고, 현광은 또 뭐란 말인가? 장백파의 사람이라고 하더니 중원의 무예와는 완전히 궤를 달리하는 것이다.'

구영호 또한 두 사람의 비무를 보면서 의아한 듯 고개를 저었다.

—더 이상은 곤란할 것 같군요. 다른 것으로 하는 것이 어떻겠습니까? 보는 눈도 있으니 말입니다.

의문스러운 표정으로 고개를 가로젓고 있는 두 사람을 보며 서린이 다른 것으로 비무를 대신하자고 전음으로 제안을 했다.

어느새 도착한 것인지 이곳에는 자신들 말고도 다른 이들의 눈이 있었기 때문에 장백파의 무예가 더 이상 알려지는 것이 곤란했던 것이다.

—좋네!

스르르릉!

윤상호는 자신의 검을 검갑에 넣었다.

"사제, 내 검을 가지고 있게나."

"예, 대사형!"

휘이익!

윤상호의 말에 당삼걸이 순식간에 다가서더니 검을 들고 뒤로 물러섰다. 그사이 서린 또한 저랑에게 검을 맡겼다.

"자, 이제 시작해 볼까?"

"그러지요."

검을 건네 두 사람은 이제 벌린 거리를 단축시켰다. 그리고 너울거리듯 몸을 움직이기 시작했다.

"저게 뭐하는 겁니까? 춤추는 것도 아니고. 어제 저자가 당문의 인물과 시비가 붙을 때도 저런 식으로 하던데, 피하는 데 필요한 무예인가 봅니다."

구영호는 두 사람의 움직임이 이상해 저랑에게 의견을

구했다. 삼도회를 이끄는 실질적인 수장이라는 것을 안 이상 구영호도 함부로 대할 수 없기 때문에 그는 저량에게 존대하고 있었다.

"나도 자세한 것은 모르네. 하지만 예사로 볼 수 있는 동작은 아니네. 축기(蓄氣)와 동기(動氣)를 동시에 하는 무예는 중원에서도 흔한 것이 아니니 말이야."

"예?"

저량의 말에 구영호가 놀랐다. 내기를 모으고 동시에 발현할 수 있게 되는 것은 모든 무인들에 꿈에서도 바라 마지않는 것이었다.

그런데 마치 춤추는 듯한 두 사람의 동작이 그런 무예라니 믿어지지가 않았던 것이다.

"저것은 택견이라고 하는 것입니다."

구영호의 의문에 대답을 준 것은 옆에 있던 당삼걸이었다.

"택견이요?"

"장백파에서 내려오는 비전 중 하나지요."

"저 멀리 조선에서 어린아이들도 수련하는 것이 택견이라는 것은 알고 있지만 저런 것은 아니었다."

저량도 조선의 무예라는 택견에 대해 알고 있는 듯 말했다.

"택견에 대해 알고 계시는군요. 맞습니다. 조선에서는

어린아이들도 수련을 하지요. 하지만 지금 저기 두 분이 하는 택견은 세상에 나와 있는 것이 아닙니다. 오랜 옛날부터 장백파에 비전으로 전해지던 것이니까요. 저 또한 잠깐 입문하기는 했지만 아직도 진체를 잘 모르는 것이 바로 두 분이 지금 펼치시는 택견입니다."

"잠깐 입문한 것은 아닌 것 같은데……."

"후후후, 아무렇게나 생각하십시오."

저량은 당삼걸의 경지가 예사로운 것이 아님을 느꼈기에 넌지시 그의 마음을 떠 봤지만 삼걸은 별스럽지 않다는 듯 비무를 지켜봤다.

"구 향주께서는 택견에 대해 잘 모르시는 것 같으니 제가 설명을 드리지요."

"날 아시오?"

"예전에 한 번 먼발치에서 뵌 적이 있습니다."

"그렇군."

"저기 두 분의 움직임은 마치 춤을 추는 것 같은 것은 품밟기라고 하는 것입니다. 품밟기는……."

삼걸은 구영호에게 두 사람의 동작을 상세히 설명해 주었다. 번개같이 내지르는 발질과 손질의 명칭과 쓰임새를 소상하게 설명해 주었다.

그러다 어느 순간 설명이 두 사람의 동작을 따라가지 못했다. 서린과 윤상호의 움직임이 눈으로 쫓기 힘들 정도로 빨라졌기 때문이었다.

파파팡!

활갯짓으로 상대의 시야를 가리고 날아오는 상대의 발질을 발장심으로 막으며 무릎으로 올려칠 때 상대는 피하며 반격하는 것이 마치 잘 맞추어 놓은 대타를 보는 것 같았다.

상대의 공격을 흘리며 휘어 감고, 당기고, 밀어치는 일련의 동작들은 황홀한 춤사위와 다름없었다.

"저래 가지고 어떻게 상대에게 타격을 줄까?"

동작은 훌륭하지만 별다른 파괴력은 없어 보이자 구영호는 실망감이 역력한 듯 인상을 찌푸리며 말했다.

"그건 몰라서 하는 소립니다."

"그럼 저런 동작이 파괴력이 있다는 말이오?"

"비록 내력을 싣지는 않았지만, 저 손짓 발짓 하나에 세치 두께의 석판도 박살이 납니다. 내력을 싣는다면 호신강기를 둘러쓴 고수라고 해도 피해를 입을 수밖에 없습니다. 택견은 명경(明勁)과 음경(陰勁)을 동시에 사용하니까 말입니다. 그래서 동작은 저리 쉬워 보여도 절정의 경지에 이르기는 어려운 것이 바로 택견입니다."

"맞는 소리다. 비록 경풍이 일지는 않지만 주군과 저 사람은 타점에 이르는 순간 막강한 힘을 쏟아 내고 있는 중이다."

저량 또한 당삼걸의 말이 맞음을 확인해 주었다.

파팟!

"앗!"

공방을 주고받던 중 윤상호의 입에서 경호성이 흘러나왔다. 뒤로 물러나는 듯한 동작이었는데 서린의 다리가 앞으로 뻗어지며 순식간에 몇 개로 늘어났던 것이다. 느닷없는 동작에 윤상호의 신형이 흐트러진 탓이었다.

간신히 뒤로 물러났지만 서린의 공격은 끝이 없었다. 어느새 그의 다른 발이 삼로를 휩쓸며 윤상호의 머리를 공격해 들고 있었던 것이다.

툭!

뒤이어 날아오는 공격을 막다가 윤상호는 자신의 머리에 둘러쓴 건(巾)을 건드리는 것을 느꼈다. 처음 공격에 자신도 알지 못하던 발길질이 숨어 있었던 것이다.

"후우, 졌네."

자신의 건이 서린의 발길질에 맞자 윤상호는 바로 패했음을 자인했다.

"죄송합니다."

"아니네. 자네의 실력이 뛰어나니 기쁘네. 그런데 마지막 공격은 무엇인가?"

상하좌우와 전후가 구분이 없이 순식간에 몰아치던 서린의 발질이 무척이나 궁금한 듯 윤상호는 비무가 끝나자마자 물었다.

"제가 몸담고 있는 곳의 무예입니다. 지난날 장백파와의 인연으로 배운 택견에 한번 접목시켜 본 것입니다. 마음대로 바꾸어서 장백파에 누를 끼친 것이 아닌지 모르겠습니다."

"아니네. 택견이야 원래 무한히 자유로운 무예가 아닌가. 자네가 새로운 투로를 개척했으니 기뻐해야 할 일이네. 내 오늘 새롭게 개안했음을 알 수 있었네. 부디 그 맥이 끊기지 않게만 해 주면 되네."

"알겠습니다."

"그런데 자네는 이번 비무에 참가할 생각인가?"

"비무에는 참여하지 않을 생각입니다. 아까도 말씀드렸다시피 그들에 대해 조사도 그렇고, 음모에 대비를 해야 하니 말입니다."

"알았네. 우리는 사문의 명으로 비무대회에 참가해야만 하네. 비무대회가 끝나면 나를 한번 찾도록 하게."

"알았습니다."

"자, 가세. 오늘 즐거운 날이니 회포나 풀어 보세. 자네가 먹고 싶어 하던 요리를 먹을 수 있을지도 모르니 말이네."

윤상호는 어제 자신에게 시비를 걸던 일을 잊지 않았던 듯했다.

"하하하! 저야 감사할 나름이지요. 그런데 그 사람이 우리에게 요리를 대접해 주겠습니까?"

"그건 사제가 알아서 할 것이네. 안 그런가? 사제!"

"광이도 기쁘게 준비를 해 줄 것입니다, 대사형."

윤상호가 자신을 바라보며 의향을 묻자 당삼걸 또한 기쁘게 화답했다. 어렵게 생각되던 사문의 명을 손쉽게 해결한 탓도 있었고 대계의 중심축에 있는 사람이 뛰어난 고수라는 것이 고무된 탓도 있었다.

다섯 사람은 말에 올라타 성도로 향했다.

이미 미시를 넘긴 상태라 빠르게 가야 해가 지기 전 성도에 당도할 터였다.

*　　*　　*

짙은 묵빛의 장막이 가리고 있는 내실에는 지금 한 사람이 얼굴을 묻고 오체투지 하고 있었다. 그는 조용한 음색으로 장막 너머의 인물에게 지금 벌어지고 있는 일련의 사태에 대해 보고하고 있었다.

"엽장천이 돌아왔다는 것이 사실이냐?"

날카로운 음색이 장막을 뚫고 들려왔다. 몹시 노한 듯 장막을 뚫고 들려온 음성은 여인이 것이 분명했다.

"그, 그렇습니다."

진노를 예상했지만 이 정도로 분노할 줄 예상 못한 그는 떨리는 목소리로 대답했다. 장막 너머의 인물이 얼마나 무서운 여자인지 누구보다 잘 알고 있었던 탓이다.

"어떻게 된 일인지 소상히 고해 보거라."

어느새 노기를 가라앉힌 듯 차분한 목소리가 장막 안에서 흘러나왔다.

"금의위에서 혈교를 조사하기 위해 비밀시위를 보낸 것은 사실 같습니다. 그리고 이번에 그자를 제거하기 위해 나섰던 혈승들이 모두 당한 것을 보면 우리의 예상과는 달리 금의위에서 파견한 자가 고절한 무예를 지닌 것 같습니다."

"금의위의 윗선이라는 이야기냐?"

"저희의 판단으로는 그렇습니다. 그렇지 않다면 엽장천이 거의 폐인이 되어 돌아올 리가 없기 때문입니다."

"으음, 곤란하게 되었다. 이번 사천에서의 일은 윗분들께서도 지대한 관심을 가지고 계시는 일이다. 이십여 년을 기다려 온 일이라는 말이다."

"하지만 그자를 섣불리 건드리는 것은 좋지 않을 것 같습니다. 신병이 파악되기는 했지만 놈들의 움직임이 어느 정도 선인지 아직은 불확실 하니 말입니다."

"그렇겠지. 그런데 놈은 지금 어디 있는 것이냐?"

"금강빈관에 머물고 있는 것으로 알고 있습니다. 그리고 당무결을 만난 것이 확인되었습니다."

"당무결을?"

당가의 가주인 당무결을 만났다는 이야기에 장막안의 음성에는 의혹이 묻어 있었다.

"혹시 놈이 우리에 대해 알고 있는 눈치는 아닌가?"

"그런 것은 아닌 것 같습니다만, 이십여 년 전 당가인의 일을 캐고 있는 것 같기는 합니다."

"으음!"

장막 안에서 심음이 흘러 나왔다.

당가인의 일을 파고든다면 자신들의 정체나 계획이 파헤쳐지는 것은 시간문제였기 때문이었다.

"놈이 더 파고든다면 이번 계획 자체가 물거품이 될 가능성이 있으니 그러는 편이 좋을 것 같습니다."

"그럼, 서둘러야겠군. 알았다. 놈에 대해서는 내가 알아서 할 터이니 넌 계획에 차질이 없도록 해라."

"알겠습니다."

"그만 물러가도록 해라."

"예!"

오체투지 했던 사나이는 조용히 일어나 방을 나섰다. 이곳은 당가에서도 금지로 여겨지는 깊숙한 심처였다.

*　　*　　*

저녁이 늦은 시간, 당삼걸의 집에서 유광으로부터 거나하게 요리 대접을 받은 서린은 윤상호 일행과 작별을 고하고 금강빈관으로 돌아와 혼자 방 안에 있었다.

성도로 들어오는 도중 저량이 암호를 발견하고 삼도회의 인물들을 만나러 갔기에 저량을 기다리고 있는 중이었다.

"일이 잘 풀리지 않는 것인가?"

시간이 늦어지고 있었다. 대륙천안에 들기 전에 삼도회를 이끌던 저량이다. 이번에 삼도회를 다시 거둘 요량이겠지만 몸이 멀어지면 마음도 멀어지는 법이었다. 저량이 그리 쉽게 삼도회를 얻을 것 같지는 않아 보였다.

"삼도회가 아니면 다른 방법을 강구하는 수밖에."

대륙천안 내에서 입지가 그다지 크지 않은 서린으로서는 오 년의 기간 동안 세력을 키울 필요가 있었다.

제일 필요한 것이 정보력이었다. 삼도회라면 하오문의 무력을 대표하는 집단이기도 했지만 그 외에도 은밀한 정보를 가장 근접에서 파헤치는 집단이다.

삼도회를 거두어들이는 것은 중요한 일이었지만 되지 않는 일에 마음을 쓰는 것보다는 다른 방법을 강구하는 것이 나았다.

생각을 접은 서린은 다시 한 번 세밀하게 주변을 살폈다. 이미 자시가 훨씬 넘어가는 시간이었다. 주변은 고요하다 못해 적막하기까지 했다.

"별다른 일은 없군."

엽장천을 몰래 놓아 준 후다. 반드시 혈교가 움직일 것이라는 확신이 있기에 저량을 기다리면서도 서린은 주변을 계속해서 살피고 있었던 것이다.

"그나저나 놈들이 지금쯤이면 움직일 때가 됐는데 이틀이 넘도록 움직이지 않는 것을 보면 놈들은 대륙천안의 존재에 대해서도 알고 있는 것이 분명하군. 그것이 아니라면 목전의 음모가 드러나는 것을 두려워하는 것일 수도 있고. 응?"

서린은 객잔을 지켜보는 시선이 있음을 알 수 있었다. 조금 전까지는 느껴지지 않던 기운이 혈혈기감에 잡혔다.

'양반은 못되는군. 호랑이도 제 말하면 온다더니.'

혈혈기감이 펼쳐진 범위는 삼백 장이었다. 그런데 순식간에 십여 장 근처로 다가온 것을 보면 혈교 내에서도 손꼽히는 고수가 분명했다.

'나를 부르는 것인가? 후후, 알고 있으면서도 초대에 응하지 않으면 예의가 아니지.'

묘하게 자극을 해 오는 기세에 서린은 창문을 열고 밖으로 나섰다. 난간 끝에 섰다.

'경공이 대단하군.'

금강빈관 너머 어둠 속에 나뭇가지를 밟고 선 인형이 보였다.

주우우욱!

서린이 밖으로 나오자 어둠 속의 인영이 유령처럼 뒤로 밀려나며 멀리 사라져 갔다.

"무탄력 경공이라. 만만치 않군."

발판이 없음에도 미끄러지듯 사라지는 것을 본 서린은 오늘 밤 재미있는 일이 벌어질 것을 확신했다.

저 정도의 고수가 나타났다는 것은 혈교의 실체가 보이기 시작했다는 뜻이기 때문이었다.

스슷!

서린의 신형이 꺼지듯 사라졌다.

사밀야혼이었다. 낮에도 움직이는 흔적을 좀처럼 발견하기 어려운 경공이 펼쳐지자 서린은 야음 속에 묻혀 완전히 사라져 버린 것이다.

휘이이익!

깊은 밤을 가르는 서린의 뺨으로 찬바람이 스쳤다. 앞서 가는 인형은 서두르지 않았다. 유인하듯 일정한 간격을 유지한 채 빠르게 앞으로 달려가고 있었다.

한 번의 움직임에 십여 장씩 미끄러지는 경공은 앞서 가는 자가 이미 화경의 경지에 이르렀다는 것을 보여 주고 있었다.

앞서가던 신형이 멈춘 것은 성도에서 이십여 리나 떨어진 곳이었다.

"이 야심한 시각에 어째서 나를 초대한 것이오?"

십장의 거리를 격하고 멈추어 선 서린은 자신을 유인한 자에게 이유를 물었다.

'얼굴이 세상에 드러나서는 안 되는 자로군.'

복면을 하고 있어 누구인지 분간할 수 없는 자였다. 밤이 어두운데도 복면을 한 것을 보면 정체가 밝혀지면 곤란한 것이 분명했다.

"크크크! 대륙천안에서 나왔느냐?"

가성인 듯 갈라진 목소리가 복면인에게서 흘러나왔다.

"으음!"

서린은 그가 단도직입적으로 묻자 할 말을 잃었다.

대륙천안에서 나온 것을 알 정도면 자신의 예측이 맞는 다는 것을 뜻했기 때문이었다.

"사사밀교에서는 언제부터 혈교의 탈을 뒤집어쓴 것이지?"

"네놈이 그것까지 알고 있다니, 놀랍구나."

혈교의 뒤에 사사밀교가 있다는 사실은 비밀 중의 비밀이었다. 혈교의 인물들 중에서도 사사밀교와 관련이 있다는 것을 아는 자는 자신과 혈교의 교주뿐이었다.

그런데 대륙천안에서 나온 자가 모든 것을 짐작하고 있을 줄은 생각도 못하고 있었던 것이었다.

"생각이라는 것을 조금만 해도 알 수 있는 것을……."

"우리에 대해서 꽤나 조사했나 보구나. 하지만 그것 또한 너 혼자일 터. 이 자리에서 널 묻어 버리면 우리의 행사에 지장이 있지는 않겠군."

"그동안 날 감시해 왔나 보군. 하지만 그렇게 쉬울까?"

서린은 혈혈기감에 걸리지 않고 혈교에서 자신을 감시해 왔다는 사실에 놀랐지만 담담히 대답을 했다.

'내 이목을 벗어나 감시를 할 수 있다니, 어쩌면 저량이 위험할 수도 있겠구나.'

주변에 은잠해 있는 자들이 녹록치 않다는 것을 알고부터 느낀 불안감이었다. 저량이 없는 순간 자신을 유인한 것을 보면 그 또한 심상치 않은 위험에 부딪칠 가능성이 컸다.

'잘하겠지. 어려움은 겪을 테지만 그다지 큰일을 없을 것이다. 그 또한 대륙천안에 든 실력을 갖고 있으니까.'

저량의 실력이라면 자신에 못지않았다. 구영호와 같이 떠난 저량이었지만 그의 실력을 아는지라 곤란을 겪을지는 몰라도 위험하지 않다고 판단한 서린은 주변을 돌아봤다.

"네놈이 혈승들을 전멸시켰다는 것은 이미 알고 있다. 그러나 이곳에 온 이들이 혈승들과 같은 존재들이라고 생각하면 오산이다. 오늘 이곳이 네놈의 무덤이 될 것이다."

스스스!

복면인의 말을 끝으로 포위하듯 나선 자는 모두 열 명이었다. 모두가 인간의 숨결이 느껴지지 않았다. 사신(死神)의 손길인양 느껴지는 죽음의 기운만이 느껴질 뿐이었다.

'으으음, 독인(毒人)인가?'

감추어진 비수처럼 품고 있는 기운은 분명 독의 기운이다.

독인은 대부분 가사 상태에서 만들어진다. 연성하는 과정에서 겪게 되는 고통은 인간이 견딜 수 없는 것이기 때문이다.

도검불침의 신체에 닿기만 하면 무엇이든 녹여 버리는 막강한 위력을 가지고 있기에 독인에 대한 연구는 독문에서 상당히 오랫동안 진행되어 왔다.

그런 독인을 구분하는 것은 의외로 쉬운 일이다. 독인이 되면 눈에 녹색의 귀화가 일렁이기 때문이다. 그런 특징도 없어 그들을 구별해 내지 못한다면 이미 세상은 독인이 지배하는 천하가 되었을 것이 분명했다. 그만큼 막강한 위력을 가진 것이 독인이었다.

그러나 나타난 자들은 강력한 독기를 지니고 있음에도 어딘가 달랐다. 독인이라면 응당 보여야 할 녹색의 귀화가 그들의 눈에서는 나타나지 않고 있었던 것이다.

'설마! 활독인이라니?'

범인의 눈동자처럼 아무런 광망도 발하지 않은 채 자신을 노려보고 있었다. 이런 자들은 온전한 정신으로 독인의 연성 과정을 겪어 낸 자들이었다. 누구도 불가능하다는 것을 이룩해 낸 자들이었던 것이다.

'위험할 수도 있다.'

복면인이 한 말은 거짓이 아니었다. 이들 열 명이라면 서린으로서도 생사를 장담하지 못할 정도로 위험했다.

'될 수 있으면 근접전은 피해야 한다. 귀화를 감출 정도라면 이들의 독은 상상을 불허하는 것일 것이다.'

스르르릉

서린은 검을 꺼냈다.

툭!

그리고 작은 소음과 함께 바닥에 무엇인가 떨어졌다. 천우신경이었다. 독인과의 근접전을 피하기 위한 서린의 고육지책이었다.

우우웅!

검명이 일어났다. 순식간에 타고 흐르는 서린의 내력으로 인해 검이 울음을 토한 것이었다.

샤아악!

속전속결로 처리하기로 마음먹은 서린은 검을 휘둘러 검기를 날렸다.

타타탕!

마치 철판을 두드린 듯 독인의 몸에서 불꽃이 일었다. 몸으로 직접 검기를 맞았는데도 불구하고 독인들은 아무런 타격을 입지 않은 듯했다.

파파팟!

독인들은 서린을 향해 손을 뿌렸다. 그러자 뭉클거리며 검은색의 기운이 손에서 뿜어져 나왔다. 강력한 독의 기운을 담은 독장(毒掌)이었다.

열 명은 우물 정(井) 자로 교차해 가며 가운데 서 있는 서린에게 독장을 뿌려 댔다. 서린은 피부로 호흡하며 독기운을 침입을 막으려고 했지만 워낙 강력해 그조차 쉽지만은 않은 일이었다.

'으음. 이대로는 어렵다.'

피부를 통해 독이 침습했는지 몸이 저리는 느낌을 받은 서린은 천세혈왕삼극결을 운용하기 시작했다.

휘이익!

사사삭!

유령의 움직임인양 교차하며 장력을 뿌려 대는 독인들의 모습은 공포스러웠다. 주변에 있는 풀들이 어느새 누렇게 말라 죽어 있었다.

서린은 독강에 대항하기 위해 검을 휘둘러 검막을 쳤다. 장력에 숨겨진 독도 독이지만 장력의 기세 또한 무시할 수 없는 것이었기 때문이다.

콰콰쾅!

검막과 장력이 격돌하자 폭음이 울렸다.

그 여파로 인해 주변의 땅이 폐허가 된 듯 파지고 자욱한 흙먼지가 사방을 덮었다.

"놈이 사라졌다. 찾아라."

복면인의 다급한 음색이 장내에 울려 퍼졌다. 장력과 검력이 부딪쳐 강력한 폭발이 일어난 후에 서린의 신형이 갑자기 사라진 것이다.

장력과 부딪치며 흙먼지가 일게 한 것은 서린의 의도였다. 포위된 이상 독인들의 계속적인 공격을 막기만 한다는 것은 손해였기 때문이었다.

우우우웅!

복면인이 소리친 것과 동시에 사방에서 검명이 진동했다.

쉬이이이익!!

또한 고속으로 회전하며 쇠가 갈리는 소리가 들려왔다. 서린의 기척이 사라지며 사방에서 이상한 소리가 들리자 포위한 독인들과 복면인은 일순 당황했다.

퍽!!

동시에 독인 한 명의 가슴에 무엇인가 둔탁한 음색을 흘리며 틀어박혔다. 서린이 날린 천우신경이었다.

끼기기기!

"크아아악!"

퍽!

천우신경이 고속으로 회전하며 독인의 가슴을 헤집자 처

절한 비명 소리가 퍼졌다. 갈가리 찢긴 가슴에서 녹색의 선혈을 흘러나왔다. 천우신경은 가슴을 통해 독인의 등 뒤로 빠져나오고 있었다.

휘이익!

쉬이이이익!

천우신경이 날아간 자리에는 어느새 서린이 나타나 검첨으로 회전하는 천우신경을 받고 있었다.

"저기다!!"

파팟!

잠시 나타난 서린의 신형을 발견한 복면인이 소리를 질렀다.

복면인의 외침에 독인들의 시선이 일제히 서린이 있는 곳을 향했지만 어느새 그의 신형은 꺼지듯 사라지고 없었다.

퍽!

어느새 반대편에서 천우신경이 날아와 독인의 등에 박혔다. 귀신도 경탄할 만한 신법이었다.

서걱!

놀랄 겨를도 잠시, 이번에는 반대편에 서 있던 독인의 머리가 날아올랐다. 서린의 검에 통째로 잘려 버린 것이었다.

"이놈이!!"

퍼퍼퍼펑!!

복면인은 서린이 나타난 곳에 장력을 뿜어냈다. 독인들이 뿌리는 장력과는 차원이 다른 강한 장력이 목이 잘린 독인의 주변을 휩쓸었다.

그러나 그것으로 서린을 잡을 수가 없었다. 애꿎은 독인의 몸만 산산이 부서져 나갔다.

"모두 모여 원진을 형성해라!"

복면인은 다급히 독인들을 불러 모았다. 자신을 중심으로 원형진을 치게 한 것이었다.

불과 촌각도 안 되는 시간에 자신이 자랑하는 활독인 셋이 처참히 당하자 복면인은 당황한 기색이 역력했다.

"빌어먹을, 너무 쉽게 생각했다."

쉬이이이익!

사방을 살피며 공포스러운 소리의 진원지를 찾았다. 그러나 고속으로 회전하는 암기의 소리는 사방에서 들려오고 있었다.

—소리가 끊어지면 일제히 자리를 이탈한다.

복면인은 독인들에게 전음을 보냈다. 고속으로 회전하는 소리가 끊기면 여지없이 검은색의 륜(輪) 같은 암기가 날아온다는 것을 알았기 때문이었다.

쉬이이익!!

고속으로 회전하는 금속음만이 장내에 울리고 있었다. 복면인을 중심으로 원진을 이룬 채 사방을 살피는 독인들의 눈초리만 분주했다.

'훈련이 잘된 놈들이군. 내가 공격하는 순간 일제히 공격하려는 모양이군. 그러나 그런다고 마음대로 될까? 하지만 저자의 공격은 만만치가 않으니 조심할 필요는 있겠지.'

서린은 자신의 공격에 대응하기 위해 원진을 이룬 독인들을 보며 코웃음을 쳤다.

그러나 조금 전 복면인이 보여 준 공격은 그로서도 위험천만한 것이었다.

다급하게 내뻗은 장력임에도 팔방을 점하며 날아드는 기세가 만만치 않았기 때문이었다.

"천독파황(千毒破荒)을 펼쳐라!"

잠시의 소강 상태를 깬 것은 복면인의 목소리였다. 그의 음색에는 강한 결의가 엿보였다.

츠츠츠츠!!

독인들의 손에서 녹광이 번져 나왔다. 수강이었다. 독의 기운을 응집한 수강을 뻗어 내는 독인들의 신형이 떨리고 있었다.

'대륙천안에서 나왔다면 당무결과 비견되는 실력을 지녔을 것이다. 완성된 독인이 아닌 이상 이대로 놈을 잡는 것은 불가능하다. 아깝지만 어쩔 수 없지.'

복면인의 눈은 무시모하기 그지없었다. 지금 그가 데리고 나온 독인들은 완성된 것이 아니었다. 마지막 두 단계의 제련을 거치지 않은 상태였다.

아직 완성된 것은 아니었지만 이 정도만 해도 충분히 서린을 제거할 수 있을 것이라 생각하고 이번 일에 투입한 것이다.

아깝기는 했지만 서린이 대륙천안의 인물이 확실하다고 느낀 순간 복면인은 최후의 수를 펼쳤다. 아무리 고수라고 해도 천독파황이 펼쳐지면 죽음을 맞을 수밖에 없을 것이 분명했다.

'동귀어진인가?'

심상치 않은 기세에 서린은 긴장했다. 조금 전까지 보여주던 기세와는 다른 기운이 독인들에게서 흘러나왔기 때문이다.

독인들의 손에 맺힌 수강은 서린으로서도 경시할 수 없는 것이었다.

'놈들의 기운은 지극히 불안하지만 손에 맺힌 기운은 무척이나 파괴적이다. 조심해야겠군.'

혈혈기감의 전해지는 경고의 느낌에 서린은 오행제밀의 기운을 일으켰다.

독의 기운이 어떤 속성을 가지고 있는지 알지 못하기에 방어 면에서도 탁월한 오행제밀이 낫다고 판단했기 때문이었다.

3장. 음모첩첩(陰謀疊疊)

쉬이이잉!

천우신경이 날았다. 독인들을 빨리 처치하고 복면인을 잡겠다는 생각에 서린이 선제공격을 한 것이다.

퍽!!

서쪽을 경계하고 있는 독인의 가슴에 천우신경이 회전하며 꽂혀 들었다.

화르르르!

독인의 가슴이 무참하게 파헤쳐졌다.

그러나 조금 전까지 와는 양상이 틀렸다. 고속의 회전력에 가슴이 파헤쳐지던 독인의 몸이 꺼지듯 녹아내린 것이었다.

슈아아앙!!

'엇! 이건!!'

몸통이 사라지고 남은 것은 녹색의 귀광으로 번득이는 두 손이었다. 독으로 이루어진 수강이 서린이 있는 곳을 향해 빠른 날아왔다.

몸이 사라졌는데도 양손의 수강은 사라지지 않고 공격을 하고 있었던 것이다.

콰콰콰쾅!!

"큭!!"

번개같이 날아든 두 손이 터져 나갔다. 녹색의 파편들이 사방을 휩쓸었다.

반원형을 그리며 사방으로 날아온 탓에 서린은 미처 피하지 못하고 몇 조각 독강의 파편을 맞을 수밖에 없었다. 호신강기를 이용해 막기는 했지만 몇 조각은 호신강기를 뚫고 서린의 몸을 가격했다.

저릿한 느낌이 혈도를 타고 올라왔다. 중독이 된 것이다. 위험을 느끼고 제때에 피하지 않았다면 독강을 뒤집어썼을 것이 분명했다.

'크으, 방심했군.'

왼팔 살갗에 닿자마자 독기가 빠르게 혈맥을 타고 심장을 향해 달리고 있었다.

오직 죽음만을 쫓는 것인지 내부로 파고든 독력은 쉽게

잡히지 않았다.

사밀야혼을 시전 하던 서린의 신형이 장내에 나타났다. 내부로 침습한 독력을 제어하기 위해 내력을 나누는 수밖에 없었기 때문이었다.

"크크크, 네놈이 이제야 모습을 보이는구나. 광천독인의 천독파황은 화경에 이른 절정의 고수라도 막지 못하는 것이다."

창백한 안색의 서린이 나타나자 복면인의 자신의 예상이 들어맞은 것을 확인하며 득의의 웃음을 흘렸다.

서걱!

서린은 자신의 팔에 붙은 파편을 제거했다. 검게 변색된 피가 뿌려졌다. 서린은 내력을 운기 해 상처를 통해 독기를 밖으로 밀어냈다. 더 이상 독력이 침습하는 것을 막기 위해서였다.

"쳐랏!!"

과감히 자신의 살을 베어 내는 것을 보며 복면인은 질린 듯 고개를 내저으며 공격을 지시했다.

어떤 사태가 발생할지 몰랐기에 서린에게 해독할 시간을 주지 않기 위해서였다.

스으윽!

서린이 나타난 방향을 향해 두 명의 독인이 날아올랐다.

주르르륵!

허공중에 뜬 독인의 몸이 한줄기 독수가 되어 흘러내리고 밤하늘엔 귀기서린 녹색의 손들이 넘실거렸다.

슈아아앙!!

녹광의 독수들이 서린을 향해 쏘아졌다.

"혈왕잠월!!"

쾅! 콰콰콰쾅!!

서린은 내력이 필요치 않은 혈왕잠월을 시전 했다. 독수가 지척에 이를 무렵 붉은 기운을 흘리며 서린의 신형이 꺼지듯 사라졌다.

서린이 혈왕잠월을 시전 한 것은 독기를 막고 있는 내력을 돌려 독수를 막는다면 좀 전과 같이 낭패를 당하는 것은 물론 더 큰 내상을 입을 가능성 때문이었다.

녹색의 독수가 터져 나가며 서린이 있는 땅을 강타했다. 땅은 빠른 속도로 검게 변색되어 갔다.

"놈이 은신술을 이용해 다시 숨었다. 모두 조심해라!"

복면인은 서린이 간발의 차이로 사라지는 것을 놓치지 않았다. 조금 전과는 다른 은신술이었기에 이제 다섯밖에 남지 않은 독인들의 주의를 환기시켰다.

복면인은 예리한 눈초리로 사방을 살폈다. 일말의 기척도 없이 다시 숨어든 서린을 생각하며 등골이 오싹해졌다.

'천독파황의 독력은 촌각 만에 죽음에 이르는 것임에도 이 정도의 능력을 보이다니. 역시, 대륙천안에서 나온 놈답

다. 응?'

복면인은 심상치 않은 기운을 느끼며 주위를 둘러보았다. 어두운 밤이지만 여인의 아미처럼 가느다란 초생달로 인해 어느 정도 시야가 확보된 상태였다. 그런데 지금 사위가 점점 어두워지고 있었던 것이다.

독인들을 사정없이 죽음으로 내몬 암기의 소리도 들리지 않고 귀계의 문이 열리는 것 같은 어둠이 찾아오자 경계심을 가진 것이다.

"파황수를 펼쳐라! 어서!!"

인위적인 어둠이 독인들의 눈앞에 이르자 복면인은 신형을 허공으로 띠우며 다급하게 소리를 질렀다. 어둠이 눈앞에 이르자 감춰진 예기를 확실히 느꼈기 때문이었다.

번쩍!!

복면인의 외침보다 한발 앞서 어둠 속에서 폭발하듯 빛이 뿜어져 나왔다. 번쩍이는 흰색의 섬광은 수평으로 뻗어나가며 복면인을 둘러싸고 있는 독인들의 몸을 휩쓸었다.

스걱!!

살과 함께 뼈가 갈라지는 소리가 독인들의 몸에서 동시에 흘러나왔다. 어둠 속에서 서린의 검이 폭발하듯 튀어 나오며 독인들을 베어 버린 것이다.

투…… 투…… 투투툭!

독인들의 수급이 땅 위로 떨어져 내렸다. 한순간에 머리를 잃은 독인들이 쓰러지기 시작했다.

"받아랏!!"

허공에 신형을 띠운 복면인이 어른 팔목만 한 기다란 막대를 두 개를 꺼내 들더니 지상을 향해 뻗었다.

콰…… 쾅!!

파파파팟!!

섬광과 함께 폭발음이 터지며 막대기의 앞부분이 폭발하며 미세한 세침들이 튀어 나갔다.

무림의 금용 암기 중 하나로 당문이 자랑하는 폭우이화침(暴雨梨花針)이었다.

비처럼 쏟아지는 비침이 마치 배꽃이 날리는 것처럼 새파란 광채를 흘리며 사방을 휘감았다. 화약과 기관을 이용한 것이라 비침이 나는 속도는 보통의 암기에 비할 바가 아니었다.

수천 개의 세모침이 지상을 휩쓸고 난 뒤 복면인은 서서히 지상으로 내려왔다.

"포, 폭우이화침에도 살아남은 것인가?"

반경 이십여 장을 폭우이화침이 쓸고 갔지만 서린의 모습이 보이지 않자 복면인의 음색이 미미하게 떨렸다.

열 명의 독인이 모조리 몰살당하고 폭우이화침의 공격에도 살아남았다면 무시할 수 없는 존재였다. 어쩌면 사천의 계획을 전면 수정해야 할지도 모를 일이었다.

'그나저나 대단한 놈이다.'

이번에 투입된 전력은 구대문파의 장문인을 상대할 수 있는 전력의 배가 넘었다. 거기다가 정체가 드러날 우려가 있음에도 폭우이화침까지 사용했다.

그럼에도 아무런 성과가 없다는 사실에 복면인은 등골이 서늘해졌다.

파앗!

복면인은 주저 없이 자리를 이탈했다. 서린의 무서움을 인식한 것이다.

독인의 체독에 중독된 상태에서 이 정도라면 폭우이화침이라도 별다른 소용이 없다는 것을 알았던 것이다.

"크으음."

복면인이 사라지자 서린의 모습이 나타났다. 온몸 가득 빼곡히 세침이 박힌 모습이었다. 약간 비틀거리며 나타난 서린의 모습은 고슴도치와 다를 바 없었다.

후드드득!!

서린이 몸을 떨치자 박혀 있던 세침들이 바닥에 떨어졌다.

"마지막에 철혈제왕기를 시전하지 않았다면 죽음의 골짜기를 넘어설 뻔했군. 내가 너무 이들을 경시했다."

자신의 검에 쓰러진 독인들은 어느새 한 줌 독수로 녹아 대지로 스며들고 없었다. 폭우이화침에서 쏟아진 세침들도 대기에 노출된 후 가공할 독기를 이기지 못하고 서서히 부식되어 사라져 가고 있었다.

"독기를 완전히 제거하지 못해서인지 머리가 어지럽군."

서린은 머리를 흔들며 정신을 차리려고 애썼다.

왼팔에는 독기를 완전히 밀어낸 것인지 선혈이 흘러나오고 있었다. 서린을 혈도를 짚어 흘러나오는 선혈을 지혈시켰다.

"폭우이화침을 사용한 것을 보면 분명 당문의 수뇌부와 밀접한 관련이 있는 자가 분명하다. 일단 여독이 남아 있으니 독기를 풀고 당문에 대해서 철저히 조사를 해 봐야겠다. 그나저나 저량과 구 향주도 무사해야 할 텐데. 나에게 이 정도의 함정을 팠다면 그들도 상당한 위험을 겪었을 것이 분명하니 빨리 객잔으로 가 봐야겠군."

서린은 자리를 떠나 성도로 향했다.

사천당문이 개입한 증거인 폭우이화침의 흔적인 독으로 인해 완전히 사라져 버렸기에 서린은 당문에 대해 조사하기로 결정을 내렸다.

금용암기로 지정이 되어 당문에서도 가주를 비롯한 몇몇 사람만이 접근할 수 있는 폭우이화침이 사용됐다면 혈교와 관련 있을 수 있는 용의자들을 압축할 수 있었기 때문이었다.

파파팟!

서린은 천세혈왕삼극결을 시전하며 경공을 시전 했다.

어느 정도 독기가 배출된 상태라 동공을 하며 여독을 몰아내려는 것이었다.

비록 인세에 보기 드문 독이었지만 혈왕기와 철한풍의 기운으로 독기를 해독해 가는 서린의 발걸음은 점점 더 빨라지고 있었다.

서린은 성도로 향하며 여독은 물론 폭우이화침으로 인해 옷에 남아 있는 독들을 털어 냈지만 세침들이 틀어박혔던 자리는 옷이 부식되어 구멍이 숭숭 뚫려 있었다. 남루하기 그지없는 복장이 된 서린은 세인들의 눈을 피해 금강빈관의 자신의 방으로 들어섰다.

"자네도 당한 모양이로군."

방 안으로 들어서자 자신과 마찬가지로 거의 거지꼴을 하고 있는 저량을 볼 수 있었다. 삼도회의 인물들을 만나는 도중 암습을 받은 것이 분명해 보였다.

"주군께서도 그러신 모양이군요."

"후후후, 입질이 만만치 않아. 놈들의 전력도 예상외고."

"그런 것 같습니다. 이십여 명이 암습을 해 와 모두 주살하기는 했지만 상당한 전력이었습니다. 그리고 저를 습격한 놈들은 감추려고 애를 쓰는 것 같았지만 분명 화산파와 관련이 있는 자들이 분명했습니다."

“화산파? 나를 습격한 놈들은 사천당문과 연관이 있는 것이 같던데 화산파도 혈교와 연관이 있다면 큰 문제로군.”

“예상외로 놈들의 손길이 거미줄 같이 퍼진 모양입니다.”

“그렇다면 련에서 사람들이 오기를 기다려야겠군. 우리가 만만치 않은 것을 알게 됐으니 놈들도 섣불리 덤비지는 못할 테니까. 그래, 삼도회의 인물들은 만나 봤나?”

“예, 주군. 예상외의 세력을 구축하고 있더군요. 주군께 어느 정도 힘이 될 수 있을 것 같습니다.”

“반발은 없었나?”

“아우가 잘 건사하고 있었더군요.”

“아우가 있었나?”

“열 살 차이가 나는 친아우가 하나 있습니다. 제가 없는 동안 운남에서 삼도회를 추스르고 있었던 모양입니다.”

“타지에서 고생이 많았겠군.”

“조만간에 주군을 뵈러 올 겁니다. 삼도회를 다시 전면적으로 가동하자면 시간이 필요하니 말입니다.”

“알았네. 그런데 구 향주는?”

“곧바로 삼도회와 합류했습니다. 우리와 함께 계속 있다간 그의 안전을 보장하지 못할 것 같아서 말입니다. 내일 아침 삼도회에서 연락이 올 것입니다. 직접 만나 뵈어야 하겠지만 놈들의 이목이 있는지라 작금 사천성의 제반 정보만을 알아오라 시켰습니다."

"잘했네. 삼도회가 가져올 소식이 기대가 되는군. 무림맹의 어디까지 그들의 손이 뻗어 있는지는 모르겠으나 상당히 깊숙한 곳까지 놈들의 손길이 스며든 것만은 틀림없네. 무림맹의 일에 여간해서는 잘 관여하지 않는 화산파의 인물들도 나타난 것을 보면 말이야. 삼도회에서 파악한 정보 중에 어느 정도 단서가 있어야 할 텐데."

"그리 기대는 하지 마십시오. 제가 없는 동안 무림의 일에는 거의 관여를 하지 않은 것 같습니다. 그리고 사천이 아닌 운남에 자리 잡았던 관계로 이곳에 대한 정보는 거의 없는 것 같았습니다."

"나도 그리 큰 기대는 하지 않고 있네. 그렇지만 자네가 말한 삼도회의 능력이라면 사천의 세력 관계는 어느 정도 파악이 되지 않을까 하는 생각이 드네. 그 정도만이라도 내게는 꽤 도움이 될 테니까?"

"하긴 그렇겠군요."

"그건 다음에 생각하기로 하고, 그나저나 우리 둘 다 거지꼴이니 옷이나 좀 갈아입어야겠군."

"혹시나 해서 점소이를 시켜 옷을 준비하라 시켰습니다."

"잘했군."

얼마 안 있어 점소이가 장삼 두 벌을 가져와 두 사람은 옷을 갈아입었다. 서린의 왼팔에 나 있던 상처는 어느새 나아 가는 것인지 새살이 돋고 있었다.

*　　　*　　　*

황촉이 불빛을 발하며 굵은 눈물을 흘리고 있는 방 안에는 탁자를 가운데 두고 두 사람이 마주 앉아 있었다. 그중 한 사람은 서린과 대결을 벌였던 복면인이었다.

"어떤 자요?"

질문에 가시가 돋쳐 있었다. 애써 분노를 억누르는 듯 목소리를 가라앉히고 있었지만 그의 목소리에는 분노의 여운이 남아 있었다.

"누구 말인가?"

사천성의 군권을 책임지고 있는 도지휘사(都指揮使司) 양영(楊影)은 자신을 다그치는 복면인의 말에 싸늘한 음색으로 되물었다.

"진정 몰라서 하는 말이오? 이번에 대륙천안에서 이리로 보낸 자말이오."

복면인의 눈이 찌푸려지며 몰라서 묻느냐는 듯 양영을 바라보았다

"이리 열을 내는 것을 보니 된통 당한 모양이로군."

"당한 정도가 아니오. 아직 완성된 것은 아니지만 사종

독인(死宗毒人) 열이 그자 하나에게 당했소. 그리고 폭우이화침에서도 유유히 빠져나갔소. 이번에 사천에 오는 자는 아직 대륙천안에 들지도 않은 자라 했지 않느냔 말이오. 대책을 강구해야 할 것이오. 대책을!"

복면인은 양영에게 대책을 강구할 것을 요구했다.

사천에서 벌어지고 있는 계획이 완성되려면 지금은 방해를 받아서는 곤란했기 때문이다.

"그 정도까지 성장할 줄은 몰랐는데 예상외로군. 알았소. 그에 대한 처리는 나에게 맡기시오."

"그럼 그렇게 알고 가겠소. 만약 그놈에 대한 처리가 늦는다면 당신과의 밀약은 없었던 것이 될 것이오. 내말 명심하시오."

복면인은 양영에게 다짐하듯 말을 높이고는 방을 빠져나갔다.

"어차피 이용물에 지나지 않는 놈들이라 지켜보기만 했는데 정말 많이 컸군. 나에게 대들 정도가 되다니. 혈교 놈들은 어차피 계획이 완성되면 사라질 놈들이니 그냥 까불도록 놔두면 되겠지만, 천서린이란 놈에 대해서는 다시 한 번 생각해 봐야 할 것 같군. 아무래도 사사묵련에서 작정을 한 것 같으니 말이야."

음모를 감추고 있는 양영의 눈빛이 빛났다. 싸늘한 그의 눈길은 복면인이 사라진 방향을 쫓고 있었다.

파파팟!

도지휘사사를 나온 복면인은 곧장 사천당문으로 향하고 있었다. 그에게 있어 이번 일은 생각하지 않은 실패였기에 마음이 착잡했다.

"양영! 우리를 이용하려는 것이겠지만 우리 또한 네놈이 이용물에 지나지 않음을 알아야 할 것이다. 네놈이 대륙천안의 수뇌부에 속하는 놈이라는 것은 이미 알고 있는 사실이다. 그 때문에 네놈에게 접근한 것이고. 이번에 대륙천안에서 나온 천서린이란 놈이 날뛰는 것을 어떻게 처리할지에 따라 네놈의 운명도 판가름 날 것이다."

복면인은 양영에 대한 생각을 지웠다. 당가에 거의 다 온 까닭이었다.

그는 당가의 뒤편으로 갔다. 담 너머에 가산이 보이는 곳이었다. 복면인은 당가의 뒤편에 멈추어 서서는 자신의 앞에 놓인 커다란 바위를 만졌다.

그르르릉!

바위 밑에 있는 흙이 들썩이며 비밀 통로가 열렸다. 복면인은 익히 지리를 아는 듯 거침없이 비밀 통로로 들어섰다.

그르르!

복면인이 비밀 통로로 들어가고 난 뒤 얼마 안 있어 문이 닫혔다.

휘이이익!

비밀 통로가 사라지고 난 후 장내에 누군가 나타났다. 당가의 접객당주를 맡고 있는 당무인이었다.

당삼걸이 나타난 후 가문의 주변을 살피던 당무인은 오늘 우연히도 복면인의 자취를 발견할 수 있었던 것이다.

"분명 당가 내에 불온한 무리가 있음이 분명하다. 복면을 한 것으로 보아 본가의 수뇌부에 속하는 자가 틀림없다. 석년의 일도 분명 놈들 짓일 것이다."

당무인은 복면인의 행동이 심상치 않음을 느끼고 있었다. 이토록 행사가 은밀하다면 매우 위험한 자들이었다.

당가에 잠입해 있는 자들을 발본색원하려면 특단의 조치가 필요함을 느꼈다.

당무인은 곧바로 당가로 들어선 후 천독전을 찾았다. 당가의 원로들이 기거하고 있는 천독전은 중지 중의 중지였다.

천독전의 원로들이 비록 나이가 들어 뒷전으로 물러나 있지만, 당가의 저력임은 분명했다.

내원의 심처에 있는 천독전은 언제나 을씨년스러운 분위기를 풍기는 곳이었다.

머물고 있는 이들이 번잡스러운 것을 싫어하는 까닭이다. 직계나 방계 중 세가에 공이 큰 자들이 말년을 보내는 곳이라 조심스러운 탓도 있었다.

"무인입니다."

천독전 앞에 다다른 당무인은 조심스러운 목소리로 자신이 왔음을 밝혔다.

"들어오너라."

천독전 안에 들어선 무인은 청삼을 입고 있는 다섯 명의 노인들이 앉아 있는 것을 볼 수 있었다.

무림에는 크게 알려지지 않았지만 당문에서 만큼은 위세가 당당했던 이들이다. 천독오로(千毒五老)라 불리는 이들이었다.

"놈들이 움직이더냐?"

찬독전으로 들어선 당무인에게 천독오로 중 맏형인 당화정(唐華町)이 물었다.

"그렇습니다, 할아버님."

당화정은 당무인에게는 종조부였다. 천독오로는 당무인의 조부인 암왕 당사후(唐娑侯)의 동생들이었던 것이다.

"암로를 통해 세가 내로 들어서는 것을 확인했습니다. 타초경사의 우려가 있어 뒤를 밟지는 않았습니다."

"청란각(靑鸞閣)의 움직임은?"

"대고모님 쪽에서는 아직 없는 것으로 알고 있습니다."

"천화혈대(天花血隊)의 움직임을 잘 살펴라. 천화혈대가 청란각의 휘하에 있으니 분명 고란이와 관련이 있을 것이다."

"예, 할아버님."

"석년의 실수를 되풀이해서는 안 된다. 고란이가 이번 일과 관련되어 있는 것은 분명 당운성의 일 때문일 것이다. 그러니 이번 일을 잘못 처리하면 당문은 정말 씻을 수 없는 오욕을 남기게 되는 것이다. 알아들었느냐?"

"걱정하지 마십시오, 할아버님. 소손 당가의 그늘을 씻기 위해 최선을 다하고 있습니다."

"그만 나가 보거라. 그리고 우리는 너와는 별도로 움직일 테니 매사 신중을 기해야 할 것이다."

"알겠습니다. 조심하십시오, 할아버님들."

당무인은 천독전을 나섰다. 천독오로가 본격적으로 나서기로 한 이상 자신은 천화혈대가 벌이고 있는 일에 대해서만 신경을 쓰면 될 터였다.

"형님! 무인이가 잘 해낼 수 있겠습니까?"

천독오로의 막내이자 지난날 당가의 군사로서 활약했던 삼수사(三秀士) 당문호(唐文岵)는 걱정스러운 듯 물었다.

"우리의 모든 것을 이어받은 아이다. 가주가 그들과 연관이 되어 있을지도 모르는 마당이니 어떻게 될지 확신할 수 없지만, 무인이라면 잘 해낼 수 있을 것이다. 이번에 석년의 일을 해결하지 못한다면 당가는 강호에 고개를 들지 못할 것이다."

"그러면 우리도 이제 슬슬 움직여야겠군요. 혈교와 연관이 있는 것이 분명한 이상 놈들의 기반을 무너뜨리는 것이 중요하니 말입니다.”

“맞는 말이다. 이번 사천 비무대회에서 놈들은 분명 이곳에 온 무림인들에게 손을 쓸 것이다. 그 중심에는 천화혈대가 있을 것이다.”

“천화혈대를 그대로 놔두면 큰일이지 않습니까?”

“걱정하지 마라. 무인이가 막을 테니 말이다. 그것보다는 사천성 내 중소문파 중에 놈들과 결탁한 자들을 처리하는 것이다. 놈들을 일거에 제거해야만 다시는 당가를 향해 음모를 꾸미지 못할 것이다.”

“그것은 염려 마십시오. 다 잘될 겁니다.”

당화정은 결의 찬 눈으로 동생들을 바라보았다.

알량한 자신들의 시기심으로 인해 천고 기재의 날개를 꺾고 오늘날 당문에 암운을 드리우게 만든 지난날의 과오를 씻을 기회가 찾아온 것이다.

“그래야지. 그래야 우리들의 목숨으로 지난날의 과오를 씻을 수 있을 테니까 말이다. 다들 각오는 되었나?”

“예, 형님.”

당문호를 비롯한 천독오로 또한 당화정의 말이 뜻하는 바를 잘 알기에 굳은 어조로 대답했다.

다섯 사람은 몇 가지 의논을 마친 뒤 천독전을 떠났다. 자신들의 일에 당문의 존폐가 달려 있다는 것을 잘 알기에 천독전을 떠나는 그들의 발걸음은 무겁기 그지없었다.

'으음, 이제들 떠나시는군!'

아무도 모르게 당문을 떠나는 천독오로를 지켜보는 눈이 있었다. 그는 당가의 식솔들을 책임지고 있는 당무결이었다.

'할아버님들, 죄송합니다. 할아버님들의 노력은 헛되지 않을 겁니다. 지난날의 과오는 제 죽음으로 씻어질 테니 말입니다.'

당무결은 천독오로가 떠나자 자신의 처소로 향하지 않고 청란각으로 향했다. 자신에게는 대고모가 되는 당고란을 만나기 위해서였다.

청란각으로 향하는 동안 서서히 동이 터 오르고 있었다.

"대고모님!"

청란각에 다다른 당무결은 당고란을 찾았다.

"어서 들어오시게."

이른 아침임에도 벌써 일어난 듯 당고란의 음성이 청란각에서 흘러나왔다. 당무결은 청란각으로 들어선 후 침소를 가리고 있던 휘장이 거두어지는 것을 볼 수 있었다.

휘장 안에는 이제 막 단장을 끝낸 듯 귀부인이 한 명 앉아 있었다. 당문 사상 최고의 성취를 이루었다는 당고란(唐孤欄)이었다.

강호인들에게는 독랄한 손속으로 독화란(毒花蘭)으로 알려져 있지만 당가 내에서는 일수에 암기로 하늘의 꽃을 그린다 하여 일수천화(一手天花)로 불리는 여인이었다.

"일찍 일어 나셨습니다."

"이른 아침부터 어인 일이신가? 가주."

"드릴 말씀이 있어 왔습니다."

"가주가 이렇게 일찍 찾아온 것을 보면 특별한 일이 있는 모양이구먼. 자, 앉으시게."

당고란은 자리에서 일어나 탁자로 가 앉았다.

"그래 무슨 일이신가?"

심각한 안색으로 탁자에 앉는 당무결을 보며 당고란은 의문에 찬 듯 물었다. 조반도 들기 전인 아침부터 찾아온 것을 보면 심각한 일이 분명했기 때문이다.

"이번 비무대회에는 당가를 대표해 천화혈대의 아이들을 내보냈으면 해서 찾아뵈었습니다."

"천화혈대의 아이들을? 이번 비무대회는 추민이가 맡고 있는 청린당의 아이들이 나서기로 하지 않았는가?"

당고란의 얼굴에 당혹감이 스쳤다. 가내에서 이미 청린당을 맡고 있는 당추민 등이 비무에 나서기로 결정이 난 상태였다.

그런데 비무대회를 며칠 앞둔 시점에 갑자기 바꾼 것이 의아했던 것이다.

"그 아이들이 나을 것 같아서 그렇습니다."

"이상한 일이로군. 어째서 이토록 갑자기 바꾸신 겐가?"

"삼걸이가 돌아왔습니다."

"으음, 그 아이가 돌아왔다는 말인가? 그런데 비무대회에 나갈 아이들을 바꾸는 것과 무슨 상관이 있는 것인가?"

"두 아이가 시비가 붙었던 것 같습니다. 아무래도 불상사가 일어날 것 같아 그런 것입니다. 삼걸이가 장백파에 입문했습니다. 만약 불상사가 일어난다면 가문으로서도 어려운 일이 있을 것 같아 그런 것입니다."

"장백파가 놀라운 기세로 세를 넓혀 가고 있다고 들었는데 그 아이가 그곳에 입문하다니. 가주께서 하시는 말뜻은 알아들었네. 그리하는 것이 좋겠네."

"고맙습니다, 대고모님."

"아니네. 비무대회를 준비하느라 많이 바쁠 텐데 어서 나가 보시게."

"예, 그럼 전 이만."

당무결은 청란각을 나섰다. 어려운 일이 될 것이라는 예상과는 자신의 뜻대로 일이 풀린 탓인지 나가는 발걸음이 조금은 가벼워 보였다.

"가주가 눈치를 챈 것은 아닌가?"

당무결이 떠나자 당고란은 고심하지 않을 수 없었다.

자신의 꾸미고 있는 계획의 일부를 틀지 않을 수 없었기 때문이었다.

"전체적인 계획에는 별다른 지장을 받지는 않겠지만 가

주가 그 아이를 신경 쓰다니 모를 일이로군. 추인이와 추민이가 그 아이에게 어떤 짓을 했는지 잘 알고 있을 터인데."

당고란으로서는 당무결의 심중에 무엇이 있을지 걱정이 되지 않을 수 없었다. 당가의 가주라는 자리가 거저 얻은 것이 아니기 때문이다.

"대륙천안에서 나온 놈 때문에 골치가 아픈데. 거기다 가주의 움직임조차 심상치 않으니 어렵군. 그이의 한을 풀기 위한 일이 이토록 어렵다는 말인가?"

당고란은 자신의 유일한 혈육인 당삼걸조차 이번 일에 연루될까 걱정이 들었다.

"어쩔 수 없는 일이다. 당가가 지난날의 잘못을 인정하지 않는 한 이대로 밀고 나갈 수밖에. 일이 조금 틀어지기는 했지만 팔야야 중 하나인 그라면 당초의 계획대로 일을 마무리 지을 것이다."

당고란은 일이 틀어지고 있다는 사실을 알 수 있었지만 그녀와 연합하고 있는 양영의 힘을 믿었다.

사천의 모든 문파가 힘을 합쳐도 대적할 수 없는 양영의 힘을 알고 있었기 때문이었다.

사천제일문파라 칭해지는 당문에 심상치 않은 바람이 불고 있었다.

각자가 자신의 의지에 따라 실타래를 풀어 가고 있을 때 사천성 도지휘사사에서도 서린에 대한 의논이 진행되고 있었다.

"합하, 그의 능력이 예상 밖이라 곤란하게 됐습니다."

만뇌사(萬腦師) 공량(蚣亮)은 서린으로 인해 사천에서의 계획이 어그러진 탓에 심기가 불편한 양영의 의중을 살폈다.

"나이가 어려 그 아이를 자세히 살피지 않은 것이 실수네."

"대륙천안 내에서도 특출하지는 않았던 것으로 파악되었는데 이 정도 실력을 갖추고 있다니 의문이 아닐 수 없습니다. 대륙천안에 대해 다시 한 번 대대적인 조사를 해 봐야 할 것 같습니다. 아무래도 그들이 감추고 있는 것이 있는 것 같으니 말입니다."

"그렇게 하도록 하게. 사밀혼들이 나와 합작을 할 때도 그 아이에 대해서는 자세히 언급하지 않은 것도 의아한 일이니까 말이야."

"예, 합하. 그리고 그 아이에 대해서는 걱정하지 마십시오. 이미 등가 형제를 붙여 두었습니다."

"등자승(鄧自乘)과 등인호(鄧寅淏)라면 그 아이를 어느 정도 방해할 수 있겠지. 사사묵련에서 눈치채지 않도록 조심해서 일을 추진하도록 하게. 자칫 천주의 귀에 들어가면 골치 아파지니까 말이네."

"알겠습니다, 합하."

"매사에 신중을 기하게 대륙천안에서 중립을 지켜야 하는 사사묵련이 우리에게 손을 내민 것은 어쩌면 천주의 계산일 수도 있으니 말이야."

"그 점도 신경을 쓰고 있습니다. 사사묵련이 우리와 손을 잡은 것처럼 암흑련 또한 다른 팔야야 중 누군가와 손을 잡은 것이 확실한 이상, 천주의 복안이 깔려 있음이 분명하니 말입니다."

"그래, 사사밀교의 움직임은 어떠한가?"

"놈들은 혈교를 내세워 자신들을 감추었다고 생각하지만 이미 놈들의 기반을 모두 찾아냈습니다. 두르가의 완전한 부활이 이루어지지 않아 십신장들은 중원으로 들어오지 않았습니다만 일이 터지고 나면 몇몇은 들어올 것 같습니다."

"이번 일을 주도하고 있는 자가 십신장중 하나인 쿠베라라는 자인가?"

"그렇습니다. 중원으로 들어오지 않고도 암중에 일을 처리하는 솜씨가 예사롭지가 않습니다. 혈교도 문제지만 그자가 상계 쪽으로도 손을 뻗친 것 같아 지금 조사 중에 있습니다."

"잘 살펴보도록 하게. 어떤 움직임이 있을지 모르니 말이야."

"그러면 당문의 일은 어떻게 할까요?"

"그냥 놔두게. 당문 전체가 혈교와 손을 잡은 것이 아닌 이상 괜히 도움을 주었다가는 힘들어질 수 있으니 말이야. 우리는 서린이란 아이를 방해하는 선에 끝내는 것이 좋아."

"알겠습니다. 그럼 비무대회에 맞추어 모든 준비를 마쳐 놓도록 하겠습니다."

"알았네. 이제는 서서히 움직여야겠지. 대륙천안을 손에 넣기 위해서는 이번 사천비무 후에 벌어질 혼란이 나에게는 기회가 될 테니까."

공량은 양영과의 의논을 끝낸 후 밖으로 나섰다. 이제부터 그간 준비해 온 일을 분주히 점검해야 했기 때문이다.

대륙천안의 실질적인 지배자 중 하나인 태령야(漆零爺)로서 양영은 향후 자신의 입지를 다지기 위해 지금 음모를 획책 중이었다.

자신의 입지를 넓혀 주던 동반자가 몰락했을 때부터 앞으로의 일을 대비하기 위해 혈교를 이용하려는 수를 두고 있었던 것이다.

자신의 의도로 입궁하여 황실 내에서 자신의 입지를 보장해 주던 만귀비(萬貴妃)가 황제의 총애를 잃은 후 고심 끝에 마련 한 한 수였다.

'염정환희공(艶情歡喜功)으로 황제를 사로잡았었건만 몇 년 전부터 황제가 만귀비를 가까이 하지 않는다는 것은 누군가 다른 자가 손을 썼음이 분명하다. 분명 다른 팔야야 중에 하나겠지. 하지만 날 우습게 본 것이다. 내가 만귀비를 황제에게 진상한 것은 황제의 총애를 얻어 내 입지를 끌어 올리기 위한 것이 아니었으니까. 그녀에게 미안한 일이지만 이미 내가 원하는 것을 손에 넣었으니 황실과의 연계는 이것으로 끊어 버리는 것이다. 그녀도 그만큼 호사를 누렸으니 원망은 없을 것이다.'

양영은 황실에 있는 만귀비의 모습을 떠올렸다. 현 황제의 총애 속에 무소불위의 권력을 휘두르던 만귀비가 이제는 총애를 잃은 것이다.

'정말 아까운 여자야. 하지만 늙어 가는 모습을 보인다는 것은 누군가 염정환희공을 파괴했다는 것이다. 만귀비조차 모르게 그리했다는 것은 팔야야 중 하나가 직접 손을 쓴 것이 분명하다. 누구인지 모르겠으나 만귀비를 황궁에 들여놓는 것을 묵과한 순간부터 실수한 것이다. 난 이제 원하던 것을 얻은 후니까. 이제부터 아주 재미있어지겠군. 아주!'

사천비무대회를 계기로 강호가 혼란으로 빠져든다면 자신이 원하는 방향으로 일을 진행시킬 수 있기에 양영은 속으로 웃음을 삼켰다.

*　　*　　*

사천비무대회는 착착 준비되어 가기 시작했다.

비무대회에 참가할 자들을 선발하기 위한 관문이 설치되

고 강호에서 몰려든 무인들이 도전했다.

제갈세가에서 준비한 관문답게 웬만한 무인들은 관문의 설명만 듣고도 포기할 정도로 철두철미한 것이었다.

설치된 관문은 모두 세 개였다.

첫 번째 관문은 일점수(一點水)라 이름 붙여진 것이었는데 오 장여의 연못을 뛰어넘는 것이었다. 보통의 무인이라면 단번에 뛰어넘을 수 있는 거리였지만 그리 쉬운 관문이 아니었다.

반드시 연못 가운에 있는 나무 조각을 밟고 건너야 한다는 조건이 붙어 있었기 때문이었다.

절정의 경지에서나 가능한 무력답수(無力踏水)는 아니더라도 일엽도강(一葉渡江)의 경공에 어느 정도 근접하는 자라야만 도전해 볼 수 있는 관문이었다.

두 번째 관문은 일편합(一片合)이었다. 이 또한 어려운 관문이었다.

사방 한 자가 약간 넘는 연한 두부 위에 사기로 만든 종지가 거꾸로 올려져 있고 종지 안에 있는 작은 공을 내공을 이용하여 터트리는 일종의 격산타우(隔山打牛)를 시험하는 것이었다.

세 번째 시험은 밝혀지지 않았는데 두 번째 시험만으로도 비무대회에 출전할 수 있는 기회가 주어지기 때문이었다.

하지만 세 번째 관문을 만든 것은 비무에서 십 강 안에 들지 않더라도 삼관을 통과한 사람에게는 구파일방에서 별도의 기회를 주기 위한 것이라는 제갈세가의 공표에 무림인들은 흥분하기 시작했다.

일점수나 일편합의 관문은 무림인들에게 많은 빈축을 샀다. 첫 번째 관문부터 너무 어려운 것이었기 때문이었다.

외공을 익힌 무림인들은 자신들에게는 기회가 없다는 이유로 야유를 보내기까지 했다.

그러나 이번 비무대회의 성격이 내공을 사용하는 무공을 겨루는 것이 목적이고 제갈세가에서 주관하는 것이라 대놓고 불만을 토로하지는 않았다.

"꽤나 요란한 관문이로군. 이 정도 관문을 통과할 실력이라면 굳이 구파일방의 비급을 얻을 필요도 없겠어."

"그런 것은 아닐 겁니다. 주군과 저야 그들의 비급을 어렵지 않게 접할 수 있지만 일반 무림인들이야 그렇지가 않습니다. 낭인들 중에는 이 정도 관문을 통과할 이들이 많지는 않겠지만 그래도 몇몇은 있을 겁니다. 그리고 그들은 구파일방의 비급을 간절히 원할 테고 말입니다."

"그건 어째서 그런가?"

"익히고 있는 무공 대부분이 정심하지 못하기 때문입니다. 화경으로 들어서는 초입에서 막혀 더 이상 진척이 없는 상태지요. 그런 그들에게 비무대회에 걸린 비급들은 목숨을 걸고서라도 얻어야 할 것입니다. 아무래도 이번 비무대회는 그런 자들을 선발하기 위한 자리 같습니다."

"자네 말을 듣고 보니 그렇겠군."

"어서 가시지요. 주군."

저량은 비무대회에 참가하기 위해 접수하는 장소로 서린을 이끌었다.

"어디서 오신 분들이오?"

관문에 도전하기 위해 온 것이 분명하기에 제갈세가의 수석교두인 제갈숭(諸葛嵩)은 서린과 저량에게 출신지를 물었다.

"북경에서 왔소. 우리 두 사람이 이번 관문에 도전하려 하오."

"그럼 이곳에 별호와 이름을 쓰시오."

제갈숭의 말에 저량이 붓을 들어 접수부에 일필휘지로 휘갈겼다. 호랑이가 먹이를 노리기 위해 도약을 하듯 약동하는 힘이 느껴지는 필체였다.

'삼도군(森韜君) 저량이라. 아직 무림에 이름을 날리지 않은 자로군. 본가에서 만든 관문이 그리 만만치 않을 텐데 이런 무명소졸이 도전하려 하다니. 쯧쯧!'

제갈세가에 있는지라 웬만한 무림인들은 줄줄이 꿰고 있는 그였다. 제갈숭은 저량의 별호를 보고는 아직까지 강호에 이름이 알려지지 않은 자임을 알 수 있었다.

'천서린이라, 어디서 들어 본 이름인데?'

저량에 이어 이름을 쓴 서린을 보며 제갈숭은 고개를 갸웃 거렸다. 분명 자신이 들어 본 이름이었기 때문이었다.

"별호는 없는 것이오?"

"하하하! 강호초출이라 아직 마땅한 별호가 없습니다."

"그렇군요. 아마 이번 비무에 참가하게 된다면 별호가 생길 겁니다. 저리로 가서 관문에 도전하시면 됩니다."

제갈숭은 관문사자가 있는 연못을 가리켰다.

"알겠습니다."

"가시지요, 공자님."

"그래, 가지."

저량이 서린을 이끌자 제갈숭은 다시 한 번 고개를 갸웃 거렸다.

"북경에서 왔고 천서린이라? 천서린……. 그러면 저자가 바로 북경일대를 제패한 천잔도문의 소문주로군."

제갈숭은 천서린이란 이름을 기억해 낼 수 있었다. 북경 암흑가를 일통하고 이제는 북경제일의 문파로 자리 잡은 천잔도문의 소문주가 이번 비무대회에 참가하는 것이었다.

"이건 이가주께 알려야 한다. 천잔도문은 아직까지 비밀이 많은 문파이니 이번 기회에 그들의 신비를 조금이라도 알 수 있을 테니까."

제갈숭은 두 사람의 출현을 알리기 위해 접수부를 수하

에게 맡기고는 당가로 들어갔다.

"서두르는 것을 보니 주군께서 누구인지 알아차린 모양이로군요."

"그렇겠지. 그렇게 단서를 주었는데 알아차리지 못하면 제갈세가의 인물이랄 수 없으니 말이야. 저들이 우리에 대해 신경 쓰는 것은 상관하지 말도록. 어차피 저들이 알아낼 수 있는 것은 한계가 있으니까."

"알겠습니다, 주군."

저량과 서린은 관문 앞에 섰다. 이미 몇 사람이 관문에 도전하기 위해 기다리고 있는 중이었다.

"으음, 저자들은?"

"왜 그러십니까?"

"아는 얼굴들을 본 것 같아서 말이야."

서린은 관문 앞에 선 후 막 일관문을 통과하고 이관문으로 향하는 자들을 보았다. 비록 뒷모습이었지만 잊을 수 없는 모습이었다.

'사천성 도지휘사사에서 같이 대륙천안에 들었던 자들이 분명하다. 그들도 나와 같은 명령을 받은 것인가? 대륙천안의 행사를 보면 그런 것은 아닌 것 같은데…….'

저량에게서 들은 바로는 대륙천안에서 주는 임무는 모두 다른 것이었다. 그렇다면 사천성 도지휘사사에서 자신과 함께 대륙천안에 들어갔던 자들은 다른 이유로 온 것이 분명했다.
"다음은 북경에서 온 삼도군 저량의 차례요."
서린이 생각에 잠긴 사이 관문을 주관하는 자의 목소리가 울리자 저량이 앞으로 나섰다.
스스스!
저량은 나서자마자 마치 미끄러지듯 연못을 건넜다. 수면 위로 두 치 가량 뜬 상태로 순식간에 연목을 넘은 것이었다.
"통과!"
관문 주관자의 음성이 터졌다.
"무슨 말이오. 가운데 나무 조각을 밟지도 않고 스쳐 지나갔는데 통과라니."
구경하던 무림인들이 소리를 질렀다. 세인들의 눈에는 저량이 한 번에 넘은 것으로 보였던 것이다.
"모두들 연목에 있는 나뭇조각을 자세히 보시오."
관문 주관자의 말에 모두가 연못 가운데 나무 조각을 주목했다. 연못은 나무 조각을 중심으로 약하게 파문을 일으키고 있었다.
"모두 보셨을 것이오. 나무 조각은 약하게 파문을 일으키고 있소. 저 사람은 분명 나무 조각을 밟았소. 아주 미세한 충격만 가해졌기에 저리 파문이 약한 것이오."
"믿을 수 없다. 그렇다면 절정의 고수라는 것인데, 그럴 리가 없다!"

관문에 도전조차 해 보지 못하는 자들의 입에서 야유가 터져 나왔다.

"나 광풍자(光風子)의 말을 믿지 못하겠다는 말이오."

관문주관자인 광풍자의 입에서 큰소리가 터져 나왔다. 장내에서 나던 야유의 소리가 일시 간 멈추었다.

지켜보던 무림인들이 야유를 멈춘 것은 다른 이유가 아니었다. 일관을 주관하는 사람이 의외의 사람이었기 때문이었다.

풍도(風盜)의 일각천리(一脚千里)와 함께 경공제일을 다투는 화산파의 화산오성 중 하나인 광풍자가 관문을 주관했다는 사실 때문이었다.

"우와! 대단하군. 구파일방을 제외하고 저런 경공을 구사할 수 있는 자가 있다니 말이야."

"그러게. 이번 비무대회가 무척이나 흥미로워질 것 같은 예감이 드네. 아까 통과한 자들도 만만하지는 않은 것 같았으니 말이야."

사람들은 광풍자라는 확언에 저량이 일관문을 통과했다는 사실을 인정했다. 자신들의 눈 보다 빠른 발걸음으로 연못 중앙의 나뭇조각을 순식간에 밟고 지나갔다는 사실을 알게 된 것이다.

사람들이 조용해지자 이번에는 서린이 나섰다.

사밀야혼이나 장천산행 같은 절세의 경신법이 있었지만 서린은 다른 것을 펼치기로 했다. 바로 창천무심행(蒼天無心行)이었다. 비연선자가 남긴 경공을 펼치기로 한 것이다.

서린이 신형이 그다지 빠르지 않은 속도로 떠올랐다. 그리고는 중앙의 나무 조각을 밟았다. 그리고 연이어 건너편으로 뛰어내렸다.

"우와, 저렇게 느리게 통과를 할 수 있다니 대단한 경신공부야."

"그러게. 저 사람도 통과로군. 나이도 어려 보이는 것 같은데 말이야."

"나도 한번 도전해 볼까?"

"예끼! 자맥질도 물에 빠지면 어떻게 하려고?"

무림인들은 서린의 통과에 환호성을 보냈다.

그간 통과한 사람들이 대부분 지긋한 나이를 지니고 있는데 반해 상대적으로 서린이 어렸기 때문이었다.

"저럴 수가!!"

세인들의 환호성과는 달리 광풍자는 놀라지 않을 수 없었다. 조금 전 저랑이 시전 한 경공은 이번 관문을 통과하기 위한 가장 효율적인 방법이었다.

빠른 속도로 지나가며 나무 조각을 건들이는 것이 신체의 균형을 유지하기 위해 제일 나은 방법이었던 것이다.

하지만 이번에 시전 된 서린의 창천무심행은 가장 어려

운 방법에 속했다. 보신경이 절정에 이르지 않는 한 어려운 것이었기 때문이었다. 분명 나무 조각을 밟고 서 있었는데도 불구하고 연못에 파문 하나 일지 않았던 것이다.

'저, 저것은 분명히 신행백변(神行百變)의 궁극이라는 창천무심행이 분명하다. 실종된 미령이가 완성하고자 절치부심한 것이 아니던가? 설마!'

비연선자 조미령(曺渼玲)은 광풍자에게는 사질이 되는 이였다. 이십여 년 전 자운자(紫雲子)의 일을 조사하러 간다면 화산파를 뛰쳐나간 뒤 실종되었던 비연선자의 절기가 나타나자 광풍자는 놀라지 않을 수 없었던 것이다.

광풍자는 저량과 서린이 이관문으로 향하자 서린에게 다급하게 전음을 보냈다.

—난 광풍자네. 자네가 펼친 것이 창천무심행이 아닌가?

자신의 귀에 광풍자의 전음이 파고들자 서린은 그를 쳐다보았다. 간절한 표정을 지으며 자신을 보고 있는 광풍자에게 남다른 사연이 있다는 것을 알 수 있었다.

—그렇습니다만.

—오오, 이럴 수가! 사실이었다니? 자제는 창천무심행을 어디에서 익힌 것인가?

—어머님께서 저에게 남기신 유진입니다만 어르신께서는 왜 그러시는지요? 그리고 창천무심행을 어떻게 아시는 것입니까?

—저, 정말이로군. 자세한 이야기는 나중에 할 터이니 관문을 통과하면 나를 찾게나. 이는 중한 일이네. 그리고 자네에게 해가 되지 않을 것이라는 것을 약속하네.

—알겠습니다, 어르신.

이상한 생각이 들었지만 서린은 간절한 광풍자의 전음에 나중에 그를 찾아보기로 했다. 그의 표정에서 사연이 있음을 짐작한 때문이었다.

서린은 당가의 문 안으로 들었다. 이관은 일관과는 달리 당가의 안쪽에 마련되어 있었다.

광풍자의 전음을 뒤로 남기고 서린은 저량과 함께 당가의 문 안으로 들어설 수 있었다.

'저자들은?'

서린은 안으로 들어서서 자신이 잘못 본 것이 아니었음을 확인할 수 있었다.

이관을 준비하는 두 사람은 바로 사천성 도지휘사사에서 같이 대륙천안에 들었던 등자승(鄧自乘), 등인호(鄧寅淏)였던 것이다.

—주군, 저자들이 어쩐 일인지 모르겠습니다.

저량도 두 사람을 확인한 듯 전음을 보내 왔다.

—아마도 양영이라는 자도 이번 일에 무엇인가 낌새를 차린 것이 분명한 것 같다. 저들이 나서지 않는 한 섣불리 아는 척하지 않는 것이 좋겠다.

—알겠습니다, 주군.

저량과 서린은 전음을 마친 후 이관을 기다리는 자들의 뒤에 섰다. 다가서는 두 사람을 등가 형제도 본 듯했지만 아는 척을 하지 않았다.

4장. 등가형제(鄧家兄弟)

등가형제는 자신들의 차례가 오자 이관에 도전했다. 먼저 도전한 자는 등자승이었다.

사방 한 자의 연한 두부 위에 놓인 종지를 보며 등자승은 천천히 손가락을 가져다 대었다. 아무런 준비 동작도 없이 그저 물건을 만지는 동작이었다.

"됐소."

등자승은 손가락을 떼며 심사관에 자신이 끝났음을 알렸다.

'포기한 것이란 말인가?'

심사관으로 있던 자는 영문을 모르겠다는 듯 두부 위에 있는 종지를 들었다.

"이럴 수가!! 통, 통과!"

심사관의 목소리가 떨려 나왔다. 종지를 들자 가죽으로 만들어진 공에는 손가락 크기만 한 구멍이 뚫려 있었다. 지법으로 종지를 격하고 구멍을 뚫은 것이었다.

이 정도의 실력을 지닌다는 것은 어려운 일이었다.

각파의 장로급이라도 상당히 어려운 난제를 손쉽게 해내는 등자승을 보며 심사관은 고개를 흔들었다.

"다음 사람 나오시오."

등자승이 통과하자 심사관은 다음 차례인 등인호를 불렀다. 종지 안의 공은 어느새 다른 것으로 바뀌어 있었다.

관문이 준비되자 등인호는 등자승과는 달리 조용히 자신의 손으로 종지를 덮었다.

"합!!"

기합성이 터져 나왔다. 경력을 발한 듯 그의 장포가 잠시 부풀었다 사라졌다.

"됐습니다."

등인호는 자신의 손을 종지에서 떼어 내며 심사관을 바라보았다. 심사관은 이번에도 손쉽게 끝낸 것 같은 등인호를 보며 마음을 가라앉히며 종지를 들었다. 종지 안의 가죽공은 완전히 찌그러져 있었다.

"이, 이번에도 통과요."

이처럼 쉽게 통과하리라고는 생각도 못했다. 두부가 부

서지는 것이 한 치 정도 안이라면 통과가 되는 관문이었다.

등자승은 아무런 흔적이 남지 않았고, 등인호는 종지의 테두리 부분이 약간 두부에 자국을 남긴 것이 다였다.

'이번 비무대회에는 생각 외의 강자들이 몰리는구나. 아무리 구파일방의 후기지수라 해도 십 강 안에 든다는 것이 쉽지만은 않겠다.'

이관의 심사를 맡고 있는 제갈성호는 앞서 통과한 이들은 물론 이번에 통과한 등가 형제의 실력을 보면서 예상외의 강자들이 몰려들었다는 것을 알 수 있었다.

"주군 상당한 실력이로군요."

"아마도 우리들 때문에 일부러 실력을 드러낸 것 같구나. 같이 수련하면서도 비교해 볼 수 없었으니 말이다."

"그런 어떻게 할까요?"

"적당히 해라. 어차피 저들 때문에 이곳에 온 것은 아니니까 말이다. 이곳에서 암약하는 이들에게 경각심을 심어 줄 필요도 없고."

"알겠습니다, 주군."

저량은 서린의 뜻을 알아들었다.

저량은 자신의 애병인 청강적필을 꺼내 들었다. 그리고는 관문이 설치된 곳에 섰다. 두부 위의 종지에서 반 장 가까이 떨어진 곳이었다.

"차앗!"

팡!!

저량은 반 보 앞으로 다리를 내뻗으며 진각을 밟았다. 그의 발이 한 치 가까이 대지에 틀어박혔다.

내뻗어지는 손에는 청강적필이 들려 있었고 청강적필의 끝은 종지 앞에 멈추어 서 있었다.

“종지를 들어 보시오.”

저량은 제갈성호를 보며 자신이 끝났음을 알렸다.

앞선 사람들의 관문 통과를 본 제갈성호는 마음을 가다듬으며 종지를 들었다.

“으음!! 분명 경력이 인 것을 보았는데…….”

제갈성호는 종지 안의 공이 아무런 이상이 없음을 보자 고개를 갸웃거렸다. 분명 강력한 침투경이 종지 안으로 들어간 것을 느낀 때문이었다.

제갈성호는 공을 들어 자세히 살폈다.

“이건!!”

자신이 살피고 집어넣은 공에는 가는 구멍이 뚫려 있었다. 너무 가늘어 잘 보이지 않을 정도의 미세한 구멍이었다.

“통, 통과!!”

이번에도 통과였다. 첫날부터 생각지도 못한 강자들이 관문을 통과하는 것을 보며 제갈성호의 목소리가 떨렸다.

저량은 자신이 관문을 통과했다는 소리를 듣자 한쪽으로

비켜서 서린의 차례를 기다렸다. 제갈성호는 서린을 위해 관문을 준비시켰다.

"다음 사람!!"

준비가 끝나자 서린에게 관문이 준비되었음을 알렸다. 서린은 서서히 다가가 종지 앞에 섰다.

'경력을 조절하지 못하면 두부는 그대로 으깨어질 것이다. 발(發)과 지(止)가 완벽하지 못하면 통과할 수 없는 관문이다. 예상보다는 어려운 관문이로군. 이 정도로 어려운 관문을 설치할 정도로 구파일방의 비급들이 가치가 있는 것인가?'

생각은 하고 있었지만 예상보다 까다로운 관문이었다. 보통의 두부보다 연한 두부 위에 종지는 조금만 힘을 주면 두부를 파고들 정도로 자체 무게를 가지고 있었다.

그것을 격하여 경력을 발한다는 것은 침투경이 경지에 이르지 않는 한 불가능한 것이었다.

'뭔가 노리는 것이 있겠지. 그럼 통과해 볼까. 하나는 지법, 하나는 암경, 그리고 저량은 명암경을 사용했으니 난 무엇으로 하나? 후후! 음인(陰引)을 사용하는 것이 좋겠군.'

서린은 혈왕오격(血王五擊)중 음인을 사용하기로 했다. 대륙천안에서 가장 심혈을 기울여 연마한 것이 혈왕오격(血王五擊)이었다. 그중 음인이라면 충분히 통과할 수 있을 것 같았다.

"차앗!"

기합성과 서린은 거리를 격하여 자신의 손을 내뻗었다. 손바닥을 활짝 편 채로 내밀어진 손을 보며 제강성호는 아무것도 느낄 수 없었다.

그저 서늘한 미풍이 주변에 일었다는 것만 느낄 뿐이었다. 서린은 손을 거두고 저량이 있는 곳으로 향했다.

"끝난 것이오?"

"끝났으니 확인해 보십시오."

제갈성호는 종지를 열었다. 이번에도 공에는 아무런 이상이 없었다. 주변을 예리하게 살폈지만 조금 전과 같이 미세한 구멍조차 없었다.

'포기한 것인가?'

제갈성호는 조심스럽게 공을 집었다.

쩍!

공을 집어 들자 공의 중간이 갈라지며 위쪽만이 들렸다. 경력을 발휘하여 공의 반을 완전히 가른 것이었다.

"허허허!!"

허탈한 웃음이 제갈성호의 입에서 흘러나왔다. 너무도 어이가 없었기 때문이었다.

오늘 관문을 통과한 여섯 사람 중 가장 나이가 어려 보이는 사람의 손속이 가장 깨끗했다. 잘려진 부위가 유리처럼 매끄러웠다.

구멍을 뚫거나 우그러뜨리는 것은 절정의 고수라면 충분히 할 수 있는 일이지만 이렇게 반듯하게 벤다는 것은 어려운 일이었기 때문이었다.

"통과요."

제갈성호의 입에서 관문을 통과했다는 소리가 들리자 저량과 서린은 다음 관문을 향해 갔다.

제갈성호가 놀라거나 말거나 세인들에게 설명조차 없었던 삼관이 어떤 식으로 설치되어 있을지 궁금한 마음뿐이었다.

"정말 예상치 못한 일이다. 이처럼 강한 자들이 비무대회를 위해 찾아오다니. 통과한 다들도 대부분 이름도 없는 이들이다. 저런 자들이 아직까지 알려진 별호조차 없는 것을 보면 누군가 이번 비무대회를 방해하기 위해 파견한 자들일지도 모른다. 누군가가!"

제갈성호는 삼관으로 들어서는 두 사람을 보며 다급히 내전으로 향했다. 이번 비무대회를 개최한 의도가 첫날부터 어긋나는 것을 느낀 때문이었다.

삼관을 마련한 것은 비밀리에 탈락자들을 거두기 위해서였다. 첫 번째 관문을 용케 통과한다고 하더라도 두 번째 관문은 대부분 탈락하게 되어 있었다.

그런 자들을 모아 무림맹에서 제공하는 비급을 미끼로

새로운 세력을 형성하려던 계획이 처음부터 어긋나고 있는 것이다.

그의 생각과 같이 서린과 저량의 출현을 알리기 위해 자신의 사촌동생인 제갈숭이 움직였다는 사실을 모르는 제갈성호는 빠른 발걸음으로 천무전(天武殿)으로 향했다.

*　　*　　*

"이가주님!"

"무슨 일인가?"

천무전에 들어와 다급히 자신을 찾는 제갈성호를 보며 제갈상운은 급한 일이 생겼음을 알았다.

"이번에 설치한 관문들을 통과한 자들이 나타났습니다."

"관문을 통과해?"

제강상운으로서도 뜻밖이었다.

"일관에 이어 이관까지 통과한 자들이 여섯이나 됩니다."

"여섯씩이나 된다는 말이냐?"

"그렇습니다. 먼저 하남 상주(商州)에 있는 초가보의 초일민(楚日旻)과 초쌍쌍(楚雙雙) 남매가 통과했습니다."

"초가보라면 이백 년 전 오대세가에 들었던 그 초씨세가 말이냐?"

초씨세가라면 이백 년 전 남궁세가와 더불어 오대세가의 수위를 다투던 가문이었다.

마교와 시비가 붙어 절정고수가 많이 죽는 바람에 지금은 쇠락했지만 그 옛날엔 명문 중의 명문이었다.

"그렇습니다."

"그곳이라면 인재를 배출할 만하지. 그리고?"

"다음은 형제인데 등자승(鄧自乘), 등인호(鄧寅淏)라는 자로 아무래도 군부 출신 같습니다."

"군부?"

"말하는 투나 행동하는 모양새가 군부 출신이 분명합니다."

"군부에서도 이번 비무대회에 관심이 있었나 보군. 그런 자들을 보내 오다니 말이야. 나머지는 누군가?"

"마지막에 통과한 두 사람은 주종 간으로 보였습니다. 하지만 정체가 파악이 되지 않습니다."

"주종 간?"

"하나는 이름이 저량이고 주인으로 보이는 자는 천서린이라는 자입니다."

"역시!!"

"예? 아시는 자들입니까?"

"조금 전 숭이 다녀갔다. 천잔도문에서 이번에 비무대회에 참가하기 위해 온 자들이 있다고 말이다. 그자들이 바로 조금 전 네가 말한 자들이다."

"북경에서 위세를 떨치고 있는 그 천잔도문 말입니까?"

"그래, 비록 흑도방파에서 출발했으나 지금은 어느 명문정파 못지않은 힘을 지니고 있는 그 천잔도문이다. 장백파의 입김이 닿고 있는 문파지. 그런데 네가 보기에 그들의 실력이 어느 정도 되어 보이더냐?"

제갈상운은 이번에 이관을 통과한 서린과 저량의 실력이 상당히 궁금한 듯 제갈상호를 쳐다보았다.

"상당한 자들이었습니다. 구대문파의 장문제자에 못지않은 실력을 가진 것으로 보였으니 말입니다."

"으음, 예상대로군. 알았다. 너는 그자들을 세심히 살피도록 해라. 이관을 통과한 자들 모두가 마찬가지다. 이번 비무대회를 방해하려는 불온한 세력의 움직임이 있다는 첩보가 있었으니 말이다. 어차피 통과하는 자들이 있을 것이라고 예상하고 있었으니 관문사자들에게는 너무 동요하지 말라고 해라."

"알겠습니다, 이가주님."

제갈성호는 복명하고 천무전을 나섰다.

밖으로 나서는 제갈성호를 보며 조금 전과는 달리 제갈상운은 인상을 찡그리고 있었다.

"허어, 큰일이로다. 사천에 낀 암운의 정체를 아직 밝혀내지도 못했는데 새로운 자들이 속속 등장하고 있으니. 형님께서 안배한 것이 있기는 하다만 어찌 일이 진행될지 모르겠구나."

자신의 형이자 무림맹의 군사인 제갈청운은 이번 사천비무대회에 음모가 개입된 정황이 포착되었다면 자신을 이곳으로 보낸 터였다.

그러나 아직까지 그림자조차 발견하지 못한 탓에 제갈상운으로서는 걱정이 들지 않을 수 없었다.

"일단 당가주를 만나 의논을 해야겠구나. 그의 얼굴에 그늘이 져 있는 것을 보면 심상치 않은 일이 벌어진 것은 분명하지만, 그래도 이곳에서 믿을 만한 사람은 그뿐이니."

당무결을 만나기 위해 제갈상운은 천무전을 나섰다. 이제는 자신이 제갈청운에게 들은 바를 말할 때가 되었던 것이다.

* * *

제갈상운이 자신들을 비롯한 관문 통과자들 때문에 당무결을 만나러 가고 있을 즈음 서린과 저량은 삼관이 마련되어 있다는 곳으로 가고 있었다.

"주군, 저기 등가 형제 말입니다. 그들이 이곳에 온 이유는 분명합니다."

"무엇이 말이냐?"

"원래 대륙천안에서 밀지를 받게 되면 전부 다른 임무가 주어집니다. 그렇기 때문에 활동하는 장소가 전부 다릅니다. 사천의 일에 대해서는 주군께 일임된 이상 저들이 이곳에 올 이유라고는 하나뿐입니다. 주군을 노리는 것이 분명합니다."

"나도 그렇게 생각하네. 그럼 저들은 자네가 말한 그 팔야야란 자들의 수하가 분명할 것이네. 우리를 포섭하러 왔든지 아니면 제거하러 왔든가, 둘 중 하나겠지."

"매사 주의하셔야 할 것입니다. 주군과 저도 마찬가지지만 저자들도 실력을 숨기고 있을 겁니다."

"나름대로 주의하고 있으니 걱정 말게."

서린과 저량은 등가 형제의 등장에 의구심이 들었지만 조심하는 선에서 지켜보기로 했다.

아직 다른 팔야야들과 대적할 힘이 없는 이상 지켜보는 것이 좋겠다는 생각이었다.

"주군, 저 안에 어떤 관문이 설치되어 있는 걸까요?"

"들어가 봐야 알겠지만 내가 보기엔 일종의 심문 절차 같구나. 두 전각 안에는 측량하기 힘든 고수들이 있다. 내공을 측정하는 것도 아니고 기운들이 조용한 것으로 보아 그들이 이관을 통과한 자들에 대해 심사를 하는 것 같다."

삼관은 다른 관문과는 달리 아무것도 설치되어 있지 않았다.

다만 조그마한 전각 두 개가 나란히 서 있었다. 삼관은 전각 안에서 실시된다는 관문사자의 전언만이 있었을 뿐이었다.

처음 관문을 통과한 자들이 나오는지 얼마 안 있어 전각의 문이 열렸다. 등가 형제는 전각이 열리자 나오는 자들을 지나쳐 안으로 들어갔다.

밖으로 나온 이는 이제 스물 중반을 바라보는 청년과 방년이 갓 지난 여인이었다.

바로 초가보의 초일민과 초쌍쌍이었다. 두 사람은 누가 보더라도 남매임을 알 수 있을 정도로 많이 닮아 있었다.

—주군, 저 두 사람이 바로 초씨세가에서 전력을 기울여 키운 자들이라는 풍뢰도((風雷刀) 초일민(楚日旻)과 천비섬환(天飛閃環) 초쌍쌍(楚雙雙)인가 봅니다.

—초씨세가의 성세를 회복할 사람들이라는 기대를 한 몸에 받고 있다더니 어린 나이에 가공할 성취를 이룬 것 같구나.

저량과 서린은 두 사람을 보며 삼도회에서 전해 온 책자의 내용을 기억해 낼 수 있었다.

사천성과 산서성 그리고 섬서성 및 운남성에 이르기까지 사천성을 중심으로 주변의 정세와 문파의 자료를 책으로 엮어 삼도회에서 보내 온 것이었다.

—두 사람 다 도를 주 무기로 한다는데, 풍뢰도의 도는

보이는데 천비섬환의 도가 보이지 않는군요.

—허리에 찬 체대가 아녀자가 차기에는 좀 색다른 것인 것을 보면 연도(?刀)를 사용하는 것 같다.

—그렇군요. 지니고 있는 기운이 상당한 것을 보니 보도(寶刀) 같습니다. 천비섬환이 남아로 태어났다면 기울었던 초씨세가의 성세가 단번에 회복될 것이라는 평가로 보아 재질이 상당한 소저 같습니다.

—지켜보아야 할 대상 중 하나니. 자네가 신경을 좀 쓰도록.

—알겠습니다, 주군.

두 사람이 자신들을 지나쳐 가는 동안 서린은 초씨세가의 남매에 대해 살피면서 두 사람의 화후가 높다는 것을 알 수 있었다. 마교와의 시비로 전력이 많이 줄기는 했지만 지난날 성세를 누렸던 명문 초씨세가의 성세를 보는 것 같았다.

특히 초쌍쌍이란 소저는 자신이 내뿜은 혈혈기감의 기운을 분명하게 느끼는 듯 보였던 것이다.

"오라버니."

삼관을 통과하고 자신들에게 배정받은 숙소로 향하는 초쌍쌍은 할 말이 있는 듯 초일민을 불렀다.

"왜 그러느냐?"

"조금 전에 전각 앞에 대기하고 있던 자들 말이에요."

"너도 느꼈느냐?"

"예. 우리 뒤를 이어 들어간 자들은 마치 군기처럼 가진 기운이 패도적이라 별걱정이 되지 않지만 그 뒤의 두 사람은 정말 알 수 없는 기운이었어요."

"나도 그런 생각이 들었다. 내 몸의 깊은 속까지 하나하나 꿰뚫어 보는 기분이 들었으니까. 이번 비무대회에서 초씨세가가 살아 있다는 것을 알리는 데 장애물이 될 것 같구나."

초쌍쌍과 마찬가지로 초일민 또한 서린과 저량에게서 말로써 형용 못할 기분을 느끼고 있었다.

'오라버니, 그런 것이 아니랍니다. 오라버니 말씀도 맞지만 그자들은 이런 비무대회에 나올 자들이 아니에요. 그들이 이번 비무대회에 나온다는 것은 뭔가 있다는 것을 뜻하는 겁니다. 비무대회가 문제가 되지 않을 만큼 말입니다.'

초쌍쌍은 서린을 보면서 일종의 전율을 느꼈다. 서린을 보자마자 거대한 장막을 느꼈다. 섬전연환도를 익히면서 인간의 오감으로는 찾을 수 없는 미지의 벽을 넘을 때 느꼈던 것과는 차원이 다른 전율이었다.

순식간에 사라진 기운이라 처음 자신의 눈을 의심했지만 소름이 돋는 것을 보며 자신의 초감각의 영역에 잡힌 것이 분명했다.

'전력을 기울인다면 생각해 볼 필요도 없이 이번 비무대회의 우승자는 그 사람이나 마찬가지야.'

자신감을 가지고 왔던 비무대회가 뜻밖의 강적을 만나 어렵게 될 것임을 생각하자 숙소로 걸어가는 초쌍쌍의 얼굴은 점차 굳어 갔다.

끼익!

초가보의 남매가 사라지고 일각이 지나자 전각의 문이 동시에 열렸다.

등가 형제는 조금은 굳은 안색으로 전각을 나서서는 자신들의 숙소로 향했다.

"들어가시지요, 주군."

"두 사람의 표정을 보아 시험이 꽤나 까다로운 것 같으니 너무 무리하지는 말게."

"걱정하지 마십시오."

서린은 저량에게 주의를 당부한 후 전각의 문을 열고 들어갔다. 전각의 안쪽에는 계피학발의 노인이 자리에 앉아 있었다. 그의 양옆으로 심신을 맑게 해 주는 향이 피어오르고 있었는데 정좌하고 앉은 그는 도사차림의 복장을 하고 있었다.

"어서 오게. 그 앞에 앉으면 되네."

탁자를 마주하고 빈자리에 앉기를 권하는 노인의 말에 따라 서린은 자리에 앉았다.

"난 공동에서 온 이름 없는 사람일세. 자네를 시험하기 위한 관문사자를 맡고 있지."

"그러시군요. 처음 뵙겠습니다."

"비무대회에 참가하기 위해서는 원래 삼관은 필요가 없는 관문일세. 이관까지만 통과하면 비무대회에 참가할 수 있는 자격이 주어지니 말일세. 그러나 이번 삼관을 설치한 것은 비무대회에 걸린 비급 이외에 각파의 비전절예 중 아직 전인이 없는 것들의 인연자를 찾기 위해 만들어진 것이네. 십 강 안에 드는 것과는 별개로 말이야. 자네는 삼관에서 벌어지는 시험에 응하겠는가?"

"궁금함을 참을 수 없을 것 같군요. 이런 기회를 별도로 주다니 말입니다."

"인재를 아끼는 마음에서 그런 것이네. 강호에 인재가 넘쳐 나고 있다고는 하지만 사장된 절예들도 무척이나 많지. 해서 이번 기회에 사정된 절예들을 복원할 인재들을 찾는 것일세. 각 파의 비전절예들을 전수한다는 것에는 문제가 될 수도 있겠으나 그건 개개인이 선택할 사항이네."

"좋습니다. 한번 받아 보겠습니다."

"그럼 시작하겠네. 마음을 편히 가지게. 지금부터 하는 시험은 마음의 시험이니까. 지금 이곳에는 청정무심향이 피어오르고 있네. 이 향을 맡으면 자신이 감추고 있는 기세를 모두 드러내게 되지."

서린은 공동파에서 온 무명의 도인이 하는 이야기를 들으며 마음을 가라앉혔다. 이번 시험은 일종의 최면과 같은 것임을 알았기 때문이었다.

전각 안에 피어오르는 향은 청정무심향(淸定無心香)으로 마음의 때를 씻는다는 기향이었다. 장문인에게만 대대로 전해 내려오는 비법 중의 비법으로 만들어진 것이었다.

청정무심향을 맡으면 잠재되어 있는 기세를 모두 드러내게 되는데 공동파에서 문파의 비전을 전하기 위해 사람의 심성을 판별할 때 쓴다.

'이런 시험을 하는 것은 비전을 전할 자의 심성이나 내면을 보고자 하는 것일 것이다.'

시험은 서린의 예상대로였다.

청정무심향의 짙어질수록 서린은 아득해지는 정신을 붙잡으려 애써야 했다.

정신이 아득해져 오는 것과 동시에 혈왕기가 빠르게 움직이는 것을 느낄 수 있었다. 혈왕기는 도가의 기향이라는 청정무심향을 거세게 밀어냈다.

혈왕기가 청정무심향의 기운에 대항하기 시작하자 서린은 어느 정도 정신을 차릴 수 있었다.

'이 기운은 순수한 청정무심향이 아니다. 뭔가 다른 것이 섞여 있다.'

서린은 혈왕기가 청정무심향의 기운을 밀어내는 것을 느

끼고는 뭔가 다른 것이 섞여 있다는 것을 직감적으로 알 수 있었다. 몸 안에 흘러들던 기운이 자신의 정신을 옭아매는 것 같은 기분이 들었던 것이다.

'허, 이놈이!! 청정무심향에 섞인 삼뇌부시혈(三腦腐尸蟨)을 견뎌 내다니?'

혈교의 십좌 중 삼좌인 인혼자(人魂子)는 잠시 흐려지다 제 눈빛을 찾는 서린을 보고 놀라지 않을 수 없었다. 삼뇌부시혈을 이겨 내는 인간은 그로서도 처음 보는 것이었기 때문이다.

자신의 형제들과 함께 공동파의 도인으로서 도를 추구하다 금단의 길로 빠져들었던 그는 추구하던 것을 완성하기 위해 몰래 혈교에 가담했다.

그리고 혈교의 전폭적인 지원 아래 필생의 역작인 삼뇌부시혈을 완성시켰다.

삼뇌부시혈은 인간의 뇌에 직접 작용하는 것으로 약속된 시전자의 명령에 따라 일정한 행동을 하게 만드는 것이다.

설사 자신의 부모를 죽이라는 명령이라도 무조건 수행하게 만드는 것이 삼뇌부시혈이었다. 인간의 의지만으로는 절대 거부할 수 없는 것인데 이겨 내고 있으니 자존심에 금이 갔다.

'이놈이 누구인지는 몰라도 분명 예사 놈은 아니다. 절정의 고수라도 견딜 수 없는 것이 삼뇌부시혈인 만큼 초장

에 죽여 없애야 할 놈이다.'

인혼자는 대법을 베푸는 것을 포기했다. 섣불리 베풀다 자신의 정체만 탄로 날 우려가 있었기 때문이었다.

"이제 되었네. 청정한 마음을 가지고 있다니 무림으로서는 홍복이로세."

마음과는 달리 인혼자의 입에서는 청량한 목소리가 흘러나왔다.

"시험이 끝난 것입니까?"

"그렇네. 자네에게는 좋은 인연이 찾아올 것이네. 그만 나가 보도록 하게. 안으로 들어가면 자네들에게는 숙소가 배정될 것이네."

"알겠습니다. 그럼 이만."

서린은 포권을 취한 뒤 전각을 나왔다. 전각 밖에는 아직 저량이 나오지 않았는지 아무도 없었다. 서린은 전각을 응시하며 저량을 기다렸다. 반 각 뒤 다른 전각의 문이 열리며 저량이 걸어 나왔다.

"가자."

"예, 주군."

"기분이 어떤가?"

"좀 묘합니다. 잠깐 정신을 잃었던 것 같기도 하고. 어째서 이런 시험을 준비했는지 알다가도 모르겠습니다."

"으음!"

서린은 저량이 모종의 대법에 당했다는 것을 알 수 있었다. 저량 같은 강자가 당할 정도라면 예사 대법이 아닐 수 없었다.

앞서 들어간 초씨세가의 남매나 등가 형제 또한 당했을 확률이 컸다.

시험을 마치 서린과 저량은 빈청으로 들어섰다. 이미 그곳에는 관문을 마치고 들어오는 통과자들을 기다리는 사람이 대기하고 있었다. 서린은 안내를 받아 빈청의 방 중 하나에 들어갔다. 저량과 함께 쓸 수 있는 이인용 객방이었다.

탁!

방 안으로 들어서자마자 서린은 저량의 마혈을 짚었다.

"주군! 어째서?"

"잠시만 기다리게."

타타타탁!

서린의 눈부시게 저량의 몸을 훑었다. 이십여 개의 혈도를 순식간에 짚어 버린 것이다.

혈도를 다 짚은 서린이 자신을 물끄러미 쳐다보자 저량은 의문의 가득 찬 눈으로 서린을 쳐다보았다.

"주군, 어째서 이러시는 겁니까?"

"자네는 전각 안에서 모종의 대법에 당한 상태네. 아무래도 의지를 제압하는 것 같아서 살펴보려고 혈도를 짚었네. 그런데 역시 예상대로군.”

“제가 정말 대법에 당한 겁니까?”

“그런 것 같네. 살펴본 바로는 자네의 뇌정에 상서롭지 못한 기운이 머물고 있네. 아마도 청정무심향과 같이 썼던 것 같네. 내가 그 기운을 몰아낼 테니 고통스럽더라도 참게.”

“알겠습니다, 주군.”

서린은 자신의 손으로 백회혈을 덮은 후 저량에게 혈왕기를 밀어 넣기 시작했다.

이미 혈왕기로 삼몽환시술을 시전 한 바 있기에 저량의 뇌맥에 대해서는 누구보다도 잘 알고 있는 서린이었다.

혈왕기가 뇌맥을 따라 흐르자 잠재하고 있던 삼뇌부시혈이 마치 살아 있는 생물 마냥 준동하기 시작했다.

그러나 그건 준동에 불과했다.

이미 서린이 혈왕기로 저량의 뇌를 장악하고 있었기에 안과 밖에서 공격해 드는 혈왕기로 인해 인혼자가 심은 삼뇌부시혈은 고사되어 갔다.

삼뇌부시혈이 소멸되어 가자 저량의 얼굴이 일그러지기 시작했다. 독성의 여파로 인한 고통 때문이었다.

그러나 그것도 잠시 일각여가 지나자 저량의 얼굴이 다시 안정을 되찾아 갔다.

타타타탁!

삼뇌부시혈의 해독이 끝나자 서린은 저량의 혈도를 풀었다. 많은 심력을 소모했는지 서린의 얼굴에도 땀이 맺혀 있었다.

"괜찮은가?"

"크으음! 머리가 조금 어지럽기는 하지만 괜찮습니다."

"다행이다. 자네의 뇌를 혈왕기가 감싸고 있어 완전히 침습하지 않아서 해독할 수 있었네. 하지만 다른 자들은 해독하기가 만만치 않을 것이야."

"이런 짓을 한 것을 보면 무림인들을 꼭두각시로 만들려는 것이 분명한데. 어떻게 하실 작정입니까?"

"아까 전각에 있는 자들을 감시할 작정이네. 앞서 전각 안으로 들어갔던 자들도 해독해야 되고 말이야. 하지만 걱정이야. 움직임이 너무 빨라. 마치 터지기 직전의 화약처럼 말이야."

이토록 노골적으로 일을 진행하고 있다면 관계된 자들이 상당수 존재하고 있다는 것을 뜻했다. 혈교에서 꾸민 음모가 무엇이기에 이토록 철저히 움직이는지 또한 불안감으로 작용했다.

"언제 움직이실 겁니까?"

"오늘 밤에 움직여야겠지. 자네는 전각 안에 있던 자들을 감시해 주게. 잘될지는 모르겠지만 난 중독된 자들을 해독해 주어야겠네. 밖에서 우리를 감시하는 자들의 눈을 피하는 것을 잊지 말도록 하고."

"알겠습니다, 주군."

서린과 저량이 방으로 들어선 순간부터 감시의 눈길이 붙어 있었다.

어느 정도 예상한 것이지만 상당한 수였다. 모두 일곱 명이 자신들을 감시하고 있었던 것이다.

시간이 어느 정도 지나 밤이 깊어지자 서린이 가부좌를 틀었다. 저량은 호법을 서는 듯 서린의 등 뒤에 섰다.

서린이 가부좌를 튼 것은 삼몽환시술을 시전하기 위해서였다. 감시하고 있는 자들의 시야를 잠시 돌리기 위해서였다.

개별적으로 시전 한다면 성격까지 완전히 바꿀 수도 있겠지만 잠시간의 시간을 벌기 위한 것이었다.

'감시하고 있는 자들은 운기조식을 하는 것으로 알고 있을 테니 잠시간만 시간을 벌면 된다. 삼몽환시술에 걸려든다면 우리가 계속 방 안에 있을 것으로 알 것이다.'

서린은 혈왕기를 사방으로 퍼트렸다.

현음천자술로 자신의 기억을 감시자들에게 심기 위해서였다. 내공과는 다른 기운이라 감시하는 자들이 모두 걸려들었다.

자신이 의식하지 못하는 사이에 서린의 기억이 그들에게 심어졌다.

"됐다. 한 시진 정도밖에는 시간이 없으니 빨리 마치고 돌아와야 하네."

"알겠습니다, 주군."

서린과 저량은 방을 나섰다. 감시하는 자들은 의식은 깨어 있으나 두 사람이 방을 나서는 것을 인지하지 못했다.

서린과 저량은 방을 나서자마자 방향을 달리했다.

서린은 초씨세가의 사람들이 머물고 있는 곳으로 향했고 저량은 빈청을 넘어 삼관이 설치되어 있던 전각으로 향했다.

삼관이 설치된 전각에 도착한 저량은 한쪽에만 불이 켜져 있는 것을 본 후 그곳으로 신형을 날렸다.

'후후후, 나를 물 먹였다, 이거지!'

저량은 전각의 추녀 끝에 발을 걸치고 안쪽의 기척을 살폈다. 안에는 자신에게 모종의 대법을 시행한 자와 다른 자가 대화를 나누고 있었다.

서린에게 대법을 걸려 한 인혼자와 그의 쌍둥이 형인 지혼자(地魂子)였다.

"형님, 제가 상대했던 자는 정말 만만히 볼 자가 아닙니다. 예상대로 대륙천안에서 상당한 실력자를 보낸 것 같습니다."

"당가의 아이가 놈을 없애려 했지만 실패했다고 한다. 이번 계획에 부담이 될 것이 확실하다. 대륙천안에서 나온 놈이 분명하지만 장백파를 뒤에 업고 있는 놈이니 쉽사리 제거하기도 힘들게 생겼다."

"어떻게 하면 좋겠습니까?"

"이미 혈루비가 움직이기 시작했다. 그들이 움직인다면 그놈은 머지않아 사지에 빠질 것이다."

"혈루비가 움직였다면 그다지 걱정할 필요가 없겠군요. 그나저나 십좌의 상태는 어떻습니까?"

"본교로 돌아가 폐관 중이다. 내공을 많이 잃어 교주께서 영약을 하사하신 모양이다. 화산파 때문이라도 그는 아직까지 우리에게 필요한 존재니까 말이다. 그렇지만 육좌가 행방불명이라 걱정이다. 암천혈영대 또한 흔적을 찾을 수 없고……. 이 상태라면 아무래도 대륙천안에 당했다고 봐야 할 것이다."

"형님, 아무리 대륙천안이 나섰다 하더라도 광염패존은 쉽게 당할 사람이 아닙니다. 암천혈영대 또한 만만한 전력이 아니고 말입니다. 그런데 그들이 행방불명이 되었다니 이해가 되지 않습니다."

"이건 대형의 판단이다. 아무래도 사사묵련의 귀신들이 나선 모양이다. 그들의 흔적이 몇 군데서 나타난 것을 보면 육좌는 포기해야 할 것이다."

"으음, 큰일이로군요. 그렇게 된다면 화산파에 대한 일은 잠시 접어야 할 것 같습니다."

"그렇지 않아도 대형께서 화산의 일은 잠시 접어 두라 말씀하셨다. 지금은 이곳의 일이 더욱 급하니 말이다. 특히 그 천서린이란 놈에 대해서는 혈루비가 맡아서 처리할 것이라 하셨으니 차질 없이 일을 계속 진행시켜야 할 것이다."

"알겠습니다, 형님."

"난 이만 그자를 만나 보러 가야겠다. 아직까지 협조하고 있지는 않지만 그는 분명 이번 일에 협조하게 될 것이다."

지혼자는 인혼자와의 대화를 마치고 전각을 나섰다. 그는 전각을 나선 후 내원의 깊숙한 곳으로 향하기 시작했다.

저량은 달빛에 몸을 숨기는 잠종추월(潛從追月)의 은신술을 사용해 신형을 감추고는 진혼자의 뒤를 따랐다.

지혼자가 멈춘 곳은 내원의 깊숙한 심처였다.

연못과 가산(假山)이 조상되어 풍치를 더하는 곳이었지만 처처마다 살기가 뻗치고 있는 것이 예사 정원은 아닌 것 같았다.

정원의 깊숙한 곳에는 명패도 없는 전각이 하나 있었다. 가산과 연못이 주위를 감싸며 호위하는 형국이었다.

"이상이 없는 것 같군."

지혼자는 주변을 한번 둘러보더니 기이한 발걸음으로 걸음을 걷기 시작했다.

'기문진이 펼쳐져 있구나.'

저량은 섣불리 지혼자의 뒤를 밟을 수 없음을 깨달았다. 진세에서 뻗치는 살기가 문제가 아니었기 때문이었다.

진세 속에 신형을 감춘 채 은신해 있는 자들이 문제였다. 이대로 지혼자를 따른다면 들키는 것은 물론 일을 그르칠 우려가 컸기에 그저 주변을 지켜보는 수밖에 없었다.

'일단 방으로 돌아가야 할 것 같다. 이곳이 어디인지는 내일 알아보아도 늦지 않을 터.'

기다려도 지혼자가 나올 생각을 하지 않자 저량은 객방으로 돌아가기로 마음을 먹었다.

'응?'

객방으로 돌아가려 신형을 돌리는 찰라 저량은 자신과 마찬가지로 정원 속에 전각을 주시하는 눈이 있음을 알 수 있었다.

'잘하면 잠입을 할 수도 있을 것 같구나.'

정원을 지켜보는 눈은 둘러싸고 있는 담의 그늘 속에 숨어 있었다. 저량은 자신의 주변에서 돌조각 하나를 집어 들고 회선비류의 수법으로 숨어 있는 암행인에게 던졌다.

상처를 입을 만한 정도는 아니었으나 날아가는 기세는 사뭇 삼엄했다.

암행인은 자신에게 날아오는 돌조각의 기척을 느낀 듯했다.

그대로 맞느냐 아니면 피하느냐 갈등하는 것 같았지만

이내 신형을 피했다.

부스럭!

"누구냐!"

암행인이 기척을 흐리는 것과 동시에 사방에서 고함성이 들려왔다. 어느새 흑의를 입은 무사들이 암행인이 있던 자리에 나타났다.

가산에 은잠해 있던 자들이 진세를 풀고 나타난 것이었다.

"저기다."

흑의인 중 한 명이 담을 넘고 있는 암행인의 신형을 발견하고는 소리를 질렀다.

삐이이익!

호각소리가 연이어 울리고 당가의 사방에는 어느새 불이 환하게 밝혀졌다.

진세를 이루고 있던 가산에서도 은잠해 있던 자들이 모습을 드러내고는 사방을 경계하며 주위를 감시하기 시작했다.

스으윽!

그사이를 틈타 저량은 정원의 가산으로 숨어들 수 있었다.

"무슨 일이냐?"

전각 안에서 여인의 음성이 흘러나왔다.

청란각의 주인인 당고란이었다.

"잠입한 자가 있는 것 같습니다. 지금 천화혈대가 추적 중입니다."

밖에서 전각을 수호하고 있던 천화혈대의 대주인 방사유(邦社有)가 당고란의 물음에 대답했다.

"주변을 살피고 다른 침입자가 없는지 살펴야 할 것이다."

"알겠습니다."

방사유는 수하들에게 지시하여 청란각 주변을 물샐 틈 없이 감시토록 했다.

"감시의 눈길이 이곳까지 미치다니 빨리 일을 진행시켜야 할 것 같습니다."

질책이 깃든 지혼자의 말이었다.

"걱정 마시오. 내 쪽의 일은 거의 다되어 가니 당가에 대한 일은 염려를 놓으시오."

당고란 또한 지혼자가 염려하는 바를 잘 알고 있었기에 그를 안심시켰다.

"천화께서 이리 장담하시니 믿기는 믿지만 이곳에 올 자의 신분이 만만치 않은지라 어쩔 수 없음을 이해하십시오."

"걱정 마시오. 그자는 이곳에서 당가의 독으로 죽음을 맞을 것이오. 그렇게 되면 당가는 다시는 강호에 나설 수 없을 것이오,"

"알겠습니다. 뒤의 일은 저희에게 맡기시면 됩니다. 그렇게 되면 당가에 얽히신 한은 모두 푸실 수 있을 겁니다."

"그만하고 돌아가도록 하시오. 당신이 이곳에 있는 것을 당가에서 알게 되면 좋을 일은 없으니 말이오."

당고란은 축객령을 내렸다. 지혼자의 신분이 공동에서 온 도사의 신분이었기에 야심한 시각 당가의 내원에 들었다는 사실만으로도 의혹의 대상이 될 수 있을 것이기 때문이었다.

지혼자는 당고란의 축객령에 청란각을 나섰다. 올 때는 신형을 드러내고 왔으나 밖으로 나설 때는 그의 종적은 찾을 수 없었다. 당가가 비상 경계 태세에 들어간 이상 몸을 사리는 것이 좋았기 때문이었다.

'이곳이 어디인지만 알면 저 여인의 정체도 알 것이고, 혈교와 얽힌 당가의 끝도 알 수 있을 것이다.'

다른 이의 눈에는 지혼자의 신형이 보이지 않았지만 저량은 그를 지켜보고 있었다.

저량은 지혼자가 삼관이 설치되어 있는 곳으로 향하는 것을 보고는 객방으로 향했다. 지혼자와 마찬가지로 지금 자신의 모습이 들켜서는 좋을 일이 없기 때문이었다.

청란각을 뒤로하고 객방으로 돌아왔을 때 서린 또한 돌아와 있었다.

"가셨던 일은 잘되셨습니까?"

"어렵게 됐네. 자네와는 다르게 앞서 삼관에서 나왔던 초씨세가의 사람들은 너무 깊이 중독되어 있는 터라 어려웠네. 그리고 등가 형제는 객방에도 없었네."

서린은 초씨세가의 남매를 차례로 찾아 혈왕기를 이용해 혼혈을 짚고는 그들의 중독 증세를 살폈었다.

초쌍쌍이 가진 감각이 예리하기는 했지만 혈왕기를 이용해 내부로부터 혈도를 제압한 터라 그들이 아무리 고수라 해도 자신이 제압당한 사실을 몰랐다.

서린의 그들의 내부를 살핀 바로는 이미 해독하기는 틀린 상태였다. 뇌 깊숙이 이미 약효가 모두 퍼져 있기 때문이었다.

임시 조치로 뇌혈맥의 여러 곳을 짚어 만약의 사태에 대비하기는 했지만 불안한 것은 어쩔 수가 없었다.

두 사람에 대한 조치를 끝내고 서린은 등가 형제의 방을 찾았었다. 등가 형제는 어디로 갔는지 찾을 수가 없었다. 깊은 밤이었는데도 방 안에 없었던 것이다.

바로 그때 당가에서는 호각성이 일며 침입자를 찾는 소리가 울려 퍼졌다. 서린은 할 수 없이 자신의 방으로 되돌아올 수밖에 없었던 것이다.

"그런데 갔던 일을 어떻게 되었나?"

"삼관을 주관하고 있던 두 놈은 혈교와 연관이 있는 것이 틀림없습니다. 그리고……."

저량은 삼관이 마련된 전각에서부터 청란각에서 자신이 보고 들었던 것을 서린에게 모두 이야기했다.

"그렇다면 그들이 누군가를 노리고 있다는 이야기인데. 혈교에서 노릴 만한 사람이 누구인가가 문제로군. 그리고 그 전각의 주인이 누구냐 또한 문제고."

"그렇습니다. 전각의 경비로 보아 당가에서도 꽤 높은 위치에 있는 여인 같았습니다. 날이 샌 후 그 전각의 주인이 누구인지 알아낸다면 어느 정도 가닥이 잡힐 것 같습니다."

"날이 밝는 대로 알아봐 주게. 그 여인이 누군가에 따라서 이번 일을 해결할 단서가 될 수 있으니."

"알겠습니다, 주군."

날이 밝자 저량은 객방을 나섰다.

간밤에 있었던 침입자로 인해 당가는 분위기가 뒤숭숭한 편이었다. 빈청을 나서는 것도 위사들의 의심스러운 눈초리를 받아야 했다.

저량은 빈청을 나서 내원 쪽으로 향했다. 내원으로 향하는 동안 여러 사람이 그를 의아스러운 듯 바라보았다.

당가의 인물도 아니고 천무전에 머물고 있는 구파일방의 인물들도 아닌 자가 태평하게 구경하듯 당가를 어슬렁거렸으니 당연한 일이었다.

"무슨 일이오."

내원으로 들어서려는 저량을 수문위사가 제지했다. 내원은 당가의 인물들이 거주하는 곳이었기 때문이었다.

"당가가 어떤 곳인지 구경하는 중이오."

"당신은 누구기에 이렇게 나돌아 다니는 것이오. 이곳은 당가의 내원으로 외인이 함부로 출입을 할 수 없다는 것을 모른다는 말이오?"

"하하! 미안하게 됐소. 난 어제 삼관을 통과하고 빈청에 머물고 있는 저량이라는 사람이오. 당가의 명성이 대단하여 나도 모르게 구경하다가 실례를 한 모양이오."

"비무대회에 참가했으면 비무나 신경 쓸 일이지 어째서 염탐하듯 기웃거리는 것이오. 어서 빈청으로 돌아가시오."

간밤의 일로 신경이 예민해진 내원을 지키는 위사의 목소리에는 질책이 담겨 있었다.

"아니, 간밤에 무슨 일이 있었단 말이오?"

"허허! 이 사람을 봤나. 어제 내원의 청란각에 침입자가 있어 이렇게 분위기가 뒤숭숭한 것이 아니오. 그러니 경을 치기 전에 어서 빈청으로 돌아가시오."

"알겠소. 간밤에 그런 일이 있었다니 내가 너무 무심했나 보오. 잠이 들면 웬만하면 깨어나지 않는지라. 이만 가 보겠소."

위사의 말을 들은 저량은 빈청으로 돌아왔다. 그리고 자신들의 시중을 들고 있는 시비들을 통해 청란각의 여주인이 누구인지 알 수 있었다.

저량이 청란각의 주인이 누구인지 탐문하고 있을 때 서린은 등가 형제를 찾아보았다. 삼관에서 모종의 대법에 당한 것이 염려되어서였다.

하지만 등가형제는 아직도 빈청으로 돌아오지 않고 있었다.

이렇게 자리를 비운 이유가 궁금했기에 서린은 빈청을 경계하고 있는 위사들에게 물어보았다.

서린은 위사들에게 등가 형제가 어제 초저녁에 당가 밖으로 나간 후 아직 돌아오지 않았다는 대답을 들을 수 있었다.

'어디로 간 것인가? 밖에다 숙소를 마련해 놓은 것인가?'

행방을 알 수 없자 서린은 빈청으로 돌아가려 했다.

'응?'

등가 형제가 안으로 들어오고 있었다. 밤새 술을 마시듯 술냄새를 풍기고 약간 비틀거리는 모습이었으나 서린은 그들이 술에 취한 것이 아님을 알 수 있었다.

몸에 휘돌고 있는 내기가 상당히 안정적이었기 때문이었다.

등가 형제가 빈청으로 향하자 서린은 그들의 뒤를 따르기 시작했다. 등가 형제는 서린이 뒤를 따르는 것을 알았지만 개의치 않고 빈청에 마련된 자신들의 방으로 향했다.

“이보시오. 잠시 이야기를 나눠도 되겠소.”

객방에 이르자 서린은 등가 형제를 불렀다.

“우리 말이오?”

취기가 가시지 않은 듯한 목소리였지만 등자승의 눈은 심유하게 빛나고 있었다.

“후후후, 피차 할 말이 있다고 생각되는데?”

등자승의 눈의 의외라는 듯 호기심을 보였다.

“우리는 간밤에 과음을 해서 그런지 피곤하오. 한잠 자야겠으니 할 말이 있으면 저녁때 우리 방으로 오시오.”

“알겠소. 그럼 저녁때 뵙지요.”

서린은 두말없이 뒤로 돌아섰다. 소기의 목적은 달성한 때문이었다. 예상과는 달리 등가 형제는 대법에 당하지 않았다.

“형님, 저자가 어째서 우리를 만나려고 하는 걸까요?”

“모르겠다. 우리의 의도를 눈치챈 것인지 알 수가 없구나. 하지만 어차피 저자의 시선을 돌려야 할 테니 오늘 밤이 기회가 될 수도 있겠다.”

“오늘 밤이오?”

“그래, 오늘 밤! 사사묵련에서 어떤 준비를 하고 있는지 알아볼 기회도 되고. 태평야께서는 사사묵련에서 저자에게 걸고 있는 기대만큼이나 능력이 있는지 알아보기를 원하시는 것 같으니 말이다."

"기대가 되는군요. 처음 봤을 때는 어린아이더니 이제는 실력을 알 수 없는 강자로 성장한 것을 보면 말입니다."

"나 또한 마찬가지다."

자신의 방으로 향하는 서린을 보며 두 사람은 눈빛을 빛내고 있었다.

무림을 혼란 속으로 몰아넣기 위한 이번 계획도 그들에게는 중요했지만 사사묵련의 기대를 한 몸에 받고 있는 서린도 그들에게는 흥미로운 대상이었다.

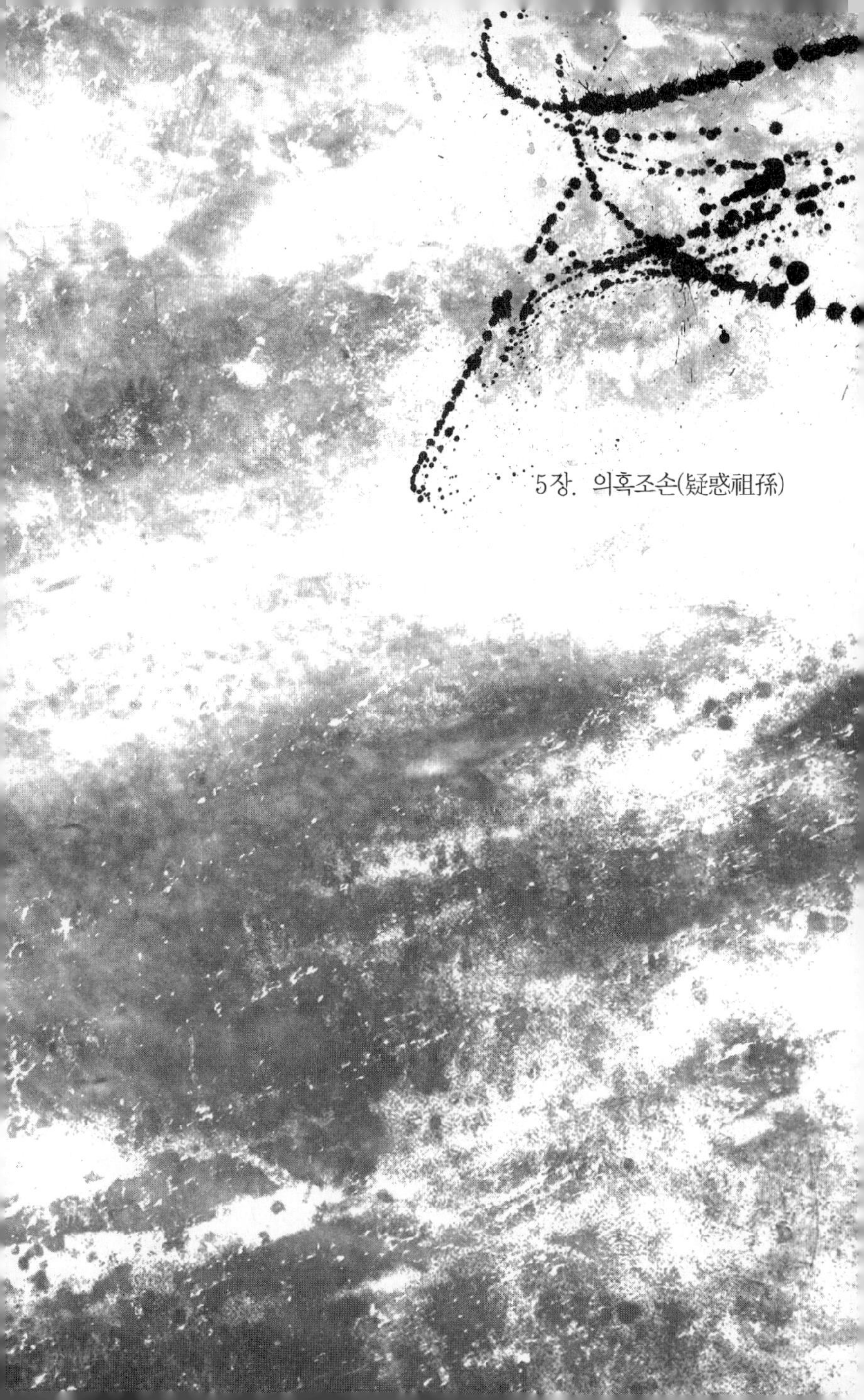

5장. 의혹조손(疑惑祖孫)

객방으로 돌아온 서린은 저량에게서 당가의 인물 중 혈교와 결탁하고 있는 사람이 당고란이라는 사실을 들을 수 있었다.

당고란의 위치가 당가 내에서도 특별하다는 사실은 삼도회의 정보로 알 수 있었지만 그녀가 어째서 혈교와 연관을 맺고 있는지는 정확히 파악할 수 없었다.

"당가 내에서 혈교와 손을 잡은 자는 당고란인 것은 확실하다는 말이군."

"그렇습니다. 어째서인지는 모르지만 대충 윤곽은 잡힌 것 같습니다. 그동안 살펴본 바로는 구대문파 중 공동파와 화산파가 혈교의 인물들로 보이는 자들과 연관이 있는 것 같고, 오늘 확인한 사실로 보면 대륙천안 내에서도 혈교와 연관이 있는 자들이 있는 같습니다. 특히 이곳 사천성의 도지휘사사인 양영은 연관을 맺고 있는 것이 확실합니다."

"으음, 그런 것 같군. 뭘 꾸미는 거지?"

"어젯밤 둘의 이야기를 종합해 보면 그들은 비무대회에 참가하는 자 중 누군가를 암살하려는 것이 틀림없었습니다. 그것도 무림맹에 중요한 위치에 있는 자로요."

"무림맹에서 암살당한다면 강호 전체에 파급을 미칠 만한 인물이 누가 있을 것 같은가?"

"우선 삼성을 들 수 있습니다. 무림맹의 공동맹주인 소림, 무당, 화산의 장문인이지요. 그들 중 하나라도 죽는다면 무림에 퍼질 파급은 예측이 되지 않을 정도로 클 겁니다."

"소림의 공혜선사와 무당의 육진자, 그리고 화산의 파산검이라. 자네 말대로 그들 셋 중 하나겠군. 하지만 이번 비무대회에는 공동맹주 중 하나도 참석하지 않는다고 하지 않았나?"

"그건 모르는 겁니다. 사천성의 비무대회가 오랜만에 열리는 강호 전체의 행사인 만큼 참여를 배제할 순 없겠지요. 공식적으로는 아니더라도 몰래 왔다 갈 수도 있고 말입니다."

"그럴 수도 있겠군. 그런 식으로 삼성 중 누군가가 온다면 기회가 될 수도 있을 테지. 하지만 그들이 노리는 것이 그것이 다일까? 단순히 강호의 혼란만을 노리는 것은 아닐 것 같은데 말이야."

"맞습니다. 단순히 혼란만이라면 다른 것도 많을 테니까 말입니다. 그리고 지금까지의 일을 보면 더욱 그렇습니다."

"삼관에서 놈들이 은밀히 대법을 시전 한 것을 말하는 거군."

"아직은 섣불리 판단할 만한 것은 아닌 것 같지만 이번 일과 관련이 있는 것 같습니다. 암살을 위해서만은 아닐 테니 말입니다. 그러나 일차적인 목표가 강호의 혼란이라는 것만은 분명합니다."

"어떤 일이 벌어질지는 모르지만 대비를 하는 것이 좋겠군. 아무래도 음모의 중심지는 사천성인 것 같으니 말이야."

"그러시면?"

"맞는 말이다. 그럼 조치를 취해야겠군. 내일이면 사사묵련에서 삼영이 도착하니 당가를 중심으로 천라지망을 친다."

"알겠습니다."

당가에서 음모가 진행되는 것을 감안해 서린은 사사묵련의 힘을 당가 쪽으로 집중시키기로 했다.

혈교가 아무리 음모를 꾸미고 있다지만 사사묵련의 삼영

이라면 막을 수 있을 만한 충분한 전력이었기 때문이었다.

두 사람은 앞으로의 일에 대해 대책을 의논해 나갔다. 세세하게 신경을 쓸 일이 많았던 탓이었다.

"슬슬 시간이 된 것 같으니 이제 그만 나가 봐야겠군."

"조심하십시오."

"걱정하지 마라."

해가 기울어 밤이 찾아왔기에 서린은 등가 형제를 만나러 방을 나섰다.

실세 중 하나인 양영이 개입되어 있다면 대륙천안에 진입하고자 하는 자신의 목적이 실패할 수도 있었기에 서린은 이번 기회에 경고할 생각을 가지고 있었던 것이다.

저량도 정보 수집을 위해 삼도회를 만나려 당가를 나섰다. 혈교의 이목이 자신들에게 주목되어 있음을 알지만 예상외의 사태라 어쩔 수 없었던 것이다.

서린이 등가 형제의 방을 찾았을 때 두 사람은 탁자에 마주 앉아 차를 마시고 있었다. 서린이 오기를 기다리고 있었던 듯 탁자에는 찻잔이 하나 더 있었다.

"기다리고 있었다, 앉아라."

등자성이 나이 어린 것을 인식시키려는 듯 서린에게 반말을 하며 자리에 앉도록 했다.

"미리 말하지만 지난날의 인연을 언급할 생각이라면 안 하는 것이 좋다."

등자성은 서린이 자리에 앉자 대륙천안에서의 인연을 언급할 생각을 말라는 듯 다짐을 두었다.

"나 또한 그렇습니다. 하지만 한 가지 언급하고 지나가야 할 것이 있습니다."

"무엇이냐?"

"이번 사천 비무대회의 이면에서 벌어지는 일들이 당신들과 관련이 있는 것입니까?"

모호한 질문이었다. 비무대회를 개최하는 것에 관련이 있냐는 것인지 암중에 벌어지고 있는 음모와 관련이 있냐는 것인지 등자성은 질문의 의중을 파악하기 힘들었다.

"무슨 뜻이냐? 우리는 이번 비무대회를 통해 우리 실력이 어느 정도인지 확인을 하러 왔을 뿐이다."

"괜히 당신들을 만나러 온 것 같습니다. 모른다면 할 수 없겠지만 한 가지 경고하는데 괜히 섣불리 내 임무를 방해할 생각은 안 하는 것이 좋을 것입니다. 난 내 앞에 거치적거리는 것을 싫어하는 사람이니 말입니다."

발뺌하는 등자성의 말에 서린은 자신의 일에 끼어들지 말 것을 경고했다. 일부러 두 사람의 노화를 돋우려 하는 측면도 있었다.

"네놈이 죽으려고 환장을 한 모양이로구나!"

서린의 사뭇 도발적인 말투에 등자성과 등인호는 노화를 터트리며 서린을 노려보았다.

필요에 의해 손을 잡은 사사묵련이었지만 자신들을 무시할 수 있을 정도는 아니라고 생각하고 있던 때문이었다.

비록 천주 직속이지만 자신들의 수족 노릇을 해 왔던 곳이 사사묵련과 암흑련이다. 특히나 팔야야의 측의 사람들은 두 전위 집단의 사람들을 언제나 부릴 수 있는 종복처럼 하찮게 여겨 왔었다.

그런데 서린이 노골적으로 자신들을 무시하자 기분이 나빠졌던 것이다.

"비록 같은 길을 걸을지는 모르겠지만 방해가 된다면 일찌감치 사라지는 것도 좋은 일이지. 서로 간에 말이다."

입가에는 미소를 흘리고 있었지만 등인호의 목소리는 살기가 묻어나고 있었다.

"후후후, 그렇군요. 나는 지금 당가를 벗어나 유람이나 하려는 참인데 어떻습니까?"

"무슨 뜻이냐?"

"후후후, 기회를 드리겠다는 말입니다."

서린은 바깥에서 결판을 보자는 뜻으로 두 사람에게 제안을 했다. 나가서 결판을 보자는 뜻이었다.

등가 형제가 마다할 이유가 없었다. 비무대회에서 자칫 실수하여 일이 틀어지느니 지금 서린을 제어하는 것이 더 났다는 생각이 들었다.

"좋다."

등자성이 찬성을 표시하고는 이내 자리에서 일어났다. 서린 또한 두 사람을 따랐다.

당가를 벗어난 세 사람은 인적이 드문 곳을 찾아 경공을 발휘했다. 등가 형제가 멈추어 선 곳은 당가에서 십여 리 떨어진 야산이었다.

보름인지 달이 훤히 떠올라 세 사람을 비추고 있었다. 삼 장여를 떨어져 마주 선 세 사람에게서 긴장감이 흐르고 있었다.

"이 정도면 되지 않았나?"

"그렇군요. 대화하기에 아주 좋은 장소 같군요."

"수담(手談)을 나누기에는 달도 좋군. 난 한 가지 궁금한 것이 있었지. 아무리 천주의 직속이라고는 하지만 어떻게 사사묵련에서 여섯 사람이나 천안에 들 수 있었는지 말이야. 오늘 시험해 볼 수 있는 좋은 기회로군. 네 입담만큼이나 실력이 있는지 말이야."

차앙!

등자성이 말을 마치고 도를 꺼냈다. 검병이 호랑이의 모양을 하고 있고 호아(虎牙)가 검신을 잡은 석 자 반 정도의 직도였다.

"이 호아도가 네 실력을 가늠해 줄 것이다."

스르르릉!

서린도 자신의 검을 꺼내 들었다. 검은 검신을 서서히 쓰다듬으며 등자성으로는 안 된다는 듯 머리를 저었다.

"당신 하나 가지고 될까요? 둘이 함께 덤빈다면 몰라도 말입니다."

"기고만장은 여기까지다. 차앗! 횡연만리(宏衍萬里)!"

카아앙!

등자성의 도가 좌측부터 횡을 그리며 휘돌자 호랑이의 포효처럼 짐승이 울부짖는 소리가 울리며 도기가 날았다.

서린을 향해 날아오는 것은 도기뿐이 아니었다. 등자성의 신형 또한 그 뒤를 이어 서린과의 거리를 좁히고 있었다.

서린은 등자성의 공격이 시작되자 검을 들어 직단세(直斷勢)의 자세를 취했다. 등자성이 보기에 가슴이 휑하니 보이는 무모한 동작 같았다.

등자성이 서린과의 거리를 반으로 좁혔을 때 서린의 검이 직단세에서 하향세를 그리며 천천히 내려졌다.

캉!

등자성이 내뻗은 검기가 서린의 검에 막혔다. 자신의 검기를 막을 수 없는 속도인데도 검기가 막히자 등자성은 놀라지 않을 수 없었다.

천천히 내려지는 것처럼 보였지만 너무 빠른 속도에 검의 잔상이 남았던 것이다.

'이런!'

그것으로 끝난 것이 아니었다.

자신과 마찬가지로 검기를 실었던 것인지 자신의 미간을 향해 날아오는 싸늘한 기운에 등자성은 다가서던 몸을 급하게 틀지 않을 수 없었다.

쿠당탕!

순간적으로 몸을 틀었지만 균형을 잡을 수 없어 등자성은 땅바닥으로 몸을 굴려야 했다.

등자성은 바닥을 두 번 구른 후 일어선 후 좌측으로 두어 걸음 비켜서며 신형을 일으켜 세웠다.

"이, 이!!"

혼자서 발광하는 모양이라 수치스러운지 등자성의 얼굴이 순식간에 붉어졌다. 애송이라고 생각했는데 자신의 검기를 파훼하고 그대로 밀고 들어올 정도라면 만만히 볼 상대가 아니라는 것을 알 수 있었다.

"두 분이 한꺼번에 덤비지 않으면 힘들 겁니다."

빙긋이 웃음 지으며 협공하라 재촉하는 서린의 말에 등자성은 분노를 감출 수 없었다. 대륙천안에서 주목하는 자답게 그는 빠르게 자신의 마음을 안정시켰다. 흥분은 패배의 지름길임을 잘 알고 있기 때문이었다.

"한 수 이득을 보았다고 득의할 것 없다."

바람이 없는데도 불구하고 등자성의 장포가 흔들렸다. 내력을 끌어 모으는 동작이었다.

황실에서 내려오는 금황신공을 운용하고 있는지라 그의 몸에서 금빛의 간간히 흘러나왔다.

파앙!

"곤룡팔로(困龍八路)!"

강한 공격을 준비하는 등자성을 향해 서린의 신형이 날았다. 장천산행의 무리가 가미되어 있는 창천무심행이었다. 등자성이 내력을 끌어오는 찰나를 노린 일격이었다.

파파파팡!

역수검으로 배검의 자세를 취한 채 달려들던 서린의 발이 허공을 가르며 등자성을 공격해 들었다.

팔방으로 뻗어지는 각법은 공격 방향이 어느 곳인지 짐작할 수 없을 정도로 신속했다.

"젠장!!"

등자성은 자신이 너무 안일했음을 자인하지 않을 수 없었다. 큰 공격은 시간이 필요하기에 비무 같은 데나 소용이 있을까, 이런 공방에는 적에게 기회를 주는 것이었다.

검을 들어 막을 수 없을 정도로 서린의 공격이 신속하자 등자성은 금황신공의 기운을 팔로 집중시켰다.

금황신공은 몸에 기운을 두를 경우 외공의 최고봉이라는 육신갑(肉身甲)을 능가하는 것이었기에 서린의 공격을 막으려 한 것이었다.

퍼퍼퍼펑!!

연이어 격타음이 터져 나왔다. 손과 발이 부딪치는 소리라고는 믿을 수 없을 정도로 강한 폭음이 울려 나왔다. 내기와 내기가 부딪치는 소리였다.

등자성이 금황신공을 손에 둘러 서린의 공격을 방어했다면 서린은 자신의 발에 오행제밀의 기운을 담았던 것이다.

오행의 방위에서 기운을 이끌어 창천의 용을 곤란하게 한다는 곤룡팔로는 등자성 또한 곤란하게 했다. 자신의 금황신공이 깨져 팔에 감각이 없을 정도였던 것이다.

"그것은 무엇이냐? 사사묵련에는 그 같은 무공이 없다."

의심스러운 눈초리였다. 사사묵련이나 암흑련에서 이 정도의 무공을 가지고 있을 리가 없었다. 또한 대륙천안에 있는 천지인 삼고 안에도 이와 같은 무예는 없다는 것을 잘 알고 있기 때문이었다.

"후후후, 이 세상에는 처음 나타나는 무공이지요. 왜냐하면 내가 만든 무공이니까 말입니다."

"헛소리 집어치워라!"

등자성은 믿을 수가 없었다. 있는 무공을 대성하는 것도 각고의 노력이 있어야 하는 것이었다. 그런데 새로운 무공을 창안한다는 것은 무학의 종사라 해도 어려운 일이었다.

금황신공이라면 대대로 황실에서 갈고닦아 내려온 무공이었다. 명문이라는 구대문파의 비전절예와 견줘도 우열을 가늠할 수 없는 고절한 것이었다.

그런데 이제 약관의 나이에 불과한 자가 창안한 무공에 눌렸다는 것이 믿을 수 없었던 것이다.

"믿든 말든 자유입니다. 믿어 달라고 사정할 이유도 없고요. 내가 말하지 않았던가요. 당신 혼자서는 안 된다고 말입니다. 두 분이 함께 덤벼 보시지요. 이제부터는 나도 손속에 사정을 두지 않을 테니 말입니다."

서린은 등가 형제를 부리고 있는 양영에게 경고를 할 필요를 느꼈다. 아무래도 그가 자신의 일을 방해할 가능성이 컸기 때문이었다.

비록 혈교와 손을 잡고 있는 것 같지만 그 또한 대륙천안의 사람임이 분명한 이상 그 이면에는 모종의 음모가 개입되어 있음을 알 수 있었다.

아직 대륙천안에서 입지를 키워야 하는 서린으로서는 이번 일의 실패로 인해 얻는 손해가 컸다. 혈교를 막지 못한다면 대륙천안 내에서 도태될 것이 분명했기 때문이다.

한 번의 격돌에서 자신의 형이 손해를 보았다는 사실을 느낀 등인호는 등자성과 같은 도를 꺼내 들고는 그의 옆에 섰다.

"네놈이 이토록 강할 줄은 몰랐다. 태령야께서 심려하는 것도 이제 이해가 간다. 하지만 형님과 나의 합격은 구대문파의 장문인이라고 해도 장담 못하는 것이니 그렇게 까불 필요는 없다."

"후후후, 이제 두 분이 덤비니 할 맛이 나는군요. 시간을 좀 드릴 테니 내상이나 회복하세요."

등인호가 덤비지 않고 말을 끄는 이유를 알고 있었기에 서린은 순순히 등자성이 내상을 회복하도록 했다.

"으음."

등인호가 나선 것은 합공하기 위해서이기도 하지만 서린의 말대로 형의 내상이 회복되는 시간을 벌기 위해서이기도 했다. 서린이 그런 사실까지 알고 있자 등인호는 신음을 감출 수 없었다.

'사사묵련에서 무서운 놈을 키웠구나. 사사밀혼심법인가 하는 새로운 무공을 위해 사사묵련에서 각고의 노력을 기울인다는 이야기는 들었다만 이 정도일 줄이야.'

등인혼는 서린의 무공이 사사밀혼심법에서 파생된 것으로 착각하고 있었다. 그것은 사사밀혼심법이 이미 서린의 천세혈왕삼극결에 녹아들어 있었기 때문이었다.

"네놈의 무공이 사사밀혼심법에서 비롯된 것이냐?"

"알고 있었군요. 사사묵련에서 오랜 세월 끝에 완성한 것이지요. 팔야야에 뒤지지 않을 만큼 말입니다."

"그랬었군."

등자성과 등인호는 서린이 강한 이유를 알 수 있었다. 어느 정도 강한 것인지는 파악할 수 없지만 자신들을 상대로 자신만만해 하는 것이 결코 허풍이 아니었다는 것을 느꼈다.

—인호야! 어쩌면 태령야께서 잘못 생각하고 있었는지도 모른다. 그동안 사사묵련이 우리에게나 대륙천안에 무엇인가 감추고 있었다는 느낌을 지울 수가 없구나.

—저도 그렇습니다. 형님! 어쩌면 우리가 패할 수도 있을 것 같습니다.

—으음!

전음을 주고받으며 두 사람은 일이 잘못되어가고 있다는 것을 느낄 수 있었다.

"후후후, 수담이 아직 끝나지 않았습니다."

전음을 주고받는 두 사람을 보며 서린이 재촉했다.

스르릉!

서린은 말을 마치고는 검을 집어넣었다.

우드드득!

손으로 깍지를 끼고는 관절을 풀었다.

"자, 갑니다."

파파팡!

서린이 건너뛰듯 두 사람에게 달려들었다. 사밀야혼이었다. 하지만 그의 신형은 감추어지지 않고 있었다.

파팟!

등가형제는 서린의 공격이 시작되자 좌우로 벌려 섰다.

"차앗! 호비쌍격(虎飛雙擊)!"

좌우로 벌려선 두 사람의 입에서 동시에 기합성이 터져

나왔다. 등자성은 일두삼점(一頭三點)으로 서린의 안면을 노렸고, 등인호는 낙화만분(洛花萬分)의 초식으로 서린의 하체를 쓸어갔다.

무거운 도(刀)라 환(幻)의 묘리가 살기 어려웠지만 등자성의 도는 마치 먹이를 노리는 삼두사처럼 종황으로 흔들리며 공격해 들었다.

또한 등인호는 도풍속에 도를 감추며 사방으로 칼바람을 일으키고 있었다. 하체를 공격해 오고 있다고는 하지만 상향세를 취하고 있어 상반신까지 노리는 것이 분명했다.

"엇!"

두 사람의 도가 서린의 몸에 닿을 무렵 서린의 신형이 꺼지듯 사라졌다. 서린은 쾌속한 속도로 다가왔지만 두 사람의 도가 지척에 이르자 순식간에 뒤로 일 장여 이동한 것이었다.

도권에서 벗어난 서린의 신형이 다시금 앞으로 이동했다. 서린이 자신의 도가 미치는 범위에서 꺼지듯 벗어나자 어리둥절해 있던 두 사람은 다시 다가오는 서린을 보며 급히 도의 방향을 틀었다.

따땅!

급히 방향을 틀었던 탓일까 도세를 잃은 두 자루의 도는 서린의 손에 도면을 두들겨 맞아야 했다.

"으윽!"

"크으!"

등가 형제는 신음을 흘리며 뒤로 물러나야만 했다. 도면을 두드린 서린의 타격 때문이었다. 도면에 실린 경력으로 인해 도병이 돌며 손바닥의 피부가 벗겨져 버린 것이다.

휘이익!

좌측으로 물러섰던 등자성은 서린의 신형이 자신에게 붙는 것을 느끼며 일도횡단으로 도를 휘둘렀다.

이미 짐작하고 있었던 듯 도첨을 한 치 정도 비켜나며 서린의 신형이 등자성을 파고들었다.

퍽!

"크으윽!"

서린의 장심이 등자성의 가슴에 닿았다가 떨어졌다. 천간십이수중 탄양수(彈陽手)였다. 사사밀혼심법 중 사방투의 경력을 심은 탓에 등자성의 가슴에는 시커먼 장인이 남겨졌다.

강력한 열양의 기운으로 인해 장포가 순식간에 타 버린 탓이었다.

등자성은 비틀거리며 물러서다 그대로 무릎을 꿇고는 엎어지듯 쓰러졌다.

"차앗!!"

자신의 형이 쓰러지는 것을 보자 등인호는 도를 찌르며

서린의 등을 노리고 들어왔다.

빙그르르!

서린의 신형이 회전했다. 미끄러지듯 반 보를 뒤로 물리며 등인호의 도를 피한 서린은 절맥수(絕脈手)로 등인호의 양지혈(陽池血)을 가격했다.

퍽!

"크윽!"

챙그렁!

수소양삼초경(手小陽三焦經) 중 양지혈을 가격 당하자 좌수도를 사용하는 등인호는 도를 떨어뜨릴 수밖에 없었다.

격중하는 순간 맥을 끊어 버리는 서린의 절맥수에 수소양삼초경이 가닥가닥 끊어지며 왼팔 전체가 마비된 까닭이었다.

파팡!

비틀거리는 등인호의 가슴에 서린의 각법이 작렬했다.

"크아악!!"

등인호는 분수 같은 피를 입으로 뿜으며 삼장을 날아 바닥에 떨어졌다.

"크으윽, 네, 네놈이……."

털썩!

등인호가 충혈 된 눈을 부릅뜨며 일어서려다 그대로 엎어졌다. 등자성과 마찬가지로 정신을 잃은 것이다.

"휴우, 끝났군."

두 사람이 정신을 잃고 쓰러지자 서린은 숨을 내쉬며 서늘한 눈으로 두 사람을 쳐다보았다.

"두 사람을 도지휘사로 보내면 태령야도 내 뜻을 알겠지. 그자가 혼란을 바라는 것 같지만 아직은 아니지. 사시밀교가 뒷배를 봐주는 혈교가 날뛰어서도 안 되고."

서린은 두 사람을 양손으로 들었다. 사천성 도지휘사에 보내기 위해서였다.

서린은 표국을 통해 두 사람을 보낼 생각이었다. 혈교의 일에서 손을 떼라는 강력한 경고가 될 것이 분명했다.

서린은 신형을 날려 성도로 돌아왔다. 아직 깊은 밤이 아니라 선양표국이라는 중소표국에 들러 두 사람을 맡겼다.

부상을 당한 자들을 도지휘사로 옮겨달라는 부탁과 함께 은자 한 냥을 주었다.

물론 의아해하는 표국 사람들에게 부상자들이 도지휘사 소속이라는 말과 함께 자신이 쓰러져 있는 것을 발견하고 의뢰하는 것이라는 말을 전했다.

자신의 신분을 알리는 것도 잊지 않았다.

표국에서는 마차를 타고 일각 정도밖에 걸리지 않는 거리이기도 하지만 확실한 서린의 신분에 의뢰를 받았다.

북경과 요동지역에서 위세를 떨치고 천잔도문의 소문주라면 무시할 수 없는 신분이었기 때문이었다.

서린은 선양표국에 등가 형제를 맡기고는 당가로 돌아갔다.

선양표국에서는 등가 형제를 마차에 싣고 사천성 도지휘사로 옮겼다.

선양표국의 마차가 도지휘사에 도착하자 위사 중 하나가 마차를 막았다.

"무슨 일이야?"

"의뢰가 있어서 왔습니다."

"의뢰라니?"

"이곳 소속인 분들이 부상을 당했다고 이리로 후송을 해달라는 의뢰가 들어와서……."

조심스럽게 용무를 말한 선양표국의 표두인 장삼은 마차 문을 열어 보였다.

"이분들은! 너희들은 이분들을 어서 병사로 모셔라. 당신도 병사들을 따라가시오."

당직을 서고 있던 모인호는 등가 형제를 알아보고는 위병들을 불러 병사로 옮기도록 하고는 곧장 공량에게로 달려갔다.

소식을 들은 공량은 곧바로 양영에게 알렸고, 두 사람은 곧장 병사로 갔다.

"어떻게 된 일이냐?"

"처, 천잔도문의 소문주가 의뢰를 했습니다. 부상당하신 두 분을 이곳으로 옮기라고 말입니다.”

서슬이 퍼런 공량의 외침에 장삼은 떨리는 목소리로 대답을 했다.

“그놈이!”

“으음.”

등가 형제가 도지휘사에 당도하자 양영을 비롯한 공량은 경악하지 않을 수 없었다. 공공연하게 자신의 신분을 밝히며 등가 형제를 이리로 보낸 것은 그들에게는 도전이나 다름없었기 때문이었다.

“알았다. 그만 가 보도록 해라.”

“아, 아닙니다. 그럼, 저는 이만 가 보도록 하겠습니다.”

장삼이 자리를 떠나고 공량이 심각한 표정으로 양영을 바라보며 말했다.

“그놈이 알면서도 이리한 것을 보면 우리가 하는 일에 대해서도 알고 있는 것이 분명합니다.”

“나 또한 그렇다고 보네. 두 사람의 상세는 어떠한가?”

“저 또한 판단을 내리기가 어려운 부분이 있습니다. 합하께서 한번 살펴보시지요.”

양영은 침상에 누워 있는 등자성의 상체를 살폈다.

벗겨진 장포가 손바닥 모양으로 재가 되어 있는 것은 이미 확인한 바지만 등자성의 상체에 나 있는 상흔이 조금은 묘했다.

장포에 난 손자국의 반 정도 크기의 상흔이 신체에 남아 있었던 것이다.

"한 겹 옷을 사이에 두고 이런 상흔이 남는다는 것이 나로서도 이해가 가지 않는군. 임맥(任脈)에 속하는 자궁(紫宮)과 옥당(玉堂), 그리고 독맥(督脈)에 속하는 신주혈(身柱血)까지 양기가 가득하네. 그로 인해 정신을 못 차리는 것이고. 어디?"

양영은 이번에는 등인호를 살폈다.

"좌수가 완전히 못 쓰게 됐군. 사사묵련에서 아무래도 괴물을 키운 모양이야. 죽지 못하는 괴물들이 만들어 낸 사사밀혼심법인가에 대해 관심을 가졌어야 했는데 실수로군."

태령야가 서린 등을 대륙천안에 들여 달라는 사밀혼들의 요청에 순순히 협조해 준 것도 사사밀혼심법에 진전이 있다는 것이 이유였다.

천주의 관심도 관심이었지만 백여 년 전부터 사밀혼들에 의해 연구되어 결실을 보았기에 태령야 또한 관심을 가지고 있었던 것이 사실이었다.

하지만 그는 황실 비전으로 내려오는 금황신공을 익히고 있었기에 별달리 사사밀혼심법에 욕심을 내지 않았었다.

그보다는 자신이 계획하고 있는 일에 대해 사사묵련이 낌새를 차리지 못하도록 하려는 의도가 있었기에 서린과 사령오아가 대륙천안에 드는 것에 도움을 줬던 것이다.

그런데 오늘 등가 형제의 모습을 보니 자신이 너무나 안일했다는 생각을 지울 수 없었다. 상흔으로 보아 서린의 성취는 거의 자신에 육박하고 있었던 것이다.

"후후후, 한낱 소모품인 줄만 알았더니. 쥐가 고양이를 문 격이로군. 나더러 이번 일에 손을 떼라는 뜻인가?"

"합하, 이토록 노골적으로 우리의 개입을 좌시하지 않겠다는 뜻을 보인 것을 보면 이번 일에 사사묵련의 전력이 개입할 수도 있다는 뜻입니다. 청해성으로 사천으로 들어오는 길목에서 사사묵련의 인물들로 보이는 자들의 행적도 발견되었으니 말입니다."

"그럼 자네 말은 서린이란 놈의 경고대로 한 발자국 물러서자는 뜻인가?"

"혈교에서 계획하고 있는 일이 실패하더라도 어차피 합하께서 원하시는 혼란은 벌어지게 되어 있습니다. 다만 사사묵련의 움직임이 천주의 뜻인지 아니면 독자적인 움직임인지가 문제인데, 일단 전후를 파악하시고 행동하시는 것이 좋을 것 같아서 드리는 말씀입니다."

"무슨 뜻인지 알겠네. 그자가 오는 것도 며칠 남지 않았으니 일단 지켜보는 것으로 하세. 그렇지만 서린이란 아이는 그냥 두어서는 안 될 것 같으니 경고 정도는 해 줘야 하지 않겠나?"

"그러실 줄 알고 이미 준비를 해 두었습니다. 검에 미친 늙은이가 내일 쯤 당가를 방문할 겁니다."

"그라면 재미있겠군. 누가 뭐래도 그는 한 번도 패배하지 않은 불굴의 승부사니 말이야."

양영은 자신에게 도전해 온 서린에게 본보기를 보여 줄 수 있는 인물이 당가로 갔다는 말에 고개를 끄떡였다.

*　　　*　　　*

서린은 당가로 들어섰다. 당가로 들어선 후 대문 근처에서 자신을 방문한 두 사람을 볼 수 있었다. 윤상호와 당삼걸이 자신을 만나기 위해 당가로 들어와 있었던 것이다.

"무슨 일로 오신 겁니까?"

"자네에게 긴히 전할 것이 있어 왔네. 북경에서 자네에게 보내는 서신이네."

"저에게요?"

"여기서는 곤란하니 사제의 집으로 가세."

"그러는 것이 좋겠습니다."

주위의 이목이 많은 탓에 서린은 윤상호의 말대로 당삼걸의 집으로 향했다.

당삼걸의 집에 도착한 서린은 윤상호가 내미는 서신을 받아 들었다.

천계중이 보내 온 서신을 찬찬히 읽어 가던 서린이 표정이 점차 변하기 시작했다.

"무슨 일인가?"

고뇌에 찬 표정으로 서신을 읽어 가던 서린이 서신을 접고 자신을 바라보자 윤상호는 궁금한 듯 물었다.

"아무래도 모용세가와 천잔도문의 움직임에 제동이 걸릴 것 같습니다."

"무슨 일이기에 그런 것인가?"

"암흑련에서 본격적으로 움직이기 시작한 것 같습니다."

"큰일이로군. 놈들의 계보(系譜)도 아직 다 파악하지 못한 상태인데 그들이 움직이기 시작했다면 고전하겠군."

윤상호의 얼굴이 일그러졌다. 암흑련에 대해서 누구보다 잘 알기 때문이었다.

북경 동북방 요동성 지역은 언제나 패자가 없이 무주공산인 시절이 많았다. 지난날 중원을 호령하던 고구려나 발해 이후 이렇다 할 세력이 들어서지 못했던 것이다.

그것은 무림 또한 마찬가지였다. 백두산에 장백파가 있기는 하지만 오동 지역에 영향력은 그저 있으나마나 한 것이었다.

어찌 된 일인지 요동에서 장백파의 영향력은 중소문파도 못한 것이었다. 그렇게 된 이면에는 암흑련의 공작이 있었기 때문이었다.

암흑련은 네 개의 가문이 연합한 세력으로 오랫동안 요

동을 기반으로 세력을 키웠다. 이들의 주된 활동은 요동 지역에 강대한 세력이 들어서는 것을 막는 것이었다.

동북방에 거대한 세력이 들어선다면 중원 전체로서는 사뭇 위협적이었기 때문이다. 지난날 중원을 호령하던 고조선이나 고구려는 중원인들에게는 공포의 대상이었기 때문이었다.

"어떻게 할 생각인가?"

윤상호는 서린의 생각을 물었다.

"어차피 예상하고 있었던 일입니다. 그들이 움직이지 않을 리 없지요. 호연자께서 이미 나름대로 준비하고 있을 겁니다. 비록 놈들의 움직임이 시작됐다고는 하지만 어르신께서 준비하신 것이 만만한 것이 아닐 테니 그리 걱정하지 않으셔도 될 겁니다."

"그렇기는 하지만 암흑련의 힘을 무시할 수 없으니……."

"그렇기는 합니다. 혹시 모를 일이니 이번 비무대회를 마치는 대로 돌아가시는 것이 좋을 것입니다."

"그럼 자네는?"

"저는 이곳에서 마쳐야 하는 일이 있으니 같이 갈 수는 없지만 도움을 드릴 방법을 마련해 보도록 하겠습니다."

"알았네. 그런데 알아보니 자네도 이번 비무대회에 참가하는 것 같네만 괜찮겠나?"

"괜찮을 겁니다. 하지만 끝까지 비무대회에 참가하지 못할 것 같습니다. 제가 비무대회에 참가하려는 것은 모종의 음모가 어떤 식으로 진행이 되는지 확인하기 위해서이기 때문입니다."

"아니, 음모가 진행되고 있다는 말인가?"

비무대회를 주관하고 있는 것이 당가이기에 궁금한 듯 당삼걸이 물었다. 서린은 당가와 연관이 아주 깊은 일이라 당삼걸도 알아야 할 필요성이 있다는 생각이 들었다.

"일단 알아낸 것은 청란각의 주인이 이번 일에 연관이 깊다는 것입니다."

"청란각의 주인이요?"

자신의 증조할머니가 개입되어 있다는 말에 당삼걸은 놀라지 않을 수 없었다.

"그렇습니다. 이번에 제가 이곳에 온 이유는 혈교 때문입니다. 전 혈교의 음모를 파헤치다가……."

서린은 자신이 지금까지 알아낸 사실들을 알려 주었다.

"그럴 리가? 증조할머님은 당가를 위해서 증조할아버지조차 버린 분입니다. 유일한 혈손인 우리조차 등한시하신 분인데. 그런 분이 당가를 배신할 리가 없습니다."

당삼걸은 믿을 수 없다는 듯 고개를 저으며 당고란이 혈교와 손을 잡았을 것이라는 서린의 말을 부정했다.

"지켜보면 알게 되겠지요. 그분이 혈교와 손을 잡았는지 아닌지 말입니다. 제가 보기에는 말 못할 사정이 있는 것 같습니다만, 거기까지는 알아내지 못했습니다. 두 분도 비무에 참가하시다가 일이 터지면 저와 합류하십시오."

"알았네."

윤상호는 서린의 뜻을 알아들었다. 혈교와 관계된 일이라면 혈사(血事)가 일어날 수도 있는 것이었다.

"전 그만 가 보겠습니다. 벌려 놓은 일이 있어서 말입니다."

"조심하게. 자넨 우리에게 중요한 사람이라는 것을 한시도 잊지 말고 보중하시게."

"걱정하지 마십시오."

윤상호는 집 밖까지 서린을 배웅했다. 서린은 걱정하지 말라는 듯 웃음을 보이며 당가로 향했다.

"무엇을 그리 생각하는 것이냐."

서린을 배웅 한 후 계속 생각에 잠겨 있는 당삼걸을 보며 윤상호는 그의 고민이 무엇인지를 물었다.

"정말 증조모께서 혈교와 관련이 있는 걸까요?"

"조금 전에 들은 이야기는 대부분 사실일 것이다. 그 이야기도 너 때문에 해 준 것 같고."

"증조모께서는 그럴 분이 아닙니다."

"아직 음모의 실체가 드러난 것은 아닌 것 같으니 지켜보도록 하자. 네가 섣불리 움직이다가는 일이 어떻게 될지 모르니 자중하도록 하고. 어쩌면 네 숙원과 밀접한 관련이 있을지 모르니 말이다."

"으음, 알겠습니다. 사형."

당삼걸은 이번 일이 자신의 증조부와 관련이 깊음을 알 수 있었다. 그렇지 않다면 증조모인 당고란이 개입되어 있을 가능성이 없었기 때문이다.

"이틀 후 비무대회가 시작되니 심신을 안정시켜라. 네 숙원도 중요하지만 이번 비무대회는 백여 년 만에 본문이 중원에 모습을 보이는 것이니 말이다."

"걱정하지 마십시오. 지난 수련이 헛것은 아니니 말입니다."

당삼걸을 주먹을 움켜쥐며 결의를 보였다.

장백파에 있는 동안 피 나는 수련을 해 온 것은 당가에서 받은 설움을 보란 듯이 돌려주리란 생각도 컸기 때문이었다.

윤상호는 처음 그런 생각이 수련에 방해가 될까 우려도 했지만 이제는 그것도 많이 희석되어 온전한 무인으로 성장하는 중이라 대견한 눈으로 바라보았다.

*　　*　　*

서린은 당가로 돌아온 후 자신의 방에 들어가 생각에 잠겼다. 이틀 후로 다가온 비무대회를 준비하기 위해서이기도 했지만 당문과 혈교, 그리고 대륙천안이 얽힌 인과관계를 풀어내느라 골몰했기 때문이다.

밤이 늦어 새벽이 되도록 저량은 돌아오지 않았다. 삼도회를 만나 알아볼 일이 있다는 전언만 있었을 뿐 당가로 돌아오지 않았던 것이다.

가지고 있는 실력이 뛰어나 별다른 걱정을 하지는 않고 있지만 저량이 전해 온 전언은 서린에게 또 다른 고민을 안겨 주고 있었다.

"혈교와 관계가 있어 보이는 문파들이 하나둘 소리 없이 멸문하고 있다는 이야기는 무엇인지? 문파의 수뇌들이 소리 없이 제거되는 사태가 벌어지고 있는데도 불구하고 이토록 아무 일 없이 비무대회가 진행되는 것을 보면 누군가 강력한 집단이 나섰다는 뜻인데……."

저량이 전언에 의하면 사천성 일대의 중소문파들이 알게 모르게 사라지고 있다는 것이었다.

그리 크지 않은 문파들이었지만 수뇌부가 의문사 하는 사태가 연이어 벌어진다는 것이었다.

특히 의심스러운 부분은 그들 문파들이 혈교와 연관이 있는 것으로 추정된다는 것과 수뇌부들을 제거할 때 보인 손속이 당가의 것으로 보인다는 것이었다.

"대부분 흔적도 없이 죽었는데 독살일 가능성이 있다면

당가에서 손을 쓴 것인지도 모를 일이지만 다른 세력의 등장도 생각해 봐야 한다. 응?"

서린은 생각에 잠겨 있다 익숙한 기운을 느낄 수 있었다.

잊으려고 해야 잊을 수 없는 기운이 그의 혈혈기감에 잡힌 것이었다.

서린은 당가에 들어온 후 사방 십여 장 내는 언제나 혈혈기감을 이용해 살피고 있었다.

그런데 그가 기다리던 사람의 기운이 잡힌 것이었다.

"후후후, 두 사람 모두 비무대회에 참가하는 형식으로 당가에 들어온 모양이로군."

빈청의 다른 방으로 들어서는 기운은 분명 사사묵련의 삼영주 중 두 사람인 천금영주(淺錦營主) 금수주(琴水紬)와 밀혼영(蜜魂營主)인 사혼수(死魂手) 장민석(張旻奭)이었다.

—천서린입니다. 놀라지 마시고 금강빈관에서 만났으면 합니다. 감시하는 눈길이 있으니 서로 아는 척은 안 하는 것이 좋겠습니다.

서린은 그들에게 어의회성(御意迴聲)의 전음을 보냈다. 두 사람은 서린의 느닷없는 전음에 놀라는 듯했지만 이내 안정을 되찾았다.

서린은 자신을 감시하는 자들 중 두 명이 따라붙었지만 서린은 아무것도 모르는 척 방을 나서서 금강빈관으로 향했다.

금강빈관에는 비무대회로 인해 만원이었다. 비무대회가 임박한 관계로 대부분 무림인들이었다. 수련 때문인지 아침 일찍부터 식사를 하느라 무척이나 분주했다.

서린은 점소이의 노력으로 양해를 구한 후 합석을 할 수 있었다. 그렇게 앉은 자리는 노소가 함께 음식을 먹고 있는 자리였는데 두 사람은 웃으며 서린의 합석을 승낙해 주었다.

서린은 탁자에 앉아 간단한 음식을 시키고는 두 사람이 올 때를 기다렸다.

반각이 지나지 않아 금수주와 장민석이 들어섰다. 그들도 자리를 찾기 힘이 들었는지 금강빈관 안을 두리번거렸다.

'약속 장소를 잘못 잡은 것 같군.'

이렇게까지 손님들이 몰릴 줄 몰랐던 서린은 자리가 나지 않아 객잔의 입구에서 서 있는 두 사람을 보며 당황스러웠다.

"이보게. 점소이!"

서린이 당황스러워할 때 노인이 음식을 들고 있던 점소이를 불렀다.

"왜 그러십니까?"

"저기 서 있는 손님들 이리로 모시게나. 여기 아직 두 명 정도는 앉을 수 있으니."

"그래도 되겠습니까? 조금 전에도 합석을 했는데……."

"허허허! 자네가 내 눈치를 보고 있었구만. 괜찮네."

점소이는 승낙이 떨어지자 두 사람을 자리로 안내했다.

"죄송합니다. 워낙 자리가 없어서요. 헤헤! 두 분은 무엇을 드시겠습니까?"

머리를 긁적이며 너스레를 떤 점소이가 두 사람에게 주문을 요청했다.

"아무거나 빨리 되는 것으로 가져오게."

"잠시만 기다리세요. 최대한 빨리 가지고 오겠습니다."

합석시킨 것이 미안한 듯 점소이는 빠르게 주방으로 달려갔다.

"허허허, 오랜만에 열리는 비무대회라 그런지 무림인들이 몰려들었네그려."

"본의 아니게 죄송합니다, 어르신. 손자분과 식사를 하시는 데 방해가 된 것은 아닌지 모르겠습니다."

"하하하, 괜찮네. 괜찮아. 자네들 같이 기우가 헌앙한 후기지수들을 보니 마음이 흡족하네그려."

서린이 사과의 뜻을 표하자 노인은 너털웃음을 지으며 다시 식사를 시작했다.

'예사 노인이 아니다. 기품하며 안으로 잘 갈무리 된 기도가 마치 일파의 종사 같지 않은가?'

서린은 노인을 다시 살필 수 있었다. 보통 사람이라면 무림인들과의 접촉을 꺼릴 것이 인지상정인데 노인에게서는 무림인들에 대한 반감이나 두려움은 찾을 수 없었기 때문이었다.

서린도 노인의 기세를 읽을 수 있었던 것은 자신들이 합석했는데도 아무렇지 않은 것을 느끼고 난 후였다.

혈혈기감을 사용해 기세를 느껴 보려고도 했지만 괜한 일이 될 것 같아 그만둘 정도로 노인은 깊이를 알 수 없는 사람이었다.

'사천성이 와호장룡 지대가 돼 버린 것 같군. 알 수 없는 인물들이 속속 몰려들고 있다니…….'

잠시 후 점소이가 음식을 가져왔다.

서린의 것뿐만 아니라 금수주와 장민석의 것까지 함께 나왔다. 세 사람은 말없이 음식을 먹기 시작했다.

—이야기는 나중에 하는 것이 좋겠습니다. 앞에 앉아 있는 인물이 예사 사람은 아닌 것 같으니 말입니다.

서린은 음식을 먹으며 어의회성으로 전음을 보냈다. 두 사람이 서린에게 전음을 보낸다면 앞의 노인에게 들킬 우려가 있었기에 대화를 멈춘 것이었다.

"허허허! 젊은 사람들이 이렇게 말이 없다니. 이렇게 만난 것도 인연인데 통성명이나 할 것이지."

묵묵히 식사를 하던 서린과 두 사람에게 식사를 마친 것인지 노인이 먼저 말을 걸었다.

"죄송합니다, 어르신. 제가 워낙 사람을 가리는 터라."

"아니네. 그럴 수도 있지. 그런데 자네들을 보아하니 이번 비무대회에 출전하는 사람들 같은데 문파가 어떻게 되는가?"

궁금한 듯 눈빛을 빛내는 노인을 보며 서린은 식사를 멈출 수밖에 없었다.

"저는 북경에 있는 천전도문의 천서린이라고 합니다."

"천잔도문? 그 미친 늙은이가 뒤를 봐줬다는 천잔도문이 자네 출신이라는 말인가?"

노인은 백절광자를 아는 듯 새삼스럽게 서린을 쳐다보았다.

"사조님을 아시는 모양이군요?"

"허허허, 한때 인연이 좀 있었지……."

말하는 노인의 얼굴에는 씁쓸한 기운이 스쳤다.

'누구이기에 백절광자 어르신과 인연이 있었다는 말인가?'

서린의 의혹이 점점 깊어져 갔다. 서린이 알기로는 백절광자와 인연을 맺은 무림인들은 극소수였기 때문이었다.

"그럼 자네들은 어디 출신인가?"

노인은 금수주와 장민석에게 물었다.

"저희는 떠돌이 낭인입니다. 이번 비무대회에 구대문파의 비급이 걸려 있다는 말을 듣고 참가하게 됐습니다. 저희에게는 더할 나위 없는 기회니 말입니다."

"그렇군. 자신은 있는 것인가?"

"운이 좋아 비무대회에 참가하게는 됐습니다만 어떻게 될지 모르겠습니다."

"호오, 제갈세가에서 설치한 관문이 그리 쉽지만은 않았을 텐데 통과하다니 내 눈이 잘못된 것은 아니구먼."

노인의 말에 주변에 있는 사람들의 시선이 일제히 두 사람에게 쏟아졌다. 명문대파를 제외하고 이번 비무대회에 참가하는 일반 무림인들이 극히 드물었기 때문이었다.

수많은 사람이 도전했지만 제갈세가에서 설치한 관문을 통과한 이는 지금까지 삼십여 명도 채 되지 않았다.

그중 두 명을 이곳에서 볼 수 있다는 사실에 세인들의 궁금증을 자극한 것이었다.

졸지에 세인들의 주목을 받자 곤란한 것은 세 사람이었다. 비밀리에 할 이야기가 있어 왔는데 원치 않은 상황에 직면한 것이었다.

"하하하, 자네들 같은 젊은이들이 나오다니 이번 비무대회가 재미있을 것 같아 기대가 되네."

"별말씀을 다 하십니다."

"아니네. 자네들의 실력이라면 후기지수 중에서 군계일학일 테니 말이야. 세 사람 다 볼일이 있는 것 같으니 난 이만 자리를 뜨겠네. 좋은 일들 있으시게나."

사람들의 주의를 끌고는 노인은 자신의 손자를 이끌고 나가 버렸다. 무슨 뜻으로 사람들의 이목을 끌게 만들었는지는 모르겠지만 세 사람은 따가운 눈총 속에서 식사를 할 수밖에 없었다.

—곤란하게 됐군요. 감시하는 눈길도 있는 마당에 세인들의 주목을 받게 됐으니 말입니다.

—그러게 말입니다.

—저에게 어째서 존대를 하시는 겁니까?

서린은 자신의 전음에 존대를 하는 금수주에게 이상함을 느꼈다. 서열상으로 보아도 한참이나 자신은 바라보지도 못할 사람이었기 때문이었다.

—이유는 나중에 말씀 드리겠습니다만, 저희가 이렇게 하는 것은 어르신들의 뜻이기도 합니다.

—으음.

—어차피 당가로 돌아가는 길이 같으니, 가면서 이야기를 나누는 것이 좋을 것 같습니다. 괜한 소란에 휩싸이기 전에 말입니다.

—그러는 것이 좋을 것 같군요.

자신들을 바라보는 무인 중 몇몇이 투기를 발하는 것을 느낀 금수주는 서린에게 당가로 돌아갈 것을 제안했다.

서린도 그런 낌새를 알아차린지라 금수주의 의견에 동의했다. 관문을 통과하지 못한 무인들 중 자신의 실력을 과신

한 자들의 도전이 있을지도 모르는 일이었기 때문이었다.

세 사람은 말없이 일어섰다.

자신들을 쳐다보는 세인들의 따가운 눈초리를 뒤로하고 당가로 향했다.

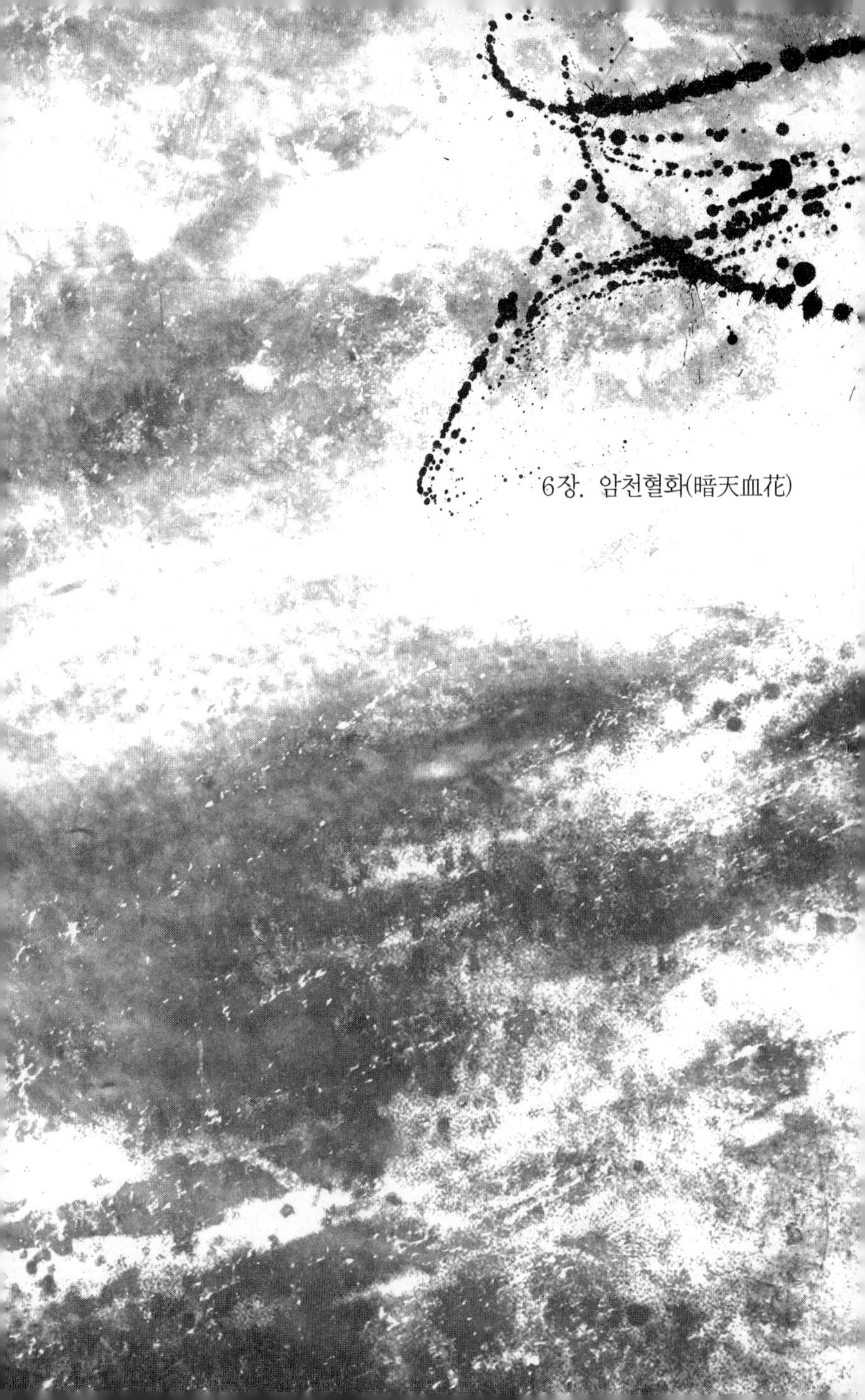

6장. 암천혈화(暗天血花)

객잔 안에 있던 무인 중 밖으로 나가는 세 사람을 쫓는 이들이 있었다. 그들은 이번 관문에 아깝게 탈락한 자들로 제갈세가에서 설치한 관문에 불만을 가지고 있던 자들이었다.

—일이 꼬이는군요. 따라오는 자들 중에는 무시할 수 없는 실력자도 끼어 있습니다. 두 분은 당가로 돌아간 후 제가 말씀 드린 대로 준비해 주십시오.

서린은 당가로 향하는 동안 금수주와 장민석에게 삼영으로 하여금 비무대회에 관련한 준비를 시켰다.

비록 삼십여 명만 왔지만 막강한 전력이었다. 그들이라면 어느 정도 혈교에 대한 준비를 할 수 있었던 것이다.

—알겠습니다, 조심하십시오.

두 사람은 서린에게 전음을 보낸 후 경공을 발휘해 빠른 속도로 당가로 향했다. 서린은 그 자리에 서서는 자신을 따라오는 자들을 기다렸다.

"무엇 때문에 쫓아온 것이오?"

서린을 따라온 자들은 모두 여섯이었다.

"난 황산철마(黃山鐵馬)라고 한다. 너 같이 어린놈이 사천 비무대회에 참가했다고 하니 궁금해서 말이야. 그만한 실력이 되는지 알아보려고 왔다. 제갈세가에서 설치한 관문은 불공평한 것이 많았거든."

황산철마는 외공이 경지에 이른 자였다. 금종조 계열의 철마기공(鐵馬奇功)을 극성까지 익혀 웬만한 내가고수들도 상대하기 어려울 만큼, 황산 일대에서 성명이 자자한 자였다.

그는 이번에 제갈세가에서 마련한 일차 관문에 도전했다가 탈락한 전력이 있었다. 외공을 익힌 만큼 경공에 취약점을 보여 일관을 통과할 수 없었던 것이다.

강호를 살아가자면 명성이 중요한 만큼 서린을 꺾어 실추된 명예를 회복하고자 뒤를 따른 것이었다.

요사이 성도에서는 이런 일들이 빈번히 벌어지고 있었다. 자신의 실력을 입증하기 위해 관문을 통과한 자들에 대한 비무가 끊이지 않고 있었던 것이다.

처음 관문 통과자를 꺾은 것은 장강수로채의 황하일룡(黃河一龍)이었다.

그는 관문 통과자를 꺾고 통과자 대신 비무대회에 참가자로 선발해 달라고 제갈세가에 요구를 했다. 제갈세가에서는 이를 받아들였고 그로 인해 곳곳에서 관문 통과자를 상대로 비무가 벌어지고 있었던 것이다.

제갈세가에서 황하일룡을 비무대회 참가자로 인정한 것은 여러 가지 이유가 있었다. 실력자를 선발한다는 것 이외에 분위기를 띄우려는 측면도 있었던 것이다.

그로 인해 지금 대부분의 관문 통과자들은 쓸데없는 시비에 휘말리지 않기 위해 당가에서 나오지 않고 있는 상태였다. 또한 밖으로 나오더라도 자신의 신분을 감추고 있었다.

"이제 보니 저를 꺾고 비무대회에 참가할 자격을 얻으려고 하는 모양이군요."

"잘 아는구나. 다치기 전에 순순히 패배를 시인하는 것이 어떠냐?"

"글쎄요. 여기 계신 분들이 다 덤벼도 절 어쩔 수 없을 텐데. 제가 그럴 필요가 있을까요."

"무엇이?"

황산철마와 같이 서린의 뒤를 쫓던 하락사웅(下落四雄)은 눈썹을 부라리며 서린을 노려보았다. 비록 하락사웅이 섬서성에서 중류로 취급 받지만 그들의 합공은 웬만한 일류 고수라도 쉽게 받을 수 있는 것이 아니었다.

특히 그들의 대형인 대웅(大雄) 천수열(天壽熱)은 일류 고수에 손색이 없을 만큼 권법에 일가견이 있던 자였다.

"어차피 일대일이 아니면 비무대회 참가를 인정받지 못할 터 얼마나 강한지 한번 보자. 차앗!"

천수열은 앞으로 나서며 커다란 주먹을 휘둘렀다. 마치 곰이 적을 만나 앞발을 후리듯 강력한 힘이 담긴 일격이었다.

퍽!

파팟!

서린은 천수열의 주먹을 장으로 막은 후 뒤로 물러섰다.

"그냥 말로 해서는 안 될 사람들이로군. 내 손속이 과하다 욕하지 말기를 바란다."

팡!

뒤로 물러선 서린이 진각을 밟았다. 지면을 한 치 깊이로 파고든 그의 발끝에서 먼지가 피어올랐다.

"으음."

발끝으로 타고 올라오는 진각의 여파를 고스란히 느끼며 천수열은 긴장했다. 자신도 서린만큼의 진각을 발휘할 수는 있지만 그건 내력을 끌어 올리고 난 후나 가능했다.

아무렇지 않은 듯 갑자기 할 수는 없는 일이었다.

'하락오권(下落五拳)은 명문정파의 권법에 뒤지지 않는 권법이다. 기세에 눌릴 것 없다.'

천수열은 마음을 다잡았다.

세인들에게는 잘 알려져 있지 않으나 하락오권은 상승의 권법이었다. 자신과 형제들이 숭산에서 멀지 않은 동굴에서 얻은 권법으로 소림과 연이 닿아 있을 것이라 생각하는 것이었다.

극성은 아니지만 이제 십 성의 성취를 이룬 이상 두려울 것이 없다고 판단한 천수열은 호보의 자세를 잡으며 서린을 노려보았다.

"좋은 자세로군요."

파파팡!

땅을 찍듯이 서린이 천수열에게 다가왔다. 서린의 오른발이 명문을 향해 기세 좋게 뻗어졌다.

천수열은 반 주먹 상태로 왼손으론 서린의 발을 쳐 내며 흉부를 오른손으로는 서린의 가슴을 찍어 갔다.

"맹호탐주(猛虎貪珠)!!"

자신의 가슴을 찍어 오는 손을 보며 서린은 반 보 앞으로 몸을 숙였다. 그와 동시에 천수열의 맥문을 짚으며 손을 끌어당기고는 팔꿈치로 천수열의 가슴을 가격했다.

퍽!

"크윽!"

천수열은 신형을 가누지 못하고 비틀거리며 뒤로 물러섰다. 분명 자신의 손이 가슴을 가격하기 직전이었다. 그런데 서린이 자신의 손을 어떻게 잡았는지 그리고 어느새 자신의 가슴을 가격했는지 모를 정도로 빠른 동작에 정신을 차릴 수 없었다. 참절백로에 이은 무인정의 수법에 당한 것이었다.

가슴을 부여잡고 동생들의 부축을 받고 있는 천수열은 자신이 서린의 상대가 되지 않음을 알 수 있었다.

팔꿈치를 이용한 투법 중 주법(肘法)을 사용했음에도 경력을 싣지 않았던 것이다.

만약 달려오며 진각을 발휘해 끌어 올린 전사경의 경력이 팔꿈치를 통해 뻗어 나왔다면 자신의 가슴이 으스러졌을 것이라는 것은 불문가지였다.

"대단하군."

서린의 공격을 보며 황산철마는 감탄성을 터트렸다. 너무도 깨끗한 일수였던 것이다.

경력을 뻗어 가며 달려드는 모습이나 타격하는 순간에 거두어들이는 모습을 보며 기의 수발을 이토록 자유자재로 할 수 있는 인물을 그로서도 처음 보는 것이기 때문이었다.

"황산철마라면 그리 명예를 탐하지 않아도 될 터인데 어째서 이러는 것이오. 당신의 무공은 자타가 인정하는 것이거늘!"

서린은 황산철마에 대해 알고 있었다. 비록 외공을 익히기는 했지만 그 경지가 남다른 것을 삼도회에서 전한 정보로 알고 있었던 것이다.

만약 뛰어난 내력까지 갖추었다면 일파를 감당할 수 있을 정도로 뛰어난 무인이었던 것이다.

"강호의 사람들이 인정해 주기는 하지만 나는 스스로 그렇게 생각하지 않는다. 진정으로 강해지려면 멀었으니까. 이번 비무대회는 나에게도 좋은 기회가 될 수 있어 이러는 것이니 이해해라."

빈약한 내공을 보완할 수 있는 내공심법만 있다면 단번에 절정고수로 도약할 수 있다고 생각하는 황산철마였다. 기회를 놓치고 싶지 않았던 그는 명성에 누가 될 것임을 잘 알고 있었다.

굳은 얼굴로 철마기공을 끌어 올리며 앞으로 나섰다.

"당신 몸이 아무리 단단하더라도 오늘은 안 될 것이오."

차앗!

서린은 앞으로 나서며 좌장을 내밀었다. 자전철풍이었다.

철한풍의 철기와 지심한기를 합쳐 완성한 천세혈왕삼극기 중 음인의 기운이 좌장에 맴돌았다.

"흥! 철마지로(鐵馬之路)!"

황산철마는 삼 보를 앞으로 비껴들며 서린의 좌장을 맞았다.

쩡!

장과 장이 부딪치는 소리라고는 여겨지지 않을 만큼 쇠가 부딪치는 소리가 났다.

"철마각(鐵馬脚)!"

황산철마의 다리가 서린의 환도혈(環跳血)로 날아들었다. 건장한 말의 건각처럼 강력한 힘을 발휘하는 그의 각법은 사뭇 위협적이었다.

"타앗! 탄양(彈陽)!"

서린은 자신의 발에 탄양의 기운을 실어 황산철마의 공격을 막았다.

퍽!

우직!

"크윽!"

"무인회천(無印廻穿)."

서린의 다리에 부딪친 황산철마의 다리뼈가 금이 갔다. 철한풍의 기운이 스며들며 뼈를 부러트려 버린 것이다.

다시금 서린의 손이 모아지며 황산철마의 가슴으로 다가들었다. 겉으로는 흔적을 남기지는 않으면서 가격당할 경우 경력이 내부로 파고들어 장기에 구멍을 뚫어 버리는 무인회천의 강력한 한 수였다.

퍼퍼퍼퍽!

강철같이 단단한 황산철마의 피부에 송곳처럼 서린의 손이 작렬했다.

"크ㅇㅇㅇ."

황산철마는 철마기공으로 보호는 했지만 가슴이 아려 왔다. 나이가 어려 보인다고 방심한 것이 화근이었다. 방금 전 천수열을 상대했을 때 보여 줬던 힘을 간과한 탓이 컸다.

자신의 철마기공이라면 충분히 서린의 공격을 받을 수 있다고 생각했는데 과신이었던 것이다.

"대, 대단하구나. 철마기공을 파고드는 것이 있을 줄이야."

환상철마는 철마기공을 쉼 없이 돌리며 자신의 몸으로 파고든 서린의 경력을 해소하고 있었다.

그러나 철마기공을 돌릴수록 헝클어지는 기운을 느끼며 인상을 찌푸렸다.

"자연적으로 해소가 될 터이니 그냥 가만히 계시는 것이 좋을 겁니다. 운공을 하면 할수록 기혈을 흩트리니 말입니다."

경력을 해소하느라 애쓰는 황산철마에게 서린은 미소를 지어 보이며 입을 열었다. 그의 상태를 잘 알기 때문이었다.

이번에 그의 몸을 파고든 경력은 음과 양이 공존하는 것이라 쉽게 해소될 성질이 아니었다.

내력을 운용하면 할수록 기운이 상승해 황산철마의 기혈을 흔드는 특성이 있었던 것이었다. 그냥 가만히 있는다면 며칠 지나지 않아 해소될 것이었다.

"크으, 내가 패했다."

황산철마는 신음을 흘리며 스스로 패배를 자인했다. 내가중수법 같은데, 이 정도 피해만 입은 것이 그에게도 다행스러운 일었다.

'이번에도 이렇게 끝나는가?'

환산철마는 약점을 보완할 수 있는 기회를 놓쳤다는 사실에 진한 아쉬움이 남았다.

'괜찮은 자로군. 저 사람도 그렇고.'

분한 표정을 보이면서도 승부에 깨끗이 승복하는 황산철마와 천수열을 보며 호감을 느꼈다.

또한 천수열을 비롯해 황산철마와 비무하며 보았던 실력을 생각하니 그들이 아깝다는 생각이 들었다. 상승의 심법을 익히고 고수의 적절한 지도를 받는다면 상당한 실력을 쌓을 수 있을 것 같았기 때문이었다.

—여러분들이 나에게 원하는 것이 무엇인지 압니다만, 이런 식으로 얻는다면 곤란합니다. 이번에 제가 손속을 과하게 쓰지 않은 것은 여러분들의 실력이 아까워서입니

다. 만약 여러분들이 제 말을 듣는다면 비무대회에 참가하는 것보다 좋은 기회를 얻을 수 있을 텐데 어쩌시겠습니까?

서린의 전음에 황산철마를 비롯해 하락사웅은 놀란 눈빛으로 서린을 쳐다보았다.

—무슨 소린가?

—북경의 천잔도문으로 가십시오. 그곳에 가서 제 이름을 대시면 여러분에게 기회가 있을 겁니다.

—천잔도문이라면 지금 북경에서 위세가 당당한 문파인데 우리 같이 떠도는 자들을 받아 줄지 의문이군.

—하하하, 소문준인 제가 받아 준다는데 뭐가 문제입니까?

—자네가 천잔도문의 소문주라는 말인가?

—모르시고 저를 쫓아오신 겁니까?

—몰랐네. 우리는 그저 자네가 관문을 통과한 자라고만 생각했지 천잔도문의 소문주라고는 생각하지 못했네. 알았다면 덤비지도 않았을 것일세.

—하하하, 그렇다면 인연이로군요. 북경으로 가시면 여러분들을 받아 줄 것입니다. 제가 따로 연락을 넣어 놓겠습니다.

—고맙네. 천잔도문이라면 이제 신흥명문으로 자리 잡고 있는 곳이니. 우리에게도 기회가 될 것이 분명하니 말이네.

어줍지 않은 명문정파보다는 성미에도 맞고.

황산철마는 결심을 굳힌 듯했다.

—난 좋다고 생각하는데 천 아우는 어떤가?

황산철마는 천수열을 바라보며 전음을 보냈다.

—어차피 이런 상태로는 무림에서 행세하기는 틀린 노릇이니 한 번 가 보도록 하지요. 아우들에게는 제가 설명하겠습니다. 이대로 낭인 생활을 하다 이름 없이 사라지기는 싫으니까요.

—잘 생각했네. 저런 사람이 천잔도문의 소문주라면 우리에게도 기회가 있을 것이네. 그럼, 소문주. 우리는 이대로 북경으로 가겠네. 소문주가 말한 대로 우리에게도 기회란 것이 생겼으면 좋겠네.

—여러분은 분명히 좋은 기회를 얻을 겁니다.

인사를 하는 황산철마에게 서린은 밝은 얼굴로 기회를 얻을 수 있을 것임을 전음으로 확신 시켰다.

천수열의 동생들도 별 이의가 없는 듯 고개를 끄덕였다. 서린이 제안한 것이 자신들의 행로에 큰 영향을 줄 것이 분명했지만 그들은 자신들의 대형인 천수열을 믿고 있었던 것이다.

다섯 사람은 설레는 마음으로 자리를 떠났다.

'삼관을 왜 만들었는지 모르겠군. 저런 실력자들을 떨어뜨리다니 말이야. 황산철마만 해도 상당한 외공을 익힌 것이 분명하고, 하락사웅의 대형이라는 사람도 아직 세기가 부족하지만 몸 안에 감도는 기운은 능히 절정고수에 버금가는 것 같은데 떨어트리다니……. 일단 목전의 일부터 해결하고 조사해 보기로 하자. 만만치 않은 자 같으니.'

삼관을 설치한 저의가 있어 보였지만 더 이상 생각할 시간이 없었다. 숨어서 따르고 있던 자를 만나야 했기 때문이다.

서린은 황산철마와 하락사웅 말고 자신의 뒤를 암중으로 쫓는 자가 있음을 알고 있었다. 그가 있어 황산철마에게 전음으로 제안을 한 것이었다.

주변에 인적이 드물어 나타날 만도 하건만 무엇을 기다리는 것인지 나타나지 않자, 그가 숨어 있는 곳을 바라보았다.

"숨어서 보는 것도 지겹지 않은가?"

"후후후! 따르고 있다는 걸 알다니 듣던 것만큼 실력을 가진 놈이로군."

자신이 따라온 것을 들켰다는 것을 안 것인지 검마(劍魔) 곽효상(郭曉尙)은 숨어 있던 나무에서 모습을 드러냈다.

휘이이익!

사뿐히 지면으로 내려선 그는 서서히 서린에게 다가왔다.

"역시, 당신이었군."

"날 아느냐?"

"예전에 한번 본 적이 있소. 검마 선배!"

"으음, 내가 강호에 나선 것이 오 년 전 검반향의 전설을 쫓느라 잠시 나온 것이 마지막이었는데 그때 본 모양이로군."

"그렇소. 그런데 어째서 나를 뒤따르고 있는 것이오?"

"거절할 수 없는 사람의 부탁을 받아서 말이다."

"으음."

"알고 있는 모양이로군. 워낙 지위가 높은 양반이라 어쩔 수가 없었다. 그리고 받은 것은 꼭 돌려주는 성미라서 말이야."

'양영의 휘하에 검마마저 있다니 놀라운 일이다. 팔야야의 세력은 본인조차 모를 정도로 은밀하고 광대하다더니…….'

검마라면 사밀혼보다는 늦게 무림에 출도 했지만, 지닌 바 명성은 확연히 다른 사람이었다. 한 자루 검으로 무림을 질타하며 평생 패배를 모르고 살았던 그가 양영의 휘하에 있다는 사실에 서린은 새삼 팔야야의 힘을 느끼지 않을 수 없었다.

"검마 선배 정도라면 그들의 휘하에 있지 않아도 될 터인데 유감이오."

"나와 그 사이에 인연이 있어서니 너무 알려 하지 마라.

그나저나 그가 나를 이곳에 보냈으니 나 또한 밥값을 해야 한다. 그러니 한 수 겪어 보아야겠구나."

살의는 없는 것 같았지만 어느 정도 기를 꺾어 놓아야 한다고 생각했는지 검마가 피워 올리는 기세가 심상치 않았다.

예리한 칼날 같은 기운이 그의 몸에서 뻗어 나와 서린을 압박했다.

서린은 검마가 뿜어내는 기운의 자신의 피부를 따갑게 하는 것을 느끼며 사사밀혼심법을 끌어 올렸다.

다른 자들은 모르겠으나 검마 정도의 고수라면 서린이 익히고 있는 무공의 기운이 상이하다는 것을 눈치챌 우려가 있었기 때문이었다.

"사밀혼들이 잘 가르친 모양이로군. 벌써 사방투(四方鬪)의 경지에 들다니 말이다. 그들도 백여 년 만에 이룬 경지거늘."

'역시 알고 있었군. 사사밀혼심법을 운용하길 잘했다.'

서린은 자신의 생각이 맞았음을 느끼며 안도했다. 지난날 사밀혼의 대형인 장호기의 말에서 사밀혼들과 검마가 인연이 있다는 느낌을 받았었기 때문이었다.

"별말씀을! 이번 기회에 검마 선배님 같은 고수와 한 수 겨룰 수 있어 영광이오."

스르르릉!

서린은 사사묵련으로부터 지급받은 자신의 검을 꺼내 들었다. 천우신경을 사용할 수도 있지만 괜한 의심을 받을 필요가 없기에 이번 대결에서는 검만을 사용할 생각이었다.

상대는 무림맹의 공동맹주인 화산파의 속가장문 파산검(破山劍) 육기운(陸基暈), 마교의 잔마회검(殘魔廻劍)과 더불어 강호삼검(江湖三劍)에 속하는 사람이었기에 이번 기회에 자신의 무공을 시험해 보고 싶은 욕심 때문이기도 했다.

"놀라운 기세로군. 검에 기운을 실어 상대를 압박하는 기검압(氣劍壓)이라니!"

검을 빼어 들자 자신의 기세를 억누르며 다가오는 서린의 검기에 검마는 감탄성을 터트렸다.

수많은 비무를 겪어 오는 동안 서린과 같은 나이에 이 정도 경지를 이룬 이가 없었기 때문이었다.

검마는 자신의 손을 들어 서린에게 휘둘렀다.

그의 손끝에서는 아지랑이 같은 기운이 일어나 서린을 향해 느릿하게 다가왔다. 언뜻 보면 장법과 같아 보였지만 그것은 수검(手劍)이었다.

검이 없어도 사물에 검기를 주입해 시전 할 수 있는 검에서 자유로운 경지인 의형수형(意形隨形)의 바로 전 단계인 수검을 펼친 것이다.

'역시, 검마다. 저리 간단하게 수검을 펼치다니…….'

"차앗! 사방투(四方鬪) 동천지로(東天指路)!"

고절한 능력에 경외감이 들었지만 서린은 검마를 향해 검을 뻗었다. 극양의 태양이 떠오르는 듯 강력한 양의 기운이 햇무리처럼 서린의 검에서 뻗어 나왔다.

부아아앙!

검마가 내뻗은 검기와 서린의 기운이 허공에서 부딪쳤다. 기파가 퍼져 나가며 주변에 있는 나뭇잎들을 흔들었다.

"하하하! 좋아!!"

검마는 무엇이 그리 좋은지 연방 웃음을 흘리며 수검을 펼쳤다. 손을 떨쳐 내는 그의 수검은 집요하게 서린을 공격했다. 그때마다 동천지로를 시전 해 막았다.

서린은 점차 검마의 검세가 일반적인 공격과는 사뭇 다르다는 것을 느꼈다. 검에 대한 배움이 짧은 그에게 마치 가르치듯 수검을 이용해 검세를 쏟아 내고 있다는 것을 안 것이다.

'이분이 원하는 것이 무엇인가? 이것은 나에게 검법을 전수하는 것 같지 않은가? 그렇다면 나머지 것도 한번 시험해 봐야겠군.'

계속되는 검세 속에 서린은 검마가 자신에게 가르침을 주고 있다는 것을 알았다. 아직 경지에 이르지 못한 동천지로가 검마의 수검을 막으며 완숙해져 가고 있었던 것이다.

서린은 장백파의 검결을 사용한 참절백로는 거의 완숙의 경지에 이르러 있었다.

그러나 그와는 다르게 사방투의 기운을 이용한 사방검결(四方劍訣)은 아직 완성을 보지 못하고 있는 상태였다. 검마가 가르침을 주는 이상 이번 기회에 완성을 보고자 했던 것이다.

"차앗! 남열개황(南熱愾惶)!"

수검을 막기만 하던 동천지로가 검로가 바뀌며 검마의 검기를 감싸기 시작했다. 사 장이나 떨어져 손으로 연신 수검을 날려 대는 검마의 공격에 맞서 사방검결의 이초 남열개황이 펼쳐진 것이다.

환검을 위주로 한 남열개황은 솟아오르는 열기처럼 난폭한 기세로 검마의 검기를 제압하며 공격해 들기 시작했다.

—폭(暴)과 강(强)은 기세의 싸움이다. 환에 강과 폭을 집어넣은 것은 좋지만 흐름[流]을 읽는 것은 부족하구나. 거대한 폭풍도 자그마한 흐름에서 시작하느니.

서린이 검로를 바꾼 것과 같이 전음과 함께 검마가 내뻗는 수검의 기운도 바뀌어 갔다.

우르르릉!!

천지를 감싸는 거대한 폭풍처럼 연이어 겹쳐지는 검세 속에 강렬한 기의 돌풍이 발생했다.

검마의 검기는 서린이 기운을 때로는 방해하고 때로는 도우면서 밀고 밀리기를 반복했다.

덕분에 죽어 나는 것은 주변의 초목들이었다. 강력한 검기의 폭풍 속에 나무들은 쉴 새 없이 잔금을 남기며 잘려 나가고 대지 위에 뿌리를 내리며 살고 있던 잡초들은 졸지에 터전을 잃어야 했다.

서린은 점차 검마의 검기와 조화를 이루어 나갔다.

그 속에서 자연의 위대한 힘을 느낄 수 있었다. 거대한 폭풍의 흐름을 이해할 수 있었던 것이다. 남열개황의 이초가 완성되어 가자 서린은 검초를 변화시켰다.

거대한 폭풍도 단숨에 잠재워 버릴 수 있는 단초를 발견한 것이었다.

거대한 양의 근원인 태양이 서산으로 숨듯 잔연의 이치대로 사나운 기세를 숙이는 이치를 떠올린 것이다.

"타앗! 서암폐정(西暗閉晸)!"

열기의 폭풍 속에 어두운 기운이 솟아났다. 떠오르는 태양마자 가두어 버릴 정도의 음유로운 기운이 서린의 검에서 일순 퍼져 나갔다.

—허허! 난 놈은 난 놈이로세!!

자신이 알려 주지 않았음에도 불구하고 서린의 검세가 변하는 것을 보며 검마는 찬탄하지 않을 수 없었다.

암경이란 그 흐름을 예측할 수 없어야 하며 자유로움 속에 거대한 힘을 속박할 수 있는 기세를 심어야 하는 것이거늘, 서린은 알려 주지 않아도 스스로 해내고 있었던 때문이었다.

"검지혼(劍指渾)!"

이제까지 수검을 펼쳐 내던 검마는 자신의 십지를 활짝 펴며 검기를 날렸다.

각각의 손가락에서 흔적조차 희미한 검기가 뻗어 나오며 서린을 핍박하기 시작했다.

성긴 그물처럼 뻗어 나온 그의 지검(指劍)은 서린에게 이르러 하늘조차 가둘 수 있는 엄밀한 검기의 그물을 형성했다.

"차앗! 북빙한령(北氷寒翎)!"

자신에게 다가오는 검기의 그물을 느낀 것인지 서린의 검세가 변했다. 이미 퍼져 나간 암경이 이제는 현신하여, 차가운 한기를 흘리는 검기로 변한 것이었다.

타타타타탕!

서린과 검마의 검기가 허공에서 맹렬히 부딪쳤다.

"타앗! 동천지로(東天指路)!"

서린의 기합과 함께 거대한 양의 기운이 그의 검극에 맺혔다. 그리고는 태양과 같이 거대한 광휘를 뿌리며 검마의 검기를 찢기 시작했다.

검마의 수검을 상대하기 위해 처음 펼친 것과는 다른 검의 기운이 서린의 검에서 흘러나왔다.

"엇!! 혼천검벽(混天劍壁)!!"

검지혼의 그물이 끊어지며 맹렬한 기세로 검기가 다가들자 검마는 연이어 손을 뻗어 내며 자신의 앞에 검막을 쳤다.

검지혼의 그물을 뚫고 다가오는 동천지로의 검세가 사뭇 위협적이었기 때문이었다.

쾅!!

"윽!"

폭발음이 울리며 검마의 신형이 뒤로 미끄러졌다. 이 장여를 미끄러진 검마는 서린을 바라보았다.

"저놈이 무아지경에 들었구나!"

검마는 서린이 지금 자신만의 세계에 빠져 있음을 알 수 있었다. 사사밀혼심법의 오의에 빠져 검세를 멈추지 않고 다시금 공격해 오고 있었다.

'이러다 저놈이나 나나 낭패 보기 십상이다.'

후끈거리며 사방을 조여 오는 기운에 검마는 다급히 공력을 더욱 끌어 올렸다.

화르르르!!

처음과는 기세가 완연히 달라진 남열개황이었다. 주변이 순식간에 열폭풍으로 휩싸였다. 폭풍에 휘말려 올라가는 초목들이 열기로 인해 불타올랐다.

그것은 검마도 생전 본 적이 없는 거대한 폭풍이었다. 강렬한 화기를 담은 거대한 폭풍이 검마를 향해 미친 듯이 다가오고 있었던 것이다.

"미치겠군. 가르치러 왔다가 낭패를 보게 생겼으니."

채앵!!

검마는 인상을 쓰며 자신의 애검을 꺼내 들었다.

이대로 막는다면 내상을 감수할 수밖에 없기에 부득불 취한 행동이었다. 수검으로 막을 수 있을 만한 공격이 아니었기 때문이다.

검을 든 검마는 원을 그리며 사방으로 검을 뻗어 냈다. 아무렇게나 뿌린 듯한 검기 같았지만 푸르스름한 검기는 그의 검에서 흘러나와 몸을 감싸기 시작했다.

파파파파팡!

열기의 폭풍이 검기의 막에 부딪쳐 튕겨 나갔다.

음의 기운을 끌어 올려 한기를 동반한 것이라 열기를 막아 내기는 했지만 검마는 내부로 전해지는 충격으로 기혈이 잠시 흔들림을 느꼈다.

'크윽! 죽을 맛이로구나. 어떻게 막기는 했지만 다시금 검세가 변화하다니. 저놈 완전히 깨달은 것인가?'

서린이 뻗어 내 남열개황의 기운이 검마에게 가로막히자 다시금 검세가 변했다.

암흑의 공간처럼 거대한 암경이 검마가 쳐 놓은 검기의

벽을 옥죄기 시작한 것이었다.

'사계를 검에 담다니? 그놈이 장담한 대로 진정 성취를 알 수 없는 놈이다. 이토록 자유자재로 기운을 변화시키다니 말이다. 조금 전까지는 그저 괜찮은 정도였는데 이렇게 변하다니. 에잇! 할 수 없다. 이대로 가다가는 내가 당할 판이니.'

자신이 제어할 수 있는 수준을 벗어난 서린의 공격에 검마는 모종의 결심을 굳혔다.

아직 완성은 되지 않은 상태였지만 이 상태로 가다가는 둘 다 크게 다칠 것 같기에 자신이 고심하고 있는 초식을 시전하기로 한 것이었다.

옥죄어 오는 검기 속에서 검마는 조용히 검을 들어 서린을 겨누었다. 전력을 다하는 듯 장포가 팽팽하게 부풀어 올랐다.

검마가 서림의 검세를 막기 위해 내력을 끌어 올리는 동안 서린의 검세도 변했다.

싸늘하게 은빛을 뿌리는 유형의 검기들이 검마의 주변에 환상처럼 나타난 것이었다. 극한의 냉기를 품고 있는 검기들은 최후의 힘을 내는 듯 맹렬히 검마를 향해 달려들었다.

"지(止)!!"

웅혼한 외침이 검마의 입에서 터져 나왔다. 순간 서린이 북빙한령(北氷寒翎)으로 만들어 놓은 검기들이 아지랑이처럼 흔들렸다.

잠시 후 꺼지듯 허공중에서 씻은 듯이 사라졌다.

"쿨럭!!"

서린의 검초를 제지한 후 기침을 하는 검마의 입에서 선혈이 한 모금 튀어나왔다.

의형수형의 경지에 이르지 못한 상태에서 무리하게 검초를 펼친 탓이었다. 서린의 검초는 멈추었지만 검마는 내상을 입었던 것이다.

서린은 북빙한령의 검초가 검마에게 저지당하자 가만히 서 있었다. 아직까지 무아지경에서 깨어나지 않은 듯 반개한 눈으로 가만히 서 있었다.

옷자락 여기저기가 검기에 잘려 나간 듯 너풀거리고 있었지만 평안한 표정으로 보아 그다지 부상을 당하지는 않은 것 같았다.

그리고 검을 들고 서 있는 모습이 무척이나 초탈해 보였다.

'사람 잡을 놈이로구나. 검을 잡은 지 얼마 되지 않은 놈으로 알고 있는데 나를 이토록 당혹스럽게 만들다니. 주변에 사람의 기운이 없으니 몇 자 적어 주고 떠나야겠구나.'

검마는 서린의 앞으로 걸어가 자신의 검으로 땅 위에 무엇인가 적기 시작했다.

그것은 자기가 추구하고 있는 검도의 끝이었다. 자신도 아직 완전히 깨닫고 있지 못하는 것이었지만 서린이라면 깨달을 수 있을 것 같기에 인연을 남긴 것이었다.

'이 정도 실력이면 그놈들에게 쉽게 당하지는 않겠구나. 하지만 아이야, 알아 두어야 할 것이 있다. 네가 상대할 자들은 의지를 초월한 자들이다. 그들의 겉모습만으로 판단하는 우(愚)를 범하지 않기를 바랄 뿐이다.'

팟!

검마는 알 수 없는 모호한 표정을 남기고는 꺼지듯 사라졌다. 자신의 할 일을 다한 듯 사라지는 그의 표정에는 미소가 담겨 있었다.

서린은 검마가 떠난 뒤 반 각 후에 깨어날 수 있었다.

"으음, 떠나신 건가?"

혼자 남아 있는 것에 용무를 마친 검마가 떠났다는 것을 알 수 있었다.

"그냥 가신 것을 보면 숨기실 게 있는 모양이군."

무공을 가르친 것도 그렇고, 손을 쓸 수 있음에도 그냥 간 것을 보면 양영에게 의탁한 것도 이유가 있는 것이 분명해 보였다.

"그나저나 덕분에 정말 큰 것을 얻을 수 있었다."

무아지경에 빠져 사사밀혼심법의 오의가 담긴 사방검결

을 시전 한 것이 생각이 났다.

각인된 것처럼 자신의 뇌리에 선명히 남아 있는 사사밀혼심법의 오의를 생각하며 서린의 자신의 눈앞에 있는 글귀를 바라보았다.

"검즉심(劍則心)이라. 역시 나를 멈추게 한 것은 심검이었던 것인가? 내가 깨달은 것보다 더 높은 경지가 있음을 보여 주시다니……."

서린은 사방검결을 펼치며 사계(四季)의 힘을 얻을 수 있었다. 춘하추동(春夏秋冬)으로 구분되는 사계의 힘을 검에 담을 수 있게 되었던 것이다.

비록 무아지경이었지만 자신이 펼친 검로의 뜻을 지금은 온전히 이해하고 있었다.

사방검결의 힘은 조금 전 폭주하기 직전이었다. 무아지경에 빠져 진원진기까지 쏟아 낼 뻔했던 것이다.

검마가 멈추지 않았다면 서린의 단전은 텅 비어 심각한 지경에 빠질 수도 있었던 것이다.

어떤 이유인지는 모르겠지만 서린은 폭주를 멈추고 자신에게 검에 대해 가르침을 내린 검마에게 감사한 마음이 들었다.

또한 자신이 깨달은 것보다 더 높은 경지가 있음을 느끼게 하는 화두를 던지고는 자리를 떠난 것을 보며 아쉬운 생각이 들었다.

"후후후! 내 앞에 나타나고 이렇듯 가르침을 내린 것을 보면 이대로 인연이 끝나지는 않을 것이다. 언젠가는 다시 한 번 만나게 되겠지. 감사합니다, 검마 선배!"

서린은 검마가 남긴 글에 정중히 포권을 했다. 검마에 대한 진심 어린 감사의 표현이었다.

서린은 검마가 남긴 글을 지우고는 다시 당가를 향해 발걸음을 옮겼다.

"검마 선배는 나에게 큰 흐름을 보여 주신 것이로구나."

세상이 돌아가는 이치를 검에 담는 것을 느끼게 해 주었다.

검에 춘하추동의 기운을 담을 수 있게 됐지만, 아직은 미완성이라 할 수 있었다.

천세혈왕삼극결을 완성하며 사사밀혼심법을 그 테두리 안에 두려 노력했지만 극히 일부분뿐이었다.

처음에는 완전히 일부분으로 화해 천세혈왕삼극결에 녹아들었다고 생각했었다.

그러나 사사밀혼심법을 익혀 가며 그것이 아니라는 것을 요즘 들어 절실히 느끼고 있는 중이었다.

처음 검초를 창안하면서도 반신반의하며 완성할 수 있을 것인지 의구심이 들었는데 이제는 확신이 들었다.

만약 사사밀혼심법이 천세혈왕삼극결과 완전히 합쳐질 수만 있다면 검마 선배가 남긴 검즉심이라는 화두를 풀지도 모를 일이었다.

사왕(死王) 김천후(金泉厚)에게서 전수 받은 사사밀혼심법 안에는 자신이 깨닫지 못하는 오묘한 뜻이 서려 있음을 이제는 확신하게 된 것이다.

"내일이 비무대회가 시작되는 날인가? 그나저나 저량이 돌아오지 않아 큰일이로군. 무슨 일이 없어야 할 텐데……."

내일로 비무대회가 다가왔건만 저량에게서 아무런 소식이 없자 불안한 마음이 드는 서린이었다.

지닌바 실력이야 익히 알지만 검마 같은 강자를 만난다면 낭패를 볼 수도 있을 것이기 때문이었다.

"고민을 해 봐야 소용없는 일이니 빨리 당가로 돌아가야겠구나. 따르던 자들은 검마 선배가 처리한 것 같으니 문제가 없겠지만 자리를 오래 비우면 괜한 의심을 살 수 있으니까. 그리고 오늘 밤 관문을 담당했던 놈들에게서 알아내야 할 것도 있고."

파팟!

조금 전 검마와의 비무를 생각하며 천천히 걷던 것을 멈추고는 서린은 경공을 시전 했다.

저녁이 되기 전까지 지금의 깨달음을 조용히 정리할 필요성도 있지만 비무대회 참가자를 선발하기 위한 관문이 오늘로써 끝나기 때문이기도 했다.

그동안 관문을 지키고 있는지라 지혼자와 인혼자에 대해 손을 쓸 수 없었기에 관문이 닫히는 오늘 그들에게서 음모의 정황을 알아내려고 하는 것이다.

경공을 시전 해 당가 근처에 이른 서린은 천천히 신형을 멈추었다. 아직도 많은 이들이 관문을 통과하기 위해 당가로 몰려 있었기 때문이었다.

일관이 빠른 시간 안에 끝나는 관문이라 그런지 함성이 터지기도 하고 안타까운 소리가 연신 들려왔다.

"꽤나 많군. 통과한 자들이 모두 저들의 손아귀에 떨어진다고 봤을 때 일이 어려워질 수도 있겠군. 그나저나 저놈들이 무엇을 꾸미는 것인지……."

서린은 비무대회 참가자를 위해 마련된 문으로 당가로 들어서며 삼관이 설치된 곳을 살펴보았다.

혈혈기감을 이용해 지혼자와 인혼자를 살핀 것이었다. 그동안 꾸준히 살펴보고 있으나 오늘도 변함이 없었다. 안에서 무엇을 하는지 모르겠으나 전각 안에 있는 것만은 분명했다.

'오늘 밤 분명 놈들의 움직임이 있을 것이다. 특히 저 안에 있는 두 놈은 관문을 통과자들에게 미혼대법 같은 것을 시전 한 만큼 이번 음모를 푸는 데 열쇠가 될 놈들이다. 그렇지만 놈들이 노리는 것이 진정 무엇인지 알 수가 없으니 큰일이로군.'

아직까지 음모의 실체를 파악하지 못한 서린은 내일을 걱정하고 있었다.

암살을 계획하고 있건만 언제인지 목표가 누구인지조차 모르고 있었기에 오늘 밤 지혼자와 인혼자를 통해 음모의 실체에 접근하려 한 것이었다.

당가 내로 들어 온 서린은 자신의 방으로 들어왔다.

금수주와 장민석은 방에 없는지 기척이 느껴지지 않았다. 아마도 서린의 부탁을 수행하기 위해 자리를 비운 것 같았다.

'삼영이 왔으니 어느 정도 안심이 되기는 하지만 혹시 모르는 일이니 저량이 빨리 와야 할 텐데…….'

당가 내의 일이 급박하게 돌아가고 있기에 저량의 부재가 아쉬웠다.

'그냥 늦어지는 것이 아닐 것이다. 그의 능력이라면 무엇인가 알아냈을 공산이 크다. 그렇지 않다면 이렇게 늦을 리가 없으니까.'

서린은 방으로 들어와 가부좌를 틀고 침상에 앉았다.

'여전하군. 나를 감시하러 뒤를 따랐던 자들이 돌아오지 않으니 당황스러운가 보군. 검마 선배가 제압한 것 같으니 그들이야 얼마 안 있으면 돌아올 것이고, 그 양반 가르침이나 다시 한 번 생각해 봐야겠구나.

보이지 않게 자신을 감시하는 자들을 느끼며 자리에 앉

은 서린은 조금 전 검마와의 비무를 생각했다. 사사밀혼심법의 사방투는 사계의 힘을 담을 수 있는 것이었다.

서린은 천세혈왕삼극결을 창안하면서 사방투의 구결을 풀어 사방검결로 완성을 한 상태였다.

그러나 서린은 천세혈왕삼극결을 완성하면서 사사밀혼심법상의 구결의 본질은 결코 흐리지 않았었다.

검마와 대결을 하면서 그동안 몰랐던 사사밀혼심법의 진정한 본질을 느낀 서린으로서는 다시 생각하지 않을 수 없었다.

'사사밀혼심법은 사왕의 유진이다. 내가 얻은 것은 혈왕의 유진이고. 으음, 그렇다면 혈왕기만 전해지는 불완전한 혈왕의 유진과는 달리 사왕의 유진은 그 자체로 완벽한 것일 수가 있다. 내가 너무 쉽게 생각했구나. 어쩌면 사밀혼들이 불완전한 사사밀혼심법에 그렇게 목을 매는 이유도 이것이 가진 진정한 위력을 엿본 것일 수도 있다. 사방투에도 이렇듯 숨은 뜻이 있거늘 팔령야(八嶺野)와 십밀황(十密荒)은 또 어떤 비밀을 감추고 있는 것인지…….'

서린은 자신이 깨달을 사방투를 힘을 단초로 팔령야부터 파고들기 시작했다. 사왕의 진정한 힘을 찾기 위한 험난한 여정을 시작한 것이었다.

사사밀혼심법의 오단계인 팔령야에 대해 참오를 했지만

자신이 기존에 알고 있던 것 이외에는 별다른 것이 없었다.

팔방에 기운을 뿌려 공간을 지배하는 의형수형의 경지를 설명하는 것이었지만 온전히 풀어낸다는 것은 일조일석(一朝一夕)에 이루어질 수 없는 것임을 알 수 있었다.

'시간이 된 것 같으니 이제 놈들을 한번 만나러 가 볼까.'

서린은 저녁 시간이 다 되어 감을 느끼며 나갈 준비를 했다. 그동안 살펴본 바로는 삼관문이 닫히는 시간은 유시(酉時)경이었다. 그 시간 이후로는 덩그러니 전각 두 개만 있는 삼관에는 인적이 끊겼던 것이다.

스르르르!

혈왕기가 서린이 머물고 있는 빈청 주변으로 퍼졌다. 빈청 곳곳에서 이번 비무대회에 참관하기 위해 관문을 통과한 자들을 감시하는 자들이 혈왕기에 걸려들었다.

감시하는 자들은 이미 한 번 혈왕기에 걸려든 탓에 손쉽게 제압을 끝냈고, 나머지 자들은 잠시간 정신을 잃도록 했다.

주변에 대한 정리가 끝나자 서린은 방을 나선 후 사밀야혼을 시전 했다. 흔적 없이 사라진 그의 모습은 오직 열렸다 닫힌 그의 방문만이 알고 있었다.

전각을 감싸 안아 당가와 외부로부터 차단시키는 기다란 담 위로 서린의 모습이 나타났다 곧 땅으로 내려섰다.

주변에 인기척이 없음을 확인한 서린은 불빛이 일렁이는 전각으로 다가갔다.

한쪽 전각에 두 사람이 모여 있음을 확인한 서린은 야밤에 먹이를 찾아 나온 박쥐처럼 추녀 끝에 발끝을 걸고는 안의 동태를 살폈다.

"준비는 끝났습니다. 대형께서 지시하신 일에 대해서는 어느 정도 진척이 있는 겁니까?"

"그자가 언제 올지 모르니 항상 대기 상태로 있어야 할 것이다. 무엇보다. 비밀을 유지하는 것이 이번 일의 관건이니 매사 유념해야 할 것이다."

"그런데 형님! 그 계집이 눈치를 채지는 않을까요?"

"복수에 미쳐 버려 가문이 멸문에 이를지도 모르는 일을 아무렇지도 않게 한 계집이다. 이미 그 계집은 돌아올 수 없는 강을 건넌 것이니 그리 염려할 것 없다. 혹여 마음을 돌리더라도 안배해 놓은 것이 있으니 걱정할 것은 없다."

"알겠습니다."

파파파팟!

"누……."

대화 도중 창문을 뚫고 들어오는 지풍에 지혼자가 언뜻 반응을 보였지만, 두 사람은 하던 행동을 모두 멈추어야 했다.

서린이 아혈과 마혈을 모두 제압한 것이었다.

스르륵!

당황스러운 사태에 눈동자만 굴리고 있는 두 사람의 시야에 창문이 소리 없이 열리고 있었다.

'저, 저놈은?'

인혼자는 삼뇌부시혈을 이기고 삼관을 떠난 서린을 기억해 냈다.

다른 자들과는 달리 특별히 감시하는 인원을 늘렸던 것을 기억해 낸 것이다.

'저놈이 움직였다면 분명 보고가 들어왔을 텐데, 전부 제압되었다는 소린가?'

감시를 피해 이곳까지 왔다는 것은 이미 감시자들이 제압되었다는 것을 뜻했다.

인혼자는 서린을 쳐다보며 자신이 너무 안일했음을 실감할 수 있었다.

멀뚱거리며 바라보는 두 사람 곁으로 다가온 서린은 방안에 단음강막(斷音剛幕)을 쳤다.

지혼자와 인혼자를 심문할 동안 소리가 새어 나가 들키는 것을 막기 위해서였다.

팟!

서린은 지풍을 날려 진혼자의 아혈을 풀었다. 두 사람의 대화로 보아 지혼자가 인혼자보다는 아는 것이 더 많을 것 같았기 때문이었다.

"네놈은 누구냐?"

아혈이 풀리자 분노한 듯 노려보며 지혼자가 물었다.

"너희들은 혈교에서 나온 놈들인가?"

서린이 혈교를 언급하자 지혼자의 안색이 눈에 띄게 변했다. 자신들이 혈교에 몸을 담고 있다는 것은 같은 십좌 사이에도 모르는 일이었다.

다른 이들과는 달리 만날 때면 항상 복면에 변성을 했기에 같은 십좌라도 그들의 정체를 몰랐던 것이다.

"무슨 말이냐?"

"후후! 부인은 소용없는 짓이다. 이미 네놈들의 꼬리를 잡은 상태니까. 내가 어디서 나왔는지 잊은 모양이로군."

"크음! 역시 대륙천안인가? 크크! 하지만 이번 일은 네놈들이라도 막지 못할 것이다. 이미 피의 수레바퀴[血輪]가 구르기 시작한 이상 말이다."

"네놈들이 혈륜을 굴리건 뭐건 내겐 상관없다. 하지만, 네놈들이 하는 행동이 내게 방해가 되서 말이야. 일단은 네놈들이 무엇을 획책하는지 내가 좀 알아야 하겠거든."

번쩍!

말을 마침과 동시에 서린의 눈에서 혈광이 순식간에 번쩍였다. 혈왕기가 서린의 눈을 통해 지혼자에게 쏟아져 들어갔다.

옆에서 지켜보고 있던 인혼자는 자신의 형이 갑작스레 말을 멈추고 전신을 떠는 것을 보아야 했다.

'저놈이 형님께 무슨 짓을 한 것이지…….'

제혼이나 제령에 관한 술법은 두 사람에게는 전문 분야다.

무공은 강하다고 할 수 없지만 혈교에서 중요한 직책을 맡게 된 것도 그들의 특이한 재주 때문이었다.

수많은 세월 동안 연구해 온 것이 제령술의 분야였다.

그런데 자신도 모르는 술법으로 지혼자를 제압하는 것을 본 인혼자는 서린이 정말 무서운 존재임을 알 수 있었다.

'형님이 제압당한 것은 순식간이었다. 저토록 빠른 시간에 심령을 제압할 수 있다는 것은 저놈의 제령술이 우리보다는 한참 위라는 것을 뜻한다. 하지만 대륙천안에는 그러한 제령술이 없거늘…….'

인혼자는 서린이 자신의 형을 제압하는 모습을 보면서 수많은 의문점이 들었다.

'혹시? 저, 저건!!'

인혼자는 자신의 사부로부터 들었던 까마득히 오래된 전설을 기억해 낼 수 있었다.

자신들에 의해 한 줌 핏물로 사라진 사부였지만 지닌바 술법만큼은 그 누구에도 뒤지지 않았던.

붉은 눈[赤目]이 심혼에 비치면 무조건 피해야 한다.

그것은 하늘 위의 하늘[天上天]!

인간의 심혼을 잡아끄는 모든 술법이 그 앞에 무너질지니!

법술을 행하는 자의 하늘이 도래하면 세상의 모든 이치가 바뀔 것이다.

그날이 멀지 않았음이니…….

공동파에 입문한 후 술법을 전하기 전에 제일 먼저 사부의 입에서 흘러나왔던 말이었다. 워낙 오래전의 일이라 까마득히 잊어 버렸던 것이 기억난 것이다.

'설마, 그건 아닐 것이다. 세상을 지배하는 자들의 최후에 나타난다는 그자가 지금 나타날 리는 없다. 으음…….'

자신의 부정하려 했지만 인혼자는 그것마저 끝낼 수 없었다. 눈에 비친 붉은 눈동자가 그의 심혼을 암흑으로 이끌었다.

"휴……! 끝났군."

지혼자와 인혼자는 법술을 익히면서 상단전이 발달된 자들이라 제압하는 데 어려움을 겪지 않을 수 없었다.

삼몽환시술(三夢幻施術)상의 혼몽혼원술(魂夢混元術)을 극성으로 전개하고 나서야 간신히 의식을 제압할 수 있었다.

상단전을 이용한 술법이라 뇌력이 많이 소모되어 서린으로서도 잘 시전 하지 않는 수법이었지만 사천당가에서 벌어지고 있는 일의 중요성을 감안해 무리를 한 것이었다.

서린은 심호흡을 통해 상단전을 안정시켰다. 상단전이 불안한 상태라면 자신도 위험하기 때문이었다.

—무엇 때문에 관문 통과자들의 심령을 제압한 것인가?

서린의 의지가 두 사람의 뇌리를 흔들며 흘러들었다.

"삼성 중 이곳에 오는 자를 제거하기 위해서다. 그리고 무림맹의 주축을 이루고 있는 아미, 점창, 청성, 그리고 종남의 장문인들도 제거하기 위해서다."

대답을 한 것은 지혼자였다. 그는 무미건조한 목소리로 서린의 전음에 대답했다.

—삼성 중 누가 이곳에 올지는 모른다는 말이로군.

"그렇다."

—그들을 제거한다면 일시적인 혼란은 오겠지만 강호에 그리 큰 영향을 미치는 것이 아닐 텐데?

"그들이 제거되고 나면 혈루비(血淚秘)들이 움직일 것이다. 장문인이 제거되면 그들은 각자의 문파들을 장악할 수 있다. 그렇게 되면 운남과 사천, 섬서와 산서가 일거에 혈교의 지배하에 놓이게 된다."

'음, 어둠 속의 핏빛 꽃들이 대문파들의 심처에서 자라고 있었구나.'

장문인만 없다면 대문파를 뜻대로 할 수 있는 존재들이 있었다니 뜻밖의 말이었다.

그것도 이십여 년이란 긴 시간 동안 들키지 암중비수가 되었다니 마음이 무거워졌다.

7장. 비무대회(比武大會)

독버섯처럼 숨어 있는 존재들을 파악해야 했기에 서린은 두 사람의 의식 속으로 강력한 의지를 실어 보냈다.

—혈루비가 무엇인가?

"혈루비는 이십여 년 전 각파로 잠입한 자들이다."

—놈들은 무엇을 하지?

"각자 문파에서 중요한 직책에 있다는 것만 알 뿐, 나 또한 그들이 누구인지, 무엇을 하는지는 자세히 모른다."

—그들의 정체를 알고 있는 자는 누구냐? 혈교의 교주인가?

"교주 또한 우리와 마찬가지로 혈루비들의 정체를 모른다. 그들의 정확한 신분은 오직 혈루비의 비주만이 알 뿐이다."

—비주는 누구인가?

“황가의숙의 숙주인 황만승이다.”

‘의성(醫聖)이라 알려진 자가 바로 혈루비주라니.’

성인으로 알려진 이가 혈루비주라는 사실이 놀라웠다.

—혈교가 이런 일을 꾸미는 것이 사사밀교의 진출을 위해서인가?

서린은 혼란을 획책하는 이면에 사사밀교의 중원진출이 있는지 물었다.

“크, 으윽!!”

“커억!!”

조금 전과는 달리 둘은 한 모금 피를 토하며 몸을 떨기 시작했다. 묵언(默言)을 위한 금제가 걸려 있는 것이 분명했다.

‘혼몽혼원술로도 정체를 파악할 수 없는 금제가 걸려 있었다니 놀라운 일이로군. 일단 다른 것을 질문해야겠다.’

혈왕기에 버금가는 기운이 아니면 자신의 혼몽혼원술에 대항할 금제가 없음을 인식한 서린은 질문을 바꿨다.

—청린각의 주인이 너희들에게 협력하는 이유는 무엇인가?

“크으!! 괴롭다.”

금제의 여파인 듯 지혼자는 인상을 찡그리며 입을 열었다.

—말하라!

서린은 의지를 더해 두 사람의 심혼을 흔들었다. 금제의 여파가 가신 것인지 지혼자가 입을 열었다.

"당고란은 지난날 삼인장(三仁掌) 당운성(唐澐成)의 일에 대한 혈채를 받아 내기 위해 우리와 협력하는 중이다."

—당운성의 혈채라니 무슨 말이냐?

"우리도 자세한 내용은 모른다. 하지만 자신의 가문을 멸문시킬지도 모르는 일에 전력을 다하는 것을 보면 예사로운 원한은 아니다."

—암살의 시기는 언제냐?

"아직은 모른다. 삼성 중 누군가 온다는 것과 그가 오면 바로 시작된다는 것이다. 암살의 신호는 폭우이화침이 터지는 것과 동시에 진행된다. 이곳으로 오는 삼성에게 제일 먼저 폭우이화침이 터지며 암살이 시작되니 말이다."

—그렇다면 관문통과자들에게 베푼 대법을 풀 방법은 없는 것이냐?

"해법 같은 것은 없다. 어차피 한번 쓰고 버릴 소모품들이기에 만들 생각도 안 한 것이다. 삼뇌부시혈은 시고(尸蠱)를 이용해 뇌에 직접적으로 독을 투여하는 것이라 해법이나 해약을 만드는 자체도 불가능한 것이다.

—으음, 알았다. 너희들은 나를 만난 적이 없다. 지금의

일을 모두 잊어버리는 것이다. 그러나 나중에 연락이 가면 너희들은 나에게 복속해야 할 것이다.

서린은 원하는 것을 알아내고는 두 사람의 심령에 다시 한 번 주의를 주었다.

'금제가 깔려 있어 효과가 있을지는 모르겠지만 당분간 풀리는 일은 없을 것이다. 일단 어느 정도 알아냈으니 이제 관문을 통과한 자들을 해독할 방법을 찾아봐야겠다. 고충을 이용했다고 하니 방법이 있을 것이다."

서린은 전각을 빠져나와 빈청으로 향했다. 관문을 통과한 자들을 해독시키려면 시간이 없었기 때문이었다.

'으음, 너무 늦는군. 아직도 돌아오지 않다니…….'

빈청으로 돌아왔으나 아직까지 저량은 돌아오지 않고 있었다. 내일부터 비무가 시작되건만 걱정이 되지 않을 수 없었다.

"큰일이 났다면 연락이 있었을 것이다."

연락이 없다는 것은 일이 벌어졌다는 것을 뜻하겠지만 저량의 능력이라면 충분히 처리할 수 있을 것이 분명했다.

분명 자신에게 벌어진 일을 처리하느라 돌아오는 시간이 늦는 것이라 생각한 서린은 초일민이 머물고 있는 방으로 향했다.

"두 분 영주는 오늘 밤 사천당가를 살피느라 바쁠 테니 초씨 남매에게 가 봐야겠다. 두 사람이 도와준다면 중독된 자들을 해독시키는 것이 훨씬 수월할 테니."

무작정 찾아가서 당신이 독에 중독되어 있으니 해독시켜야 한다고 이야기한다면 백이면 백 미쳤다고 생각할 것이 분명했다.

그러니 명문정파로 이름이 높고 그동안 불의를 참지 않았던 초씨세가의 말이라면 들어 줄 확률이 높았기에 두 사람부터 설득해 보고자 한 것이었다.

서린은 방을 나서서 빠른 걸음으로 초일민의 방으로 향했다.

"난 천서린이란 사람이오. 긴히 할 말이 있어 찾아왔소."

초일민의 방에 불이 켜져 있음을 본 서린은 들어가기를 청했다.

"천서린? 일단 들어오시오."

초일민은 이번 참가자 중 북경 천전도문의 소문주가 참가했다는 것을 알고 있었다. 긴히 할 말이 있다는 이야기에 서린을 자신의 방으로 들어오도록 했다.

"늦은 밤인데 이렇게 나를 찾아온 이유가 무엇이오?"

"어떻게 말해야 할지 모르겠소. 내 말을 믿어 줄지도 모르겠고. 하지만 이야기를 해야 할 것 같아 이렇게 왔소."

"무슨 일인데 그러시는 것이오?"

표정이 사무 심각한 것이었기에 초일민은 어째서 자신에게 이런 말을 하는 것인지 궁금한 듯 서린을 쳐다보았다.

"자세한 내용을 말해 줄 수 없지만, 당신은 지금 일종의 제령대법에 당한 상태요."

"제령대법? 그건 무슨 말이오? 내가 제령대법에 당하다니 말이오?"

"당신뿐만이 아니요. 삼관을 거쳐 들어 온 참가자들은 모두 제령대법에 당한 상태요."

"으음, 어쩐지!"

초일민은 뭔가 짚이는 것이 있는 듯 고개를 숙이며 생각에 잠겼다.

"당신이 어째서 이러한 사실을 가르쳐 주는지 모르겠으나 일단 동생을 불러와야겠소. 그 아이도 비슷한 말을 한 적이 있어서 말이오."

"알겠소."

초일민은 방을 나서 자신의 동생을 불러왔다.

초쌍쌍은 이미 서린이 한 말을 전해 들은 듯 굳은 얼굴로 함께 방으로 들어왔다.

"오라버니에게 하신 말씀은 전해 들었어요. 무슨 일인지 자세히 해 주실 수 있나요?"

"일단 사천성과 인근성에서 비밀리에 움직이는 자들이 있소. 그들은 옛날에 멸문했다고 알려진 혈교요."

"혈교라구요?"

"그렇소. 삼관을 맡고 있는 자들은 혈교의 인물들이 분명하오. 지금 그것을 확인하고 이곳으로 오는 것이오."

"그들이 혈교의 잔당들이라니 놀라운 일이군요. 그런데 어째서 이런 음모를 꾸미는 거죠? 우리를 세뇌한다고 뭘 할 수 있는 것도 아닐 것 같은데요?"

초쌍쌍은 아직은 믿지 못하겠다는 듯 서린을 쳐다보며 물었다.

"혈교의 인물들은 참가자들을 세뇌해 이곳으로 올지도 모르는 삼성 중 한 명과 각 파의 장문인들을 암살하려는 것이 그들이 계획이요."

"우리를 세뇌해 이용한다고 해도 각 파의 장문인들을 암살하는 것이 성공할 수는 없어요. 그들은 천하에 알아주는 고수들이니까요. 설사 각파의 장문인들을 암살하는 것이 성공한다고 해도 문제는 많아요. 혼란을 일으키고 모습을 감춘다고 해도 이곳은 중원이에요. 전 무림이 일어날 것이고, 혈교를 찾으면 드러나게 되어 있어요. 명문대파의 정보력은 그리 만만한 것이 아니니 말이죠."

"간자들이 있는 것 같소."

"간자들이요?"

"그렇소. 장문인들이 암살되고 난 후 각 파를 휘어잡을 수 있을 만한 위치에 있는 자들이 간자로 있는 것 같소."

"정말 믿을 수 없는 이야기군요.'

"혈교는 이십여 년 전부터 간자들을 각 문파에 침투 시켰소. 그리고 그렇게 침투한 자들을 혈루비라고 하오."

"으음, 역시 그렇군요."

"무슨 말이오?"

"우리가 이번 비무대회 참석한 것도 기이한 암류가 오래 전부터 흐르고 있다는 것을 파악했기 때문이에요. 우리 초가보는 지금은 세가 많이 약해지기는 했지만 화산파와 함께 섬서성의 대표적인 세가라고 할 수 있어요. 그런데 본가의 영향력 아래에 있는 중소문파들이 어느 순간부터 하나둘 이탈하기 시작했어요. 그 때문에 본가가 세를 잃는 원인이 됐고요. 우리 가문에서는 오랫동안 이탈한 문파들을 조사했어요. 그 와중에 기이한 암류가 섬서와 산서, 그리고 사천성 일대에 독버섯처럼 자라고 있다는 것을 알게 됐지요. 그래서 이번 사천 비무대회에 참석하게 된 것이죠."

초쌍쌍은 서린을 완전히 믿기 시작했기에 자신들이 비무대회에 참가한 이유를 말해 주었다.

"그렇군요."

"저도 삼관을 통과하며 기이한 기운을 느꼈지만 아무 이상이 없어 무심코 지나쳤는데 당신의 말을 들어 보니 그것이 아니었나 보군요."

"맞소. 그들은 삼뇌부시혈이란 고독을 사용했소. 그래서 이렇게 찾아온 것이오."

"삼뇌부시혈이요? 그런 고독도 있었나요?"

운남과 가까운 터라 고독에 대해서는 어려서부터 교육을 받은 초쌍쌍은 한 번도 들어 본 적이 없었기에 의문을 드러냈다.

"독맥(督脈) 중 신정(神庭)에서 풍부(風府)까지 제혈(制血)하고 뇌맥을 감싸는 성질을 가지고 있는 고독이오. 인체에 침입한 후에 특정한 소리에 반응해 숙주를 조정하는 고독이오."

"무섭군요. 사람을 꼭두각시로 만들다니."

"더욱 무서운 것은 일단 대법에 걸려들면 절대 해독할 방법은 없소."

"그럼 어떻게 하나요?"

초쌍쌍은 방법을 말해 달라는 듯 서린을 쳐다보았다. 방법이 없다면 이렇듯 찾아올 리 만무했던 것이다.

"한 가지 방법은 있지만 위험을 감수해야 하오. 두 분이 절 믿을 수 있을지도 의문이고 말이오."

"전 믿어요. 어려서부터 전 남다른 수련을 했지요. 오빠에게는 미안한 이야기지만 가문의 어르신들께선 제 자질을 특별히 잘 봐 주셨나 봐요. 그래서 지금도 느낄 수 있지요. 제 머릿속에 위험한 기운이 가득 차 있다는 것을 말이죠. 물론 제 오라버니도 마찬가지구요. 그런데 누군가 그것을 막아 놓았다는 것을 느낄 수 있어요. 혹시, 그렇게 해 놓은 것이 당신 아닌가요?"

"정말이냐?"

초일민은 초쌍쌍의 말을 듣고는 서린을 노려보았다. 자신들을 이렇게 해 놓은 흉수가 서린일 수도 있기 때문이었다.

"오라버니 흥분하지 말아요. 저분이 아니었다면 우린 이미 놈들의 꼭두각시가 되었을 테니까요. 그렇지만 어째서 우리에게 그렇게 한 것이죠?"

서린은 초쌍쌍의 성취가 남다르다는 것을 알 수 있었다. 초쌍쌍은 자신의 뇌맥을 보호하고 있는 혈왕기의 존재를 눈치채고 있었던 것이다.

그녀가 이렇게 말하는 것은 혈왕기가 삼뇌부시혈과 같은 목적으로 심겨진 것이 아니냐는 뜻이었다.

"후후, 맞소. 당신들의 뇌맥에 내가 가진 기운을 심었소. 당시로서는 삼뇌부시혈이 무엇으로 이루어져 있는 것인지 알 수 없었기에 어쩔 수 없이 조치를 취할 수밖에 없었소. 두 분도 모르게 그리한 것은 제 말을 믿어 줄지 확신할 수 없어서였소."

서린은 어쩔 수 없는 사정으로 그럴 수밖에 없음을 초쌍쌍에게 이야기 했다.

"그렇군요. 그런데 어떻게 그런 지독한 것을 해독시키려고 하는 것인가요?"

"살아 있는 생물인 만큼 화기를 이용해 태워 죽이려고

하오."

"그게 가능한가요? 만약 제거하려 한다면 고독이 퍼지지 않을까요?"

뇌란 것이 아주 민감한 것이라 자칫 고독이 발동하기라도 하면 죽음을 면치 못할 수도 있었기에 초쌍쌍으로서는 당연한 걱정이었다.

"가능하오. 그러나 위험하기도 하오."

"그래도 해야겠지요. 이제 겨우 불씨가 살아난 초씨세가가 더러운 누명을 쓰고 몰락하지 않으려면 말이죠."

"그렇소. 관문 통과자들이 꼭두각시가 되어 혈교의 음모대로 각파의 장문인을 암살하는 사태가 벌어진다면 그들이 속한 단체나 문파들은 멸문할 것이 분명하오. 놈들이 부수적으로 노리는 것이 그것일 수도 있으니까 말이오."

"좋아요. 당신을 믿기로 하지요. 당신이 장백파의 일원인 천잔도문의 소문주라는 사실이 그것을 보증할 테니까요. 그리고 우리도 모르게 제압할 능력이라면 이렇게 찾아와서 세세하게 설명을 할 이도 없으니 믿기로 하지요. 해독은 지금 당장 하는 건가요?"

선택지가 없음을 알기에 초쌍쌍은 단도직입적으로 물었다.

'보기보다는 강단이 있는 소저로군. 보통 사람이라면 꺼리기 십상인데…….'

곧바로 결단을 내리는 것을 보며 삼도문이 전해 준 책자의 기록처럼 초씨세가에서는 초일민보다는 초쌍쌍에게 더 많은 기대를 걸고 있다는 것이 사실임을 알 수 있었다.

"가능하오. 내일부터 비무가 시작되니 시간이 없소. 우선 소저의 오빠부터 치료하는 것이 좋을 것 같소. 초일민 형은 가부좌를 틀고 앉아 운기조식을 시작하시오."

"운기조식을 하며 치료를 한다는 말이오?"

운기조식을 할 때 자칫 조그만 충격이라도 받으면 주화입마에 빠진다는 것은 무가의 자식이라면 삼척동자도 다 아는 것이었다.

그런데 운기조식을 하고 있는 상태에서 치료를 하겠다는 서린의 말이 초일민으로서는 황당한 것이었다.

"걱정하지 마시오. 몸을 건드리는 일을 없을 것이오. 운기조식을 방해하지도 않을 것이오."

"으음."

"오라버니 믿으세요. 제가 오늘 아침 말씀 드렸다시피 저분 말씀대로 알 수 없는 수법에 우리가 당한 것은 틀림없으니까요. 이제 조금씩 되찾기 시작한 가문의 명예를 우리 때문에 잃어버린다면 죽어서도 죄를 짓는 거예요. 오라버니."

"알았다, 쌍쌍아."

초일민은 초쌍쌍의 말을 듣고는 가부좌를 틀고 앉았다.

“초 소저께서는 호법을 서 주시오.”

“알았어요.”

서린은 가부좌를 틀고 운기조식을 시작한 초일민이 대주천을 할 때까지 기다렸다. 대주천을 끝내고 기운이 상승하는 때를 노리는 것이다.

직접적으로 혈왕기로 삼뇌부시혈을 제거하려 든다면 손을 쓰기도 전에 삼뇌부시혈이 발동할 것이 분명하기에 초일민의 내공 속에 혈왕기를 숨기기로 한 것이었다.

이렇게 혈왕기를 숨겨 자신이 미리 뇌맥을 보호토록 한 혈왕기와 합칠 수만 있다면 해독할 가능성이 있었기 때문이었다.

‘참으로 정심한 내공이다. 초씨세가에서 이들 남매에게 기대를 거는 것도 무리가 아니로군.’

가만히 앉아 운기조식을 하는 기세를 혈왕기롤 읽고 있던 서린은 초일민이 운행하는 진기의 기운이 매우 강하며 정심하다는 것을 느낄 수 있었다. 지난날 마교와 맞설 수 있었던 초씨세가의 힘이 느껴지는 것 같았다.

‘이제는 슬슬 준비를 해야겠군.’

초일민이 운기조식을 시작하고 대주천이 시작된 것은 일다경도 되지 않았을 때였다.

독맥을 타고 흐르는 양화(陽火)의 기운이 뇌맥을 타고 흐르기 시작하자 서린은 허공을 격해 혈왕기를 그의 기혈

안으로 침투시켰다.

'눈치채지 못하도록 해야 한다. 아무런 상관이 없는 듯 초일민이 행하는 기운의 흐름에 맞추어 혈왕기를 숨겨야 한다.'

혈왕기는 내공과는 차원이 다른 것이라 순조롭게 초일민의 내공과 섞여 뇌맥으로 흘러들었다. 서린은 삼뇌부시혈을 이루고 있는 고충(蠱蟲)이 혈왕기의 존재를 눈치채지 않도록 심혈을 기울였다.

'이때다.'

내공을 따라 혈왕기가 백회혈에 이르자 서린은 처음 초일민의 뇌맥을 보호하기 위해 심어 두었던 혈왕기가 반응하도록 했다.

꿈틀!

기존에 심어져 있던 혈왕기는 삼뇌부시혈을 순식간에 감쌌다. 상극인 기운이 자신을 감싸자 삼뇌부시혈이 움직이기 시작했다. 살아 있는 고독이어서 그런지 자신에게 다가온 위험을 아는 듯했다.

부르르!

자신을 압박하는 기운에 삼뇌부시혈은 독성을 띠기 시작했다. 약속된 명령이 없으면 발동하지 않지만 지금 자신이 위험한 순간에 놓이자 숙주를 제압해 부리려는 것이었다.

"차앗!"

서린은 기합성과 함께 백회혈까지 이른 또 다른 혈왕기를 일시에 뇌맥을 향해 풀었다.

휘이이익!

초일민의 혈도 내에서 혈왕기의 광풍이 몰아치기 시작했다. 앞뒤로 적을 맞게 된 삼뇌부시혈이 요동을 치기 시작했다. 워낙 미세해 눈에 보이지 않은 정도의 크기라 그렇지, 그러지 않았다면 초일민의 뇌는 순식간에 파괴되었을 것이 분명했다.

부르르르!

초일민의 신형이 아무 미세하게 조금씩 떨리기 시작했다.

그러나 아직까지 뇌맥은 삼뇌부시혈의 침습을 받지는 않았다. 삼뇌부시혈보다 빨랐던 혈왕기의 움직임 때문이었다. 독기를 뿜어내기 전 혈왕기가 삼뇌부시혈을 완전히 감싼 것이다.

'천세혈왕삼극결! 제삼단(第三段) 음양좌(陰陽座)!'

서린은 초일민의 혈도 속에서 삼뇌부시혈을 감싼 혈왕기의 기운을 변화시켰다. 음양의 기운을 동시에 띠도록 변화시킨 것이었다.

기존에 심겨져 있던 기운은 양화의 힘을 이번에 집어넣은 혈왕기는 음한(陰寒)의 기운을 띠도록 한 것이었다.

서린이 이토록 복잡한 절차를 거치는 것은 삼뇌부시혈이 뇌맥에 자리 잡고 있었기 때문이다. 뇌맥을 흐르는 혈도를 보호하지 않는 한 삼뇌부시혈을 보호한다고 해도 백치가 될 가능성이 높았던 것이다.

부르르르!

뇌맥에 상이한 두 가지 기운이 자리 잡자 초일민의 신형이 눈에 띄게 떨리기 시작했다. 사시나무 떨듯 떠는 초일민을 바라보는 초쌍쌍의 눈에는 근심이 가득했다.

'운기조식 중에 고독을 해독시키려 하다니. 나도 내 뇌맥에 자리 잡고 있는 기운을 느끼지 않았다면 헛소리라고 치부하며 저자를 당장 쳐 죽였을 것이다. 그런데 거의 불가능한 일을 어찌 저리 쉽게 할 수 있는 것이지. 저 모습을 보면 해독이 돼 가고 있지 않은가?'

몸을 떠는 초일민의 코로 검은 연기가 조금씩 빠져나오고 있었다. 삼뇌부시혈이 빠져나오고 있는 것이었다.

초쌍쌍 처음 만났을 때부터 서린의 기운이 남다르다는 것을 느끼고 있었다.

지금 자신의 오빠를 치료하는 모습을 보며 자신이 섣부른 판단을 했다는 것을 알 수 있었다.

자신으로서는 처음 보는 기운을 자유자재로 변화시키며 운기조식 중인 오빠를 치료하는 것을 볼 때 자신이 판단할 만한 사람이 아님을 알 수 있었던 것이다.

급격히 떨리던 초일민의 몸이 서서히 잦아들었다. 서린이 혈왕기로 뇌맥에 자리 잡고 있던 삼뇌부시혈을 배출시키고는 운행이 흔들리는 그의 운기조식을 도왔기 때문이었다.

"휴우……."

대주천을 완전히 끝낸 초일민이 숨을 깊게 내쉬며 눈을 떴다.

"뇌맥에 존재했던 것들은 모두 없앴소."

"고맙소."

"다음은 초 소저를 치료해야 하니 호법을 서 주시오."

"알겠소."

초쌍쌍은 서린이 권유하기도 전에 가부좌를 틀고 앉아 운기조식을 하기 시작했다.

서린이 초쌍쌍을 치료하는 시간은 초일민의 반도 되지 않았다. 초쌍쌍의 몸에 머물고 있는 기운이 이제는 삼뇌부시혈을 거의 뇌맥에서 몰아내고 있었기 때문이었다.

일각이 채 걸리지 않아 운기조식을 마친 초쌍쌍은 운기조식에서 깨어났다.

"고맙군요. 그럼 이제는 어떻게 해야 하나요? 우리와 같이 놈들에게 당한 사람들을 치료해야 할 텐데 말이죠."

"관문을 통과하고 들어온 자들은 두 부류로 나뉘오. 하나는 두 분과 같이 삼뇌부시혈에 제압당한 사람들이고 다른 자들은 아예 그런 것은 겪지도 않은 자들이오."

"그렇다면 동조세력이 이곳에 들어왔다는 이야기로군요."

"맞소. 삼뇌부시혈에 당한 사람들은 조치를 취해 놓았으니 오늘 밤 안으로 모두 해독시키는 것은 어려운 일이 아니오. 하지만 그것도 그들이 나를 믿어 줘야 가능한 일이오."

"그건 나에게 맡겨 줘요. 그들을 설득하는 것은 그리 어렵지 않을 거예요. 해독을 한다고 그들이 이번 일에 도움이 될 수 있을까요?"

"도와줄 것이요. 그들이 무인인 이상 말이오."

"그렇군요. 알았어요."

무인은 당당한 존재다. 정정당당한 싸움에서 패했다면 모를까 자신을 음모의 이용물로 삼았다면 가만히 있을 이들이 아니었다.

"가요."

초쌍쌍이 앞장을 섰다. 그리고 서린과 초일민이 뒤를 이어 방을 나섰다.

세 사람은 밤새 빈청의 방들을 돌았다. 모두들 삼뇌부시혈에 당한 사람들의 방이었다.

서린 혼자였다면 해독시키는 것이 불가능했을 테지만 초씨세가의 두 남매가 있었기에 모두들 해독시킬 수 있었다.

마교와의 접전으로 세력을 많이 잃기는 했지만 광명정대하기로 이름이 높았기에 모두들 믿어 주었던 것이다.

삼뇌부시혈에 당한 무인들은 서린의 예측대로 자신들을 꼭두각시로 만들려 했던 혈교에게 응분의 보답을 해 주기로 했다.

모든 이들의 해독을 마쳤을 때는 이미 날이 훤히 밝아 오고 있었다. 혈교의 움직임이 언제 시작될지는 모르겠으나 어느 정도 준비가 끝나자 서린은 마음을 놓을 수 있었다.

"다행히 다 끝냈군요."

"모두가 두 분 덕분이오."

"아니에요. 고마워요. 모두 당신 덕분이에요. 당신이 해독을 할 수 없었다면 우리가 있어 봤자 무슨 소용이 있었겠어요."

초쌍쌍이 열기 어린 눈빛으로 서린을 바라보았다.

'이제 마무리만 하면 될 것이다. 일단 두 분 영주들을 봐야겠다. 이들을 데려가도 문제는 없겠지.'

자신을 신뢰하는 남매의 눈빛을 접한 서린은 두 사람을 데리고 영주들을 만나기로 했다.

"두 분이 만나 볼 분이 있소."

"또 해독할 사람이 있나요?"

"아니오. 이번 음모를 분쇄하기 위해 나를 믿고 따라 주는 분이오."

"알았어요. 만나 뵙도록 하지요."

"따라오시오."

서린은 초쌍쌍과 초일민을 대동하고 금수주와 장민석이 머물고 있는 방으로 향했다.

밤새 사천당가를 뒤지고 다녔을 두 사람이 지금쯤 방으로 돌아왔을 것이기 때문이었다.

"들어가도 되겠습니까?"

"들어오십시오."

방 안으로 들어서자 두 사람이 탁자를 마주하고 앉아 차를 마시고 있었다.

"이분들은?"

"초씨세가의 남매 분입니다. 이번에 우리의 일을 돕기로 했습니다."

"그러셨군요. 초씨세가의 영명으로 볼 때 두 분이 합세한다면 많은 힘이 될 것입니다. 반갑습니다. 전 금수주라고 합니다. 여기 공자님을 모시고 있는 사람입니다."

소개를 받은 금수주는 정중한 어조로 초씨 남매에게 인사를 했다.

"같이 공자님을 모시고 있는 장민석이라고 합니다. 잘 부탁드립니다."

장민석도 금수주를 따라 포권을 하며 정중한 인사를 하자 당황스러운 것은 서린이었다.

사밀혼들이 무슨 지시를 한 것이기에 사사묵련의 대들보이자 중추라고 할 수 있는 삼영의 영주들이 이렇듯 자신을 높여 대하는지 알 수 없었기 때문이었다.

"별말씀을요. 오히려 저희가 잘 부탁드립니다."

"자, 이리로 앉으시지요."

마주 포권을 하며 인사를 하는 초씨 남매에게 금수주가 자리를 권했다. 금수주는 어리둥절한 서린을 향해 미소를 지어 보였다.

"공자님도 앉으십시오."

사람들이 자리에 앉자 금수주가 손수 차를 따랐다. 차를 다 따르자 금수주 또한 자리에 앉았다.

그는 자리 앉은 후 자신이 했던 일을 말하기 시작했다. 서림에게 보고하는 것이기도 하지만 호기심을 드러내고 있는 두 남매를 위해서이기도 했다.

"공자님의 명으로 사천당가를 살폈습니다. 그리고 몇 가지 이상한 점을 발견했습니다. 우선 사천당가 내에 있는 무력 집단 중 일부가 사라졌다는 것입니다."

"누굽니까?"

"우선 당가십이수가 아무도 모르게 사라졌고, 천독전의 고수들 중 일부가 사라졌습니다."

"그럼 당가의 무력 중 절반이 빠져나간 것이군요."

서린은 당가의 전력 중 상당수가 빠져나간 것이 의아한 듯 금수주를 바라보았다.

"그렇습니다. 당가십이수라면 장로들을 제외하고 당문의 최고수들입니다. 천독전의 인물들도 마찬가지고 말입니다. 남아 있는 것은 청린당과 천화혈대라 불리는 자들입니다.

그들이 사라진 이유는 모르겠지만 인근 백여 리 내에 그들의 흔적이 없는 것으로 보아 이번에 움직인 이유는 비무대회와는 관련이 없는 것 같습니다."

"모를 일이로군요. 그들이 사라지다니 말입니다."

"그에 대한 대비는 이미 시키고 있습니다."

"잘하셨습니다. 그런데 이번에 이곳에 올 사람이 삼성 중 누구인지는 알아내셨습니까?"

"천무전을 염탐한 결과 정파의 인물들 중에는 삼성 중 누가 이곳에 오는지 아무도 모르고 있었습니다."

"큰일이로군요. 누군지를 알아야 놈들의 계획에 효과적으로 대처할 수 있을 텐데 말입니다."

"일단 오시부터 개최될 비무대회부터 대비를 하는 것이 좋을 것 같습니다. 어쩌면 이미 삼성 중 누군가 와 있을지도 모르니 말입니다."

"그러는 게 좋을 것 같습니다. 여기 초씨 남매 분과 몇몇 분이 놈들의 끄나풀로 보이는 자들을 상대해 주시기로 했습니다. 두 분은 만약의 사태에 대비해 주시기 바랍니다."

"알겠습니다, 공자님."

금수주의 대답이 끝나자 서린은 초씨 남매를 쳐다보았다.

"이 두 분이 이끄는 사람들이 삼십 명이오. 비무장 곳곳에 숨어 만약의 사태에 대비를 할 것이오. 그러니 두 분께서는 해독을 끝마친 다른 분들과 함께 비무대회에 참가하면서 장내의 사정을 살펴 주시오."

"비무를 하면서요?"

"그렇소. 아무래도 비무는 놈들이 들여보낸 자들과 삼뇌부시혈에 중독된 사람이 맞붙을 공산이 크니 말이오."

"알겠습니다."

다섯 사람은 오시부터 개최될 비무대회를 대비에 만반의 준비를 갖추었다.

진시(辰時)까지 이어진 대화는 사시(巳時)가 다 되어 갈 무렵 비무대회 참가를 재촉하는 당가의 연락 때문에 끝내야 했다.

"모두들 긴장을 늦추지 마시기 바랍니다. 놈들은 우리가 모두 삼뇌부시혈에 중독되었을 것이라 여기고 있을 테니 놈들이 방심하는 틈을 노려야 합니다."

"알겠습니다."

서린의 주의를 끝으로 일행은 모두 비무장으로 향했다.

비무장은 어제부터 만들어지기 시작해 당가가 마련한 장소에 매우 크게 만들어진 상태였다.

대리에서 가지고 온 석재가 반 장 높이로 기단을 형성하고 그 위로 푸르스름한 청석이 바닥을 장식하고 있었다.

한쪽에는 높다란 대가 마련되어 있었는데 삼십여 명이 앉을 만한 공간으로 각파의 장문인들이 자리를 하고 있었다.

비무대는 모두 세 개가 마련되어 있었다. 중앙의 대를 중심으로 전면 중앙과 날개를 벌리 듯 양편에 하나씩 모두 세 개였던 것이다.

이미 비무장 주변은 입추의 여지가 없었다. 각 파에서 몰려온 사람들과 강호인들, 그리고 비무를 구경 나온 사천성 사람들이 빼곡히 비무장 주변을 에워싸고 있었다.

비무대 위에는 제갈성운이 자리하고 있었다.

이번 비무대회를 주관하는 자로서 관문을 주재하는 것은 물론 본격적인 비무대회의 사회를 맡은 것이었다.

제갈상운은 좌중을 둘러보며 서두를 꺼냈다.

"강호제현께서는 이번 비무대회에 그 어느 때보다 관심이 많은 것으로 알고 있습니다. 제갈 모는 이렇듯 뜻깊은 비무대회의 사회를 맡게 된 것을 영광으로 생각합니다."

장내를 향해 포권을 해 보이며 인사를 한 제갈상운의 설명이 다시 이어졌다.

"이번 비무대회는 각 파에서 선발된 후기지수들과 관문을 통과한 고수들이 펼치게 됩니다. 여러분들이 의아해하시겠지만 각파에서 선발된 자들은 모두 엄격한 심사를 거쳤습니다. 관문을 통과한 분들과 비교해도 그리 쉬운 관문이 아니었음을 밝혀 두는 바입니다. 비무대회는 보시다시피 세 군데서 치러집니다. 중앙과 좌우익에서 동시에 치러지는 것이지요."

비무대회에 참가하는 자들은 백여 명이 넘었다. 관문을 통과한 자들이 삼십여 명, 각 파에서 선발된 후기지수들이 칠십여 명으로 각자 세 개의 비무대회에서 승패를 가려 최종 이십 강을 가린다는 것이었다.

"공평을 기하기 위해서 관문 통과자들은 서로가 붙지 않도록 조정을 했습니다. 관문 통과자와 각파의 후기지수들과 싸우도록 한 것이지요. 이번 비무대회가 강호의 인재를 선발하여 명문정파의 무공을 견식 시키고자 하는 의도가 큰 만큼, 일회전이 끝난 후에는 각자의 상대에 대하여 조정하게 될 것입니다. 비무할 대상자들은 서른여섯 명씩 모두 세 개의 조로 나누어지게 됩니다. 각 비무대에서 일차 여섯 명씩 선발하게 됩니다. 그리고 최후에 떨어진 자들 중에서 다시 두 명을 선발해 이십 강을 가리게 됩니다. 그다음 최후의 비무 후에 열 명을 가리게 되는 방식입니다."

"비무는 언제 시작하는 것이오?"

"빨리 시작하시오."

제갈상운의 설명이 길어지자 이곳저곳에서 비무를 재촉했다. 기다리기가 지루했던 것이다. 이미 어느 정도 비무 방식이 알려져 있던 터라 사람들이 빨리 진행하기를 재촉한 것이다.

"하하하! 강호제현께서 이토록 재촉을 하시니 제갈 모가 너무 시간을 끌었나 봅니다. 그럼 지금부터 비무대회를 시작하겠습니다. 그렇지만 몇 분을 소개하지 않을 수 없군요. 이번 비무대회가 공정할 수 있도록 심사를 맡아 주실 분들입니다. 이번 비무대회의 공증을 맡아 주실 분들은 소림의 굉운선사(宏尝禪師)와 사제분들 이십니다.”

소개된 사람들은 장격각을 맡고 있는 굉운(宏尝)과 굉오(宏悟), 굉천(宏游)이었다. 당금 소림에서 장격각을 맡고 있는 사람은 모두 세 명이었다.

소림의 역사상 장격각주는 대대로 한 명이었으나 이번 대에는 이들 셋이 장경각을 공동으로 맡고 있었던 것이다.

소림에서 이들 셋에게 장격각을 공동으로 맡긴 것은 이들의 특출한 능력 때문이었다. 이들의 무공에 대한 견식은 역대 그 누구도 따를 수 없을 만큼 고절한 것이었다. 비록 무공은 높지 않지만 이들 셋에게 장격각을 맡긴 것은 지난날의 무공을 연구하여 새롭게 도약하려는 소림의 고심이 담겨 있었다.

“우와 대단하지 않은가? 저 세 분은 소림에서 잘 나오지 않기로 유명한 분들인데 말이야.”

“그러게 말이네. 저분들이라면 공정하게 비무대회를 치를 수 있을 것이 분명할 것이네.”

비무장을 찾은 이들은 비무가 공정하게 치러질 것임을 의심치 않았다. 비록 소림의 명성이 전보다는 쇠퇴했다고는 하나 이들 셋이 있어 머지않아 소림의 위상이 치솟을 것임을 알고 있었던 것이다.

세 승려가 각 비무대에 서자 각 비무대 앞으로 사람들이 다가왔다. 제갈세가의 사람들이었다.

그들은 커다란 깃봉을 가지고 왔는데 깃대 끝에는 끈을 묶어 놓은 깃 폭이 잘 말려 있었다.

"저것으로 각 비무대에서 비무를 치룰 자들을 알려 주려나 보군."

좌르르륵!

사람들의 예상대로 깃 폭이 펼쳐지자 그 안에 사람들의 별호와 이름이 나타났다.

각 비무대회에서 첫 번째로 일회전을 치를 자들의 명단이었다.

"와! 와! 와!"

비무를 관전하러 온 사람들의 함성이 들려왔다. 이제 바야흐로 비무가 시작되려 하고 있었다.

"재미있군요. 삼십여 명씩 저렇게 짝을 지어 놓는다면 이번 비무가 아주 재미있을 것 같습니다."

초쌍쌍은 서린을 보며 비무 방식에 대해 이야기했다. 숫자가 맞지 않으니 일대일 대결을 통한 비무는 하지 못하는 방식이었다.

한 명이 다섯을 물리치면 이십 강에 올라갈 수 있고, 네

명을 물리친 자를 이긴다면 올라가는 방식이었다.

"그렇군요. 서른여섯 명이 한 조가 되어 여섯 명을 가리는 방식이라면 꽤나 흥미로울 것 같군요. 다섯 명을 물리치면 자동으로 이십 강에 올라가니 강자들은 후반에 나오겠군요."

"그럴 겁니다. 누가 맨 처음 비무대에 올라갈지 모르겠지만 성질이 급한 자가 먼저 올라가겠지요."

"나와 저와 금 대협이 한 조고, 천 소협과 제 동생이 한 조, 그리고 다른 조에는 장 대협이 들어가게 되는군요. 제갈세가의 이가주 말대로 형평을 맞추기 위해 노력한 듯하군요."

초일민은 조가 갈린 방식이 그런대로 형평에 맞는 것을 보며 서린을 바라보았다. 어떻게 하는 것이 좋겠냐는 의견이었다.

"서너 번 비무가 벌어진 후에 상황을 보아 가며 출전하는 것이 좋을 것 같습니다. 저기 마련된 대 위에 놈들이 기다리는 사람이 아직 오지 않은 것 같으니 말입니다. 그리고 비무를 지켜보다 상황이 된다면 다음 회전에 진출할 수 있도록 하십시오. 놈들의 음모가 언제 진행될지 모르니 일단은 다음 회전에 진출해 있는 것이 좋으니 말입니다."

"알겠습니다."

일행은 각자 헤어져 자신들이 속한 조가 비무를 벌일 곳으로 갔다.

'그나저나 저량은 오지 않는 것인가?'

비무가 시작되었건만 저량이 보이지 않자 서린은 마음을 졸였다.

'무슨 일이 있다고 해도 연락을 하고도 남았을 텐데…….'

와와!!

함성 소리가 울려 퍼졌다. 비무대회에 누가 올라간 것이었다. 서린은 저량에 대한 생각을 접어야만 했다. 비무대회에 사람이 올라간 이상 이제부터는 신경을 써 주변의 상황을 살펴야 했기 때문이었다.

특히 장문인들의 참관을 위해 만들어 놓은 대위의 상황은 반드시 지켜볼 필요가 있었다.

맨 처음 비무대에 올라간 자는 하얀 백의를 입은 자였다. 안색이 하얀빛을 띈 사나이는 매우 여려 보이는 인상을 가지고 있었다.

"당문의 방사유(邦社有)란 자입니다. 당가에서 천화혈대를 맡고 있다고 하더군요."

서린은 초쌍쌍에게 비무대에 오른 자에 대해 설명해 주었다.

"방사유라?"

'어떻게 저 사람에 대해 알고 있는 것이지? 천화혈대의 대주에 대해서는 당가의 인물들조차 잘 모르고 있는 것으로 알고 있는데. 그의 이름을 알고 있다니. 역시 짐작대로 이 사람은 배후에 누가 있는 것이 분명하구나. 당가에서조차 비밀인 인물에 대한 정보를 알아내려면 강력한 정보 단체가 없이는 불가능한 일이니까. 정말 두려운 사람이다.'

초쌍쌍은 서린의 배후에 누가 있다는 것을 짐작하고는 있었다. 정보력까지 갖춘 단체가 있다는 생각을 가지자 두려움이 일었다.

'나에게 스며들던 알 수 없는 힘은 상상을 불허하는 것이었다. 분명 우리 가문의 비밀스러운 힘과 그 류를 같이하는 것이 분명했다.'

초쌍쌍은 서린이 무공과는 다른 상이한 힘을 가지고 있는 것을 분명히 알 수 있었다. 그것은 불가사의라고 전해지는 가문의 비밀스러운 힘과 같은 종류의 것이 분명했다.

'같이 다니다 보면 이 사람이 가진 힘의 비밀을 알 수 있을지도 모르니 일단 지켜보기로 하자.'

"난 당가의 철화혈대주다. 자신 있는 자는 비무대 위로 나서도록 해라."

방사유는 자신을 소개한 후 참가자들을 기다렸다.

휘이익!

탁!

청의 장포를 입은 사나이가 비무대 위로 올라왔다. 그는 한 쌍의 팔관필을 등 뒤에 매고 있었는데 점혈법으로 하북성에서 이름이 높은 천성혈필이라는 자였다.

"어디 당가의 무예가 얼마나 깊은지 시험해 볼까."

혈도를 전문적으로 찍어 상대를 공격하는 팔관필이라는 무기는 접근전에 자신이 있는 자만이 사용할 수 있는 무기였다.

암기의 사용이 금지되어 있는 비무대회이니만큼 자신에게 유리할 것이라는 생각에 올라 온 것이었다.

스르릉!

방사유는 자신의 검을 꺼내 들었다.

'네놈은 내가 당가의 인물이라는 것에 방심하고 있다만, 그것으로 넌 패하게 될 것이다.'

당가의 인물이지만 당가와는 전혀 다른 무공을 익힌 자들이 바로 천화혈대였다.

청란각의 주인인 당고란이 수십 년간 심혈을 기울여 키운 존재들이 바로 천화혈대였다.

수는 고작 이십 명밖에는 안 되지만 당가의 무력을 대표하는 집단으로 성장할 만큼 그들의 실력은 녹록한 것이 아니었다.

"차앗! 천성혈(千星血)!"

기합과 함께 팔관필이 방사유를 향해 찔러 들어왔다. 전신의 대혈을 노리고 날아드는 팔관필의 기세는 엄밀하면서도 파괴적이었다.

"구세팔난(九勢八亂)!"

방사유의 검이 어지럽게 허공을 수놓았다.

따다다다땅!

검과 팔관필이 부딪치는 소리가 어지럽게 들렸다. 마치 별빛처럼 쏟아지는 팔관필의 공세를 방사유의 검은 그리 힘들이지 않고 막아 내고 있었다.

"혈란성(血亂星)!"

자신이 뻗어 낸 일초가 방사유의 검세에 모조리 가로막히자 천성혈필은 자신의 절초를 시전 했다.

수십 가닥으로 갈라지며 방사유를 공격했던 공세가 어느 순간 세 개로 합쳐졌다.

세 가닥의 기세는 파괴적인 힘으로 방사유에게 몰아닥쳤다. 환(幻)보다는 정(正)을 택한 듯 팔관필의 기세는 쉽사리 막을 성질의 것이었다.

안에 담긴 내력이나 정묘하게 찔러 오는 것이 어째서 그가 하북성에서 이름이 높은 자인지를 알려 주는 일초였던 것이다.

카카캉!

하지만 천성혈필이 날린 회심의 일초도 방사유의 검에 가로막혔다.

"후후! 그따위 공세로는 날 어쩌지 못한다. 차앗! 팔연자(八聯刺)!"

마치 비검이 날듯 방사유는 연이어 여덟 번의 검기를 날렸다.

"흥!"

찰칵!

두 자루의 팔관필이 천성혈필의 손에 의해 합쳐졌다. 넉 자 정도의 팔관필이 여덟 자나 되는 봉(棒)으로 순식간에 바뀌었다.

"곤섬회륜(棍閃回輪)!"

티티티팅!

관문 통과가 어려운 만큼 천성혈필의 무위는 뛰어난 바가 있었다. 봉이 회전하며 방사유가 날린 검기를 모조리 튕겨 냈다.

회전하는 봉에 기운을 담은 탓인지 은빛의 거대한 방패가 되어 방사유의 검기를 튕겨 낸 것이다.

"제법이다. 하지만 여기까지! 삼극성화(三極成華)!"

검기를 날리며 천성혈필의 앞으로 다가온 방사유의 검에서 막대한 기운이 쏟아졌다. 중의 도리를 담은 기운이었다.

펑!

강한 폭음과 함께 봉이 회전하는 기세가 현저히 줄어들었다.

퍼펑!

"크윽!!"

연이어 폭음이 들리고 신음과 함께 천성혈필이 비무대 끝까지 밀려 나갔다.

삼극성화가 뿜어내는 여력을 감당하지 못하고 한쪽 무릎을 꿇은 천성혈필은 분에 찬 듯 방사유를 노려보았다.

하지만 노려보기만 할 뿐이었다.

방금 전 삼극성화의 힘을 막아 내며 내상을 입은 탓에 그의 안색은 방사유만큼이나 눈에 띄게 창백했다.

"젠장!!"

문사로 과거에 매달리다 가문의 혈채를 갚기 위해 무공을 배운 천성혈필은 이번 비무대회를 기회로 여기고 있었다.

높은 필력으로 무공을 창안하기는 했으나 보잘 것 없는 오행심법으로는 절정의 반열에 오르기 힘들었기 때문이었다.

각고의 노력으로 간신히 일류고수의 대열에 들어섰으나 그가 상대하고자 하는 원수들은 그 정도 가지고는 어림도 없는 자들이었던 것이다.

천성혈필은 가지고 있는 내공을 모두 끌어 올렸다. 삼십년이 조금 넘는 내공이었지만 마지막 초식이라면 희망을 걸 수도 있기에 내상이 도지는 것을 무시했던 것이다.

"으아아! 청봉밀밀(靑棒密密)!!"

어느새 일어선 것인지 천성혈필은 봉을 찔러 들며 방사유에게 달려들었다. 자신의 내력을 전부 쏟아부은 듯 기운이 충만한 그의 봉은 푸른색으로 물들어 있었다.

방사유는 급작스러운 공격에 검을 뻗어 내며 뒤로 물러났다.

슈육!

방사유가 물러나는 것과 동시에 봉의 중간 부분이 떨어지며 쏜 화살처럼 방사유에게 날아들었다.

나누어진 팔관필이 강렬한 기운을 머금은 채 날아든 것이다. 그 뒤를 이어 천성혈필은 자신의 손에 들려 있는 팔관필을 역으로 잡고는 방사유의 중극혈(中極血)을 찔러 들어갔다.

"사룡회정(蛇龍回晶)!"

예상을 상회하는 공격에도 방사유는 당황하지 않고 자신의 검을 들어 올리며 초식을 시전 했다. 검극에서 흰빛이 일었다. 검기를 집중한 탓이었다.

캉!!

스르르릉!

땅!!

"으윽!"

방사유의 검은 뱀처럼 휘감기며 자신에게 쏘아진 팔관필을 쳐 내고는 연이어 중극혈을 노리는 다른 팔관필로 걷어

냈다.

강력한 힘의 여파 때문인지 천성혈필의 오른 손바닥이 찢어지며 팔관필을 놓쳐 버렸다.

척!

자신의 무기를 놓친 천성혈필의 목에 어느새 방사유의 검이 얹혀졌다.

"크윽, 졌소."

천성혈필은 자신의 패배를 자인했다. 내공과 초식에서 모두 진 것이었다. 심혈을 기울여 완성한 자신의 초식을 방사유가 이토록 간단히 파괴할 줄은 그도 생각지 못했던 것이다.

"별말씀을. 좋은 한수였소."

방사유는 검을 거두며 방금 전 자신을 공격했던 청봉밀밀의 위력에 솔직한 칭찬을 해 주었다. 만약 내공이 더 이어졌다면 방사유 또한 낭패를 당했을 수도 있을 정도로 위력적인 초식이었다.

"이미 패한 초식이오. 당신의 건승을 기원하겠소."

씁쓸한 표정을 지으며 천성혈필이 비무대회에서 내려왔다. 사람들은 방사유가 천성혈필을 이기자 환호성을 질렀다.

비록 비무에 걸린 시간이 매우 짧았지만 호쾌한 비무였다. 사람들은 신속한 공방을 주고받으며 비무를 마무리 지은 두 사람에게 환호한 것이었다.

"내공만 더 이어졌다면 누가 이길지 장담할 수 없을 정도로 뛰어난 초식이군요."

"그런 것 같소. 불과 오 년여 전까지 문사였다는 것이 믿어지지 않을 만큼 훌륭한 초식이었소."

서린과 초쌍쌍은 천성혈필의 초식을 보면서 예사로운 무예가 아님을 알 수 있었다.

만약 검기를 쏘아 낸다면 팔관필은 튀어 나가지 않았을 것이 분명했다. 천성혈필은 검기를 다룰 수 없는 약점을 병기의 도움으로 극복하려 한 것이었다.

만약 천성혈필이 검기를 날릴 수 있는 존재였다면 상황이 많이 달라졌을 것이다. 지금처럼 팔관필을 쳐 내고 천성혈필을 향해 공격을 못했을 것이기 때문이었다.

'천성혈필이라 불리는 자는 저랑과 비슷한 류의 무공을 익힌 자다. 비록 내공이 부족하고 초식의 섬세함이 결여되어 있기는 하지만 본바탕은 매우 훌륭하다. 될 수 있으면 거두어들여야 할 자로군.'

서린은 천성혈필의 자질이 매우 탐났다. 삼관을 통과했다면 나름대로의 실력을 가지고 있을 것이기 때문이다.

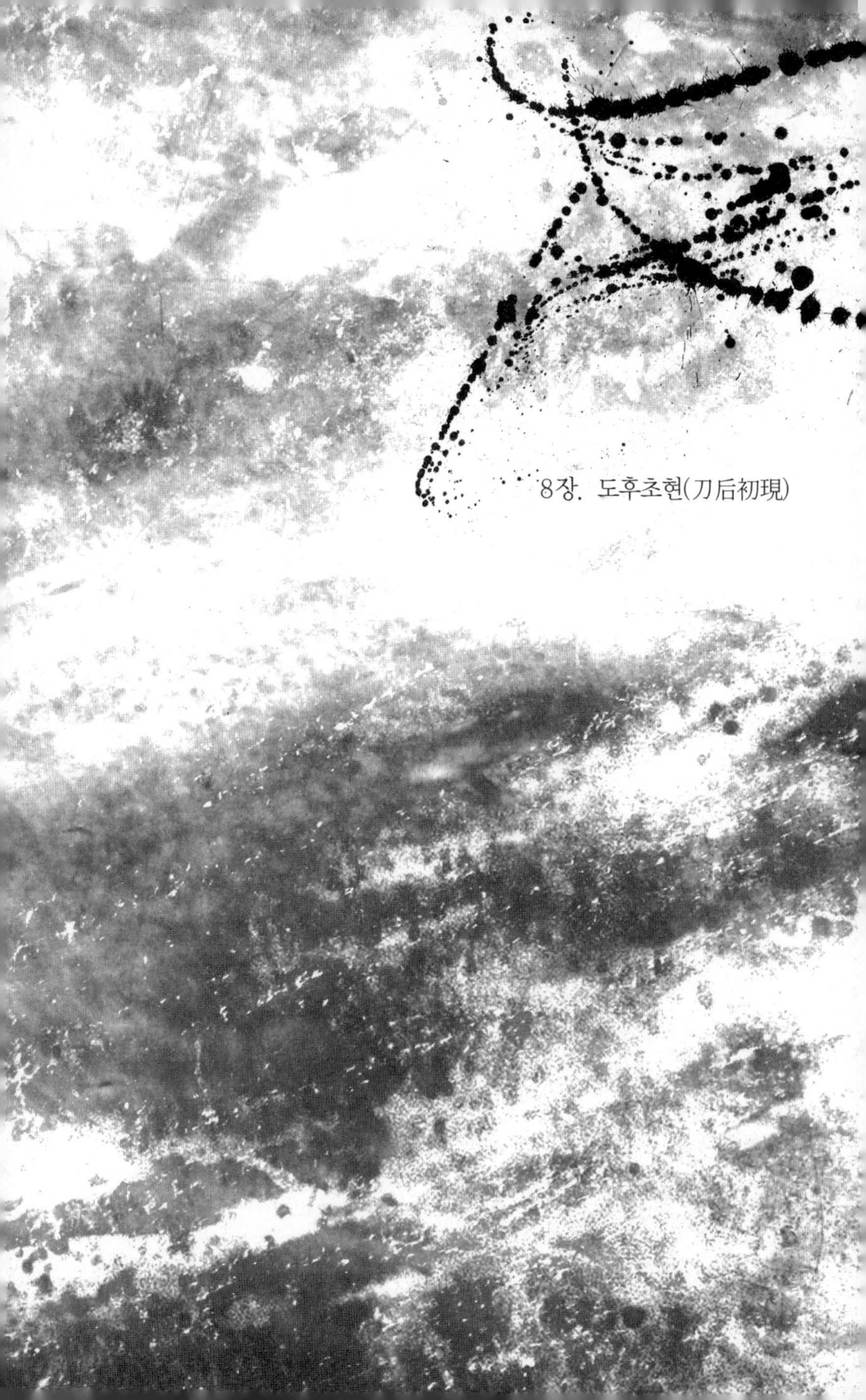

8장. 도후초현(刀后初現)

비무는 계속해서 치러졌다.

방사유는 계속해서 자신의 상대를 기다렸다. 이미 여섯 명의 상대자가 정해진 상태였기 때문이다.

방사유는 차례로 다섯의 비무 대상자를 물리쳤다.

당가의 사람답지 않게 그의 검은 매우 정묘했기 내력 또한 다섯을 감당하기에 충분했다.

"다음은 초 소저 차례가 되겠군요. 먼저 올라가실 생각입니까?"

"글쎄요. 중반 정도에나 올라갈 작정입니다. 힘을 비축하려면 말이죠."

방사유의 차례가 끝나자 누군가 득달같이 비무대 위로

올라갔다. 한 자루 낭아봉을 무기로 삼는 자였는데 보기에도 인상이 험악해 보이는 자였다.

"추혼랑(錐魂狼) 진승곤(瑨勝堃)이로군요."

"아시는 자입니까?"

"아닙니다. 사천 일대의 낭인들 사이에서 유명한 자더군요. 비록 지금은 낭아봉에 독을 묻히지는 않았지만 생사결에서는 독도 사용한다고 하는 자입니다. 무공도 무공이려니와 심성이 독랄하다고 알려진 잡니다."

"저자도 혈교와 한통속인 자입니다. 비무 시에 조심하시기 바랍니다."

서린은 진승곤이 혈교와 연관이 있음을 초쌍쌍에게 알려주었다. 그는 관문 통과자 중 삼관의 대법에 당하지 않았던 자인 것이다.

진승곤의 낭아봉은 매우 날카로운 것이었다. 갈고리처럼 뻗어 나간 끝에는 날카로운 발톱이 시퍼렇게 예기가 서 있었다. 진승곤의 내리 삼 연승을 했다.

낭아봉의 특성상 그와 상대했던 자들은 살점이 뭉텅 뜯기는 낭패를 당해야 했다.

"이제는 나가 봐야겠군요."

초쌍쌍은 비무대 위로 올라갔다.

다른 이들처럼 경공을 발휘한 것이 아니라 비무대 한 옆으로 나 있는 계단을 걸어 올라갔다. 진승곤은 비무대 위로 올라오는 초쌍쌍을 보며 의외의 눈빛을 보였다.

이번 비무대회 참가자 중 여인은 몇 되지 않았기 때문이었다.

특히 초쌍쌍은 삼관을 통과하고 비무대회에 참가한 자 중 유일한 여인이었다.

"크크크, 다치기 전에 스스로 알아서 물러나는 것이 좋을 것이오. 소저!"

진승곤은 초쌍쌍의 몸을 아래위로 훑으며 징그러운 미소를 흘렸다.

"길고 짧은 것은 대 봐야 아는 것 아닌가요?"

"소저의 가녀린 몸에 흉터가 남는다고 해도 어쩔 수 없는 일일 것이오."

"흥! 누가 그렇게 될지는 두고 봐야겠지요."

계속해서 자신의 몸을 훑듯이 살피는 진승곤의 시선에 초쌍쌍은 기분이 별로 좋지를 않았다. 마치 뱀의 눈초리마냥 비위가 상했다.

슈욱!

진승곤의 낭아곤이 초쌍쌍의 유근혈을 노리고 날아왔다. 여인의 치부를 노리는 짓은 강호에서 금기시 되는 일이라 초쌍쌍의 얼굴이 붉게 물들었다.

휘익!

초쌍쌍이 뒤로 피하자 낭아곤이 따라붙었다. 이번에도

계속해서 유근혈을 노리고 있었다.

"뭐하는 짓이냐?"

비무대를 둘러싸고 있는 관전자들의 입에서 야유가 터져 나왔다.

'아무것도 모르는 놈들! 내가 이러고 싶어서 이러는 줄 아느냐? 저 계집은 섣불리 대했다가는 쥐도 새도 모르게 당할 수 있는 실력자라는 말이다.'

강호의 금기인 여인의 유근혈을 노리는 것은 진승곤으로서도 어쩔 수 없는 선택이었다.

신경을 자극한 것까지는 좋았으나 싸늘하게 돌아오는 초쌍쌍의 살기는 그가 지금까지 겪어 본 것 중 가장 강렬한 것이기 때문이었다.

유근혈을 가격한다면 비무에 탈락하겠지만, 그가 진정 노리는 곳은 다른 곳이기에 주변의 야유를 모른 척하고 있는 것이었다.

'비열한 놈!'

초쌍쌍으로서도 이런 진승곤의 행태에 열이 받아 있었다. 정식으로 대결한다면 백여 초면 쓰러뜨릴 상대였다.

하지만 유근혈을 노리고 공격해 오는 낭아봉을 쳐 내다가는 의외의 반격을 당할 공산이 컸다. 흔들거리며 유근혈을 노리고 들어오는 낭아봉은 결코 유근혈만 노리는 것이 아니기 때문이었다.

두 사람이 쫓고 피하는 광경을 바라보며 서린은 초쌍쌍이 곤란한 지경에 빠져 있다는 것을 알 수 있었다.

'저자도 만만히 볼 자가 아니군. 초 소저의 살기를 저런 식으로 해소 시키며 기회를 노릴 줄이야. 초 소저의 살기는 보통의 살기와는 다른 것이다. 그것을 느꼈다면 거의 절정에 반열에 이른 자다. 자신의 실력을 완전히 드러낸다면 초 소저와 좋은 승부를 겨룰 수 있을 만큼 뛰어나니 초 소저도 저렇게 할 수 밖에는 없을 것이다.'

서린만 지금의 상황에 흥미를 느낀 것이 아니었다. 유근혈을 노리고 있는 것 같지만 계속해서 흔들리고 있는 낭아봉의 끝이 다른 곳을 노리고 있다는 것을 비무를 공증하기 위해 나선 광천도 느끼고 있었다.

'초쌍쌍이라는 소저가 초가보의 기대를 한 몸에 받고 있다더니 사실이로군. 수치스러워 얼굴을 붉히는 것 같지만 움직이는 신형이 한 치의 흔들림도 없다. 그나저나 저자는 어찌 된 인간인가? 낭인이라고 알려진 자가 저런 실력을 가지고 있다니 말이다. 비록 실력을 감추고는 있지만 내 눈은 속일 수 없지. 자신의 실력을 완전히 발휘한다면 저런 모습을 보이지 않고도 초 소저와 좋은 대결을 벌일 수도 있을 것이거늘…….'

광천은 심유한 눈빛으로 두 사람의 비무를 지켜보았다. 세인들의 야유와는 달리 속 안에 든 기세는 험난하기 그지

없는 비무였기에 그도 관심을 가진 것이었다.

휘리리릭!

계속해서 피하기만 하던 초쌍쌍은 허리춤에 차고 있던 연도를 풀었다. 피하기만 해서는 아무것도 되지 않는다는 것을 안 때문이다.

비록 진승곤이 비겁한 짓을 하고 있지만 발도부터 이어지는 자신의 공세를 막을 수 있는 효과적인 방법이었기에 어쩔 수 없이 연도를 꺼낸 것이었다.

춤추듯 허공을 수놓은 연도는 진승곤을 물러나게 했다. 먹이를 노리는 뱀처럼 낭아곤을 피해 진승곤의 천돌혈을 파고들었기 때문이었다.

챙!

진승곤이 물러나자 연도에 진기를 주입한 탓인지 하늘거리던 연도가 일자로 곤두세워졌다.

천비섬환(天飛閃環)이라 불리는 초쌍쌍의 섬전연환도(閃電連環刀)는 발도로부터 시작해 일거에 적을 베는 것이었지만 진승곤의 행태로 인해 어쩔 수 없이 다른 도법을 구사하려는 것이었다.

지이잉!

진기가 계속해서 주입되자 연도가 연신 도명(刀鳴)을 토해 냈다. 초쌍쌍은 도병을 잡은 손을 서서히 움직여 눈높이와 맞춰 수평으로 들었다.

왼손은 도배(刀背)를 오른손으로는 도병을 잡은 그녀의 도에서는 날 서린 도기가 물씬거리기 시작했다.

'이거 잘못하면 질 수도 있겠군. 어떻게 해야 하는가?'

흘러나오는 기세가 심상치 않음을 느낀 진승곤은 생각이 많을 수밖에 없었다. 이번 비무대회에 참가한 목적을 달성하려면 일단 이십 강 안에는 들어야 했다.

하지만 진재절학을 드러내지 않고는 아무래도 초쌍쌍을 이긴다는 것은 불가능해 보였다.

그의 시선이 장문인들이 비무를 참관하고 있는 대 위로 향했다. 이런 상황에서 어떻게 할지 혼자서는 판단하지 못했기에 자신의 상급자에게 지시를 받기 위해서였다.

—실력을 다 보이지는 마라. 대등하게 대결하는 모습을 보인 후에 져 주어라. 어차피 저 계집은 우리의 꼭두각시니 십 강 안에 드는 것이 좋다.

전음이 들려왔다. 언제나 복면을 하고 나타나 명령을 내리던 상관의 목소리였다. 얼굴은 모르지만 대 위에 있는 자들 중의 자신의 상관이 명령을 내린 것이다.

'으음, 져 주라는 말인가? 쉽지 않은 일이로군. 저 계집과 대등하게 싸우려면 어느 정도 손해를 감수해야 할 테니…….'

진승곤은 어느 정도 손해를 감수하기로 했다. 관문 통과자 중에 기본적인 실력이 있는 자들은 명문정파의 무공을 공개 후 무림맹에 입맹할 수 있는 자격이 주어지기 때문이었다.

늑대의 발톱 같은 낭아곤이 지면을 향했다. 기수식을 취하고 있는 초쌍쌍의 초식을 상대하기 위해 세인에게 알려져 있는 자신의 최고 초식을 시전하기 위해서였다.

"차앗! 낭아천설(狼牙天殺)!!"

낭아곤의 날카로운 발톱이 사선을 그리며 초쌍쌍을 덮쳐갔다. 사슴을 덮치는 이리의 이빨처럼 푸르스름한 기운이 발톱 끝에 맺혀 있었다.

땅!

초쌍쌍의 연도가 사선으로 그어진 낭아곤을 막아 내자 불꽃이 튀었다. 휘어지는 연도의 특성을 전혀 찾아볼 수 없었다. 일반 도처럼 낭아곤을 막아 낸 것이다.

휘이익!

진승곤의 낭아곤이 풍차처럼 돌았다. 낭아곤의 후면에는 뾰족하지는 않지만 날이 예리하게 서 있는 반월형의 작은 부월(斧鉞)이 달려 있었다.

중심을 잡고 공격하던 낭아곤이 연도에 막히자 회전하며 정수리를 향해 다시 날아든 것이었다. 처음 공격부터 막힌 후의 후속 공격까지 방금 전까지 치졸하던 모습을 찾아볼 수 없을 군더더기 하나 없는 깔끔한 연속기였다.

당황한 것은 초쌍쌍이었다.

곤 종류의 무기는 부딪치면 반탄력 때문에 의해 같은 방향으로의 회전을 이용한 공격이 힘들다는 것은 무가의 상식임에도 진승곤의 공격은 그런 상식을 뒤집는 것이었기 때문이었다.

스스슥!

번쩍!!

하지만 당황한 것도 잠시 초쌍쌍의 신형이 한 자 정도 우측으로 이동하며 연도를 뻗었다. 구름 뒤에 숨었다가 펴져 나오는 햇살처럼 빛을 뿌리며 진승곤을 감쌌다.

"무슨 일이야?"

"그러게 어떻게 된 거지?"

두 사람의 지켜보던 모든 이들의 눈이 의아한 듯 비무대 위로 모아졌다. 빛과 함께 시작된 초쌍쌍의 공격을 그 누구도 볼 수 없었던 것이다.

어느새 다가왔는지 초쌍쌍은 진승곤의 일보 앞에 서 있었다. 또한 뻣뻣하게 세워졌던 연도가 어느새 진승곤의 목에 감겨 있었기 때문이었다.

"사술인가?"

"이 사람아! 사술이라면 굉천선사가 가만히 있겠어?"

"그럼 어떻게 된 건가? 저기 대 위에 있는 장문인들도 제대로 보지 못한 것 같으니 말이야."

무림인들의 말대로 대 위에서 비무를 관전하던 무림명숙

들 중에도 당혹해하는 이가 상당수 있었다.

"설명해 주시오. 이것이 어떻게 된 것이오?"

"어떻게 된 거요."

비무를 지켜보던 많은 무림인들이 목소리를 높이며 굉천선사의 판정을 요구하고 있었다.

"조용히들 하시오."

웅성거리는 소리는 굉천선사의 중후한 사자후에 잦아들었다.

"소승이 설명을 드리겠소. 결론적으로 말씀 드린다면 저기 초 소저가 시전 한 도법은 사술이 아니라는 것을 알려 드리는 바이오. 여러분도 석년의 초씨세가를 기억하고 있을 것이오. 여러분은 마교와의 일전을 불사한 초씨세가가 멸문하지 않고 지금까지 명맥을 유지해 오고 있는 이유가 무엇인지 아시오?"

굉천은 말을 마친 후 좌중을 돌아보았다.

"그 이유가 무엇이오? 그리고 방금 초 소저가 보여 준 무공이 그것하고는 무슨 상관있다는 말이오."

하얀 백의를 입은 중년인이 좌중을 대표해 나섰다.

"비환도(飛丸刀) 갈무승(葛繆陞) 대협이시군요."

중년인의 말에 굉천이 아는 척을 했다. 두 자루 비환도로 하북에서 명성을 날리고 있는 갈무승은 전부터 안면이 있던 터였다.

"오랜만이오, 굉천선사."

"관련이 있습니다. 당시 초씨세가의 가주셨던 비섬천도(飛閃千刀) 초무한(楚武翰) 대협은 마교의 십대천마 중 하나인 마령도와 자웅을 겨루었소. 누가 보나 초 대협은 마령도의 상대가 되지 않는 싸움이었소. 마령도는 그 당시 신주제일마도(新州第一魔刀)라 불리며 도에 있어서는 적수를 찾아볼 수 없는 고수였으니 말입니다. 그런데 초 대협이 심각한 중상을 입었지만 결과는 초 대협의 승리였소. 이것은 여러분도 익히 아시는 사실일 것이오."

"그것은 맞는 말이오. 나 또한 초 대협이 가까스로 이겼다는 이야기는 들은 바 있소."

갈무승이 굉천선사의 말에 맞장구를 쳐 주었다. 강호에는 갈무승이 알고 있는 것처럼 알려진 것이 사실이었기 때문이었다.

"제가 지금 말씀 드리는 것은 구파일방에서도 몇몇만이 알고 있는 사실이지만 오늘 초 소저의 무공을 설명하기 위해 강호제현께 말씀드리지 않을 수 없군요. 그 당시 초 대협은 미완의 도법을 완성해 나가고 있었소. 초 대협은 미완의 무공이지만 그것을 씀으로 인해 마령도를 간신히 누를 수가 있었던 것이오. 완전하지 않았기에 초 대협 또한 심각한 내상을 입었고 그로 인해 오늘날 초씨세가의 성세가 이만큼 줄어들었던 것이오. 그 무공은 방금 전 초 소저가 선

보였소. 빛과 함께 찾아드는 환상의 섬도, 바로 섬전연환도(閃電連環刀)라는 도법이오. 초 소저 제가 제대로 설명을 한 건가요?"

굉천선사는 설명을 마치고 초쌍쌍을 바라보았다. 자신의 설명이 맞느냐는 동의를 구한 것이었다.

"맞아요, 굉천선사님. 역시 소림의 장경각을 맡고 계시는 분답게 정확하게 아시는군요. 방금 제가 펼친 초식은 섬전연환도의 일초인 광섬천변(光閃千變)이에요."

"역시 그렇군요. 초씨세가에서는 환상의 도법이라는 섬전연환도를 완성시킨 것이로군요."

굉천선사와 초쌍쌍의 대화를 들으며 관전자들은 방금 전 자신들의 눈을 환하게 밝힌 것이 무공임을 확인할 수 있었다.

"와! 와!"

좌중이 들썩였다. 비록 실체를 확인하지는 못했지만 환상의 도법이 나타났다는 사실에 모두들 환성을 질러 댄 것이었다. 심지어는 검각의 검후(劍后)와 더불어 도후(刀后)가 탄생한 것이 아니냐는 말까지 오갔다.

"이번 승자는 초씨세가의 초쌍쌍 소저요."

굉천선사는 초쌍쌍의 승리를 공인했다.

휘리리릭!

굉천선사의 선언에 초쌍쌍은 진승곤의 목을 감고 있는

연도를 거두어들였다.

“어쩔 수 없다고는 하지만 다음부터는 그런 식으로 방어하지 마세요. 이번 일은 비무라 용서하겠지만 다음에는 용서가 없을 테니까요.”

“미안하게 됐소.”

진승곤의 서릿발 같은 초쌍쌍의 말에 무뚝뚝하게 말을 내뱉고는 비무대를 내려갔다.

“초쌍쌍 소저가 승리를 했으니 이번 조에 속한 마지막 한 분께서는 도전을 하실 차례요. 도전하시겠소.”

초쌍쌍이 속한 조의 여섯 명 중 남아 있는 자는 개방에서 추천한 자였다.

“저는 기권하겠습니다. 초 소저의 연도를 도저히 감당할 자신이 없군요.”

비무대 아래 있는 거지 하나가 기권을 선언했다. 개방에서 후개의 후보 중 하나로 명성을 얻고 있는 궁일취(窮?醉) 조민현(曺珉賢)이었다.

“호오! 궁일취가 비무를 마다할 때도 있다니 참으로 놀라운 일이로군요.”

“저 또한 섬전연환도에 자세히 알고 있습니다. 우리 개방에도 그만한 정보력은 있으니까요. 지금은 초 소저가 일초만 사용했으니 망정이지 만약 이초를 전개했다간 초 소저가 원하는 것이 아니더라도 나만 목이 떨어질 텐데 무엇하러 도전을 하겠습니까. 저는 고사할 테니 초 소저를 다음 회전의 진출자로 선정하시지요."

"하하하! 궁일취께서 그리 말씀하시니 그렇게 하겠습니다. 초 소저가 시전 하는 섬전연환도의 이초는 저로서도 감당하지 못하는 것이니 말입니다."

굉천선사는 다음 회전의 진출자로 초쌍쌍을 확정지었다.

놀라운 무위로 좌중을 압도했는지라 곳곳에서 함성이 터져 나왔다.

초쌍쌍은 궁일취의 기권으로 이 회전 진출을 확정 지은 후 비무대에서 내려왔다. 그녀가 보여 준 놀라운 무위는 좌중의 화제가 되었다.

특히 궁일취가 언급한 섬전연환도의 이초에 대한 궁금증이 그것을 더욱 부추겼다.

"허허허, 놀라운 아이가 아니오?"

당무결은 비무대에서 내려오는 초쌍쌍을 보며 놀라움을 감추지 않았다. 자신의 눈으로도 간신히 확인한 도의 움직임은 그야말로 폭발적이었다.

가문의 절기인 만천화우가 부드러운 가운데 사방을 덮어버리는 것이라면, 초쌍쌍의 섬전연환도는 강(强) 가운데 극쾌(極快)의 환(幻)을 포함하고 있는 것이었다.

"그렇군요. 진정한 섬전연환도가 저 아이에게서 복원이 되다니 말입니다. 저로서도 말로만 들었지 저런 위력을 지니고 있는지는 몰랐습니다. 진승곤이란 자도 만만한 자가 아닌 것 같았는데 손 한번 써 보지 못하고 당하니 말입니다."

"나도 겨우 도세를 보았소. 하지만 저런 강렬한 폭광이 어떻게 뻗어 나오는 것인지 알다가도 모를 일이오. 비섬천도라 불리던 석년의 초무한 대협도 저런 모습을 보이지 않았다고 하는데 말이오."

"그러게 말입니다. 그저 흰 백광이 도세를 따라 마령도를 위협했다고 했습니다. 더욱 무서운 것은 이초라고 했었지요. 자령간허(紫翎間虛)라고 했던가요. 그 초식의 이름 말입니다."

"그런 것 같소. 당시 초무한 대협과 마령도의 접전 시 자색의 기운이 일렁이고 난 후 마령도의 가슴에 피가 솟구쳤다고 했으니 말이오. 그로 인해 초 대협도 내상을 입었다고 하고 말입니다."

"그 당시 초무한 대협은 완성하지 않은 섬전연환도를 상당히 안타까워했다고 하는데 초 소저가 완성을 했으니 지하에서나마 웃고 있을 것 같습니다. 도후가 초씨세가에서 탄생했으니 말입니다."

제갈상운의 말에 두 사람의 대화를 듣고 있던 각파의 장문인들과 명숙들은 고개를 끄덕였다.

비록 보여 준 것이 일초에 불과했지만 그들도 무림에 도후가 탄생했다는 것을 인식하기 시작한 것이다.

초쌍쌍의 등장으로 비무대회의 열기는 한층 더 고조되었다. 어린 나이에 절정고수의 반열에 든 사람이 나타난 탓이었다. 또한 이어지는 비무들이 박진감이 넘쳐흘렀기 때문이기도 했다.

이번에 대대적으로 명문정파에서 가려 뽑은 이대제자들의 참가로 비무의 질이 높아졌을 뿐 아니라, 관문 통과자들 또한 이미 일류고수를 상회하는 수준이라 점점 더 열기를 더해 가고 있었다.

좀처럼 보기 힘든 명문정파의 절예들이 은하수처럼 펼쳐지고 한 방면에 이름을 날리는 관문 통과자들의 면면이 비무대회를 열광의 도가니로 몰아가고 있었던 것이다.

서린의 차례는 세 번째 비무대의 마지막 조였다. 서린은 앞 조의 비무들이 끝나자 곧바로 비무대로 올라갔다.

한 조의 비무 인원이 여섯 명이라, 자신의 상대가 될 다섯 명 모두와 비무를 하고 싶었기 때문이었다.

"본인은 북경 천잔도문의 천서린이라 하오. 강호제현께 처음 인사드립니다."

서린은 비무대에 올라서자마자 관중을 향해 포권을 하며 인사를 했다. 또한 비무의 공증인인 굉천선사를 향해 인사를 했다.

"우와! 저 사람이 북경에서 욱일승천하는 기세로 세력을 확장하고 있다는 천잔도문의 사람이야?"

"천서린이라면 천잔도문의 소문주가 아닌가?"

"천잔도문이 장백파의 속가제일문이라는 이야기를 하는 것을 보니 이번에 장백파에서는 모두 세 명을 출전시킨 것이나 마찬가지로군."

"아니, 그게 무슨 소린가?"

"저쪽 가운데와 끝에 있는 비무대에 장백파의 장령제자라는 유상호라는 사람과 사천당문 출신이면서 장백파에 몸을 담은 당삼걸이 출전했다고 하네."

"호오! 그런가? 장백파가 요동의 오지에 있는 문파인데 이번에 문파의 세가 커지겠군. 웬만한 문파들이 거의 한 명 정도 출전을 했는데 말이야."

"장백의 무예가 신비롭다는 소리는 들었네. 구파일방에서도 인정을 한다고 하더군."

"그럼 이번 비무도 재미있겠군. 나이를 보아하니 이제 스무 살 정도 되어 보이는데 말이야."

사람들은 서린이 출전하자 저마다 천잔도문과 장백파에 대해 이야기하기를 주저하지 않았다.

당금 무림에 가장 큰 선풍을 일으키고 있는 것은 장백파의 도약이었다. 변방 오지의 그저 그런 문파라고 인식해 오던 장백파의 영향력이 북경과 요녕, 산서, 산동까지 미치고 있었다.

당금 장백파의 성세를 볼 때 구파일방에 비해 모자란 것이 하나 없었다. 오히려 더욱 넘친다고 할 수 있었다. 그것은 장백파를 받치고 있는 속가의 두 방파 때문이었다.

전통의 명문이자 나라를 세웠던 역사를 가지고 있는 모용세가와 북경을 통일하고 황궁과도 밀접한 연관을 맺고 있는 천잔도문이 바로 장백파의 속가를 자처한 때문이었다.

모용세가가 무림에서 차지하는 위치는 적지 않은 것이었다. 요녕성 일원에서는 거의 구파일방의 위세와 버금가는 것이 모용세가였다.

또한 천잔도문은 그저 그런 흑도방파였다가 위세가 확장되기 시작한 것은 얼마 되지 않았다.

그들의 이름이 무림에 퍼지기 시작한 것은 오 년 전서부터였다. 강호에서 천잔도문을 별 볼 일 없는 흑도방파였다고 생각했던 것은 오산이었다.

천잔도문이 세를 확장하기 위해 문을 활짝 열고 나서자 강호가 떠들썩할 수밖에 없었다. 천잔도문에 포진하고 있는 사람들의 면면이 예사로운 것이 아니었기 때문이었다.

산서에서 강시권이라 불리는 언가권의 명문 진주언가와 비교해도 끌리지 않았던 권기(拳奇) 나장호(羅壯淏), 산동제일도라 불리던 표혈도(彪血刀) 진세충(榗歲忠)을 비롯해 홀로 독보천하(獨步天下)하는 고수들이 있는 것은 물론이요.

무엇보다 놀라운 것은 장백파의 일대제자들과 장로급 몇몇이 천잔도문의 무공교두로 장백파의 무공을 사사하고 있다는 것이었다.

비록 위세가 떨어지기는 하지만 명문정파라 일컬어지던 장백파가 어째서 흑도방파인 천잔도문을 지원하는지 강호인들은 의아했지만 그 이유는 얼마 지나지 않아 밝혀졌다.

강호사절(江湖四絕)중 하나인 백절광자(百絕狂者)가 천잔도문과 인연을 맺었었고, 그로 인해 개과천선 후 장백파의 속가로 거듭났다는 것이었다.

사람들은 의아해했지만 개방의 인정으로 천잔도문이 정파로서 장백파의 속가임을 인정하지 않을 수 없었다.

개방의 발표로 백절광자와 인연을 맺은 후 그 어떤 명문정파보다 공명정대하며 민초들을 위해 애쓴 것이 밝혀졌기 때문이었다.

그다음부터는 욱일승천의 기세를 탄 천잔도문은 북경을 완전히 장악하는 것은 물론 산서와 산동을 아우르더니, 지금은 명문 남궁세가가 버티고 있는 안휘까지 조금씩 영향력을 확대하는 중이었던 것이다.

천서린이 그런 천잔도문의 소문주라는 사실로 인해 장내가 술렁거렸다.

그런 술렁임은 다른 비무대로까지 퍼져 있었다. 공교롭게도 세 개의 비무대 위에 올라 있는 사람들은 모두 장백파와 인연이 있는 사람들이었기 때문이었다.

가운데 비무대에는 장백파의 장령제자인 호결아(虎抉牙) 윤상호(尹像虎)가 양쪽에는 삼양신장(三陽神將) 당삼걸(唐參傑)과 서린이 올라와 있었던 것이다.

"이거 마치 짠 것 같지 않은가?"

"하하하! 그러게 말이네. 각 비무대마다 마지막 조에 저들 세 사람을 집어넣은 것을 보면 구파일방이나 오대세가에서 장백파를 바라보는 시선이 곱지만은 않은 것 같으니 말이야."

"아니? 그게 무슨 뜻인가?"

"잘 생각해 보게. 장백파의 이런 기세라면 구파일방이 아니라 십파일방이라고 불러야 할 것이네. 하지만 강호의 전통상 언제나 구파일방으로 불리어 왔지. 그러니 지금 구파일방 중 하나가 구파에서 빠질 수도 있으니 걱정이 되지 않겠나. 그리고 지금 천잔도문은 안휘의 남궁세가와 산서의 진주언가와 상권에서 부딪치고 있는 중이네. 그러니 달갑게 볼 수가 없겠지."

"그렇기도 하겠군."

"저기 이번 조의 비무자 명단을 한번 보게."

"뭔데 그러나? 아니!"

"봤나? 저 안에 있는 자들 중 각 비무대 마다 십 강 안에 들어도 손색이 없는 자들이 둘씩 이상 들어 있네. 저기 천잔도문의 소문주가 속한 조는 그 수가 무려 셋이나 되네. 이건 고의로 장백파를 떨어뜨려 수치를 주려는 것이 아니면 짤 수 없는 편성이라는 말이네."

"으음, 그럴 수가!"

비무를 관전하던 두 사람 말대로 이번 각조에는 예상외의 강자들이 많았다. 지나간 비무의 조에서도 그에 못지않기는 했지만 이번에는 경우가 조금 틀렸다.

전통의 명문 중 명문이며 달리 삼대 거파라 불리는 소림, 무당, 화산의 장문제자들이 각조에 한 명씩 포진해 있었고, 또한 명문정파의 장로급 무위를 지녔다는 강호사령(江湖四靈)이라 불리는 강자들이 각 조에 들어가 있었기 때문이었다.

"장백파의 망신이냐, 아니면 도약이냐가 이번 비무대회에서 결정이 되겠군."

"그렇지. 만약 이번 비무대회에서 둘 이상 올라간다면 장백파는 구파일방과 어깨를 나란히 할 수 있을 것이고, 한 명이 올라가거나 모두 떨어진다면 위세가 한풀 꺾일 것이네."

"그렇게 될 확률이 높겠군."

비무를 참관하러 온 무림인들이나 대 위에서 비무를 지켜보는 장문인들과 명숙들의 마음은 한 가지였다. 과연 장백파의 기세가 어디까지 갈 것인가 하는 것이었다.

장백파의 무예는 잘 알려지지 않고 있었다. 그나마 이름을 떨친 것이 일 갑자 전 행방을 감춘 백절광자였다.

당시 무림 백대고수와의 비무행은 일약 그를 유명하게 했다. 패한 것이 많아 전적이 그리 썩 좋지는 않았지만 그를 유명하게 한 것은 무림 백대고수와의 비무에서 그가 살아남았다는 것이었다.

전신 타격기를 익힌 그와 비무해 본 백대고수들의 평은 그가 권법과 각법에 일절이라는 표현을 서슴지 않았다. 비록 자신들에게 지기는 했어도 반 초에서 삼사 초 차이가 대부분이었기 때문이었다.

하지만 그 이외에 장백파의 인물로서 강호에 이름을 떨친 자는 거의 전무했다. 그저 은자의 문파로서 세인들의 뇌리에 기억되고 있었을 뿐이었던 것이다.

서린은 그런 세인들의 소리를 들을 수 있었다. 마치 잘 짜진 각본처럼 공교롭게 만들어진 비무 방식에서 뭔가를 느낄 수 있었다.

'시험인가? 후후! 그럼 장백파의 무예를 보여 줄 필요가 있겠군. 그 아이가 계획하는 일을 위해서라도 말이야.'

서린은 이번 일이 혈교의 입김이 들어갔을 확률이 높다고 여겼다.

특히 혈루비라 불리는 자들의 입김이 크게 작용했을 것이라는 것은 불문가지였다.

—신위를 제대로 보여 주시기 바랍니다.

서린은 윤상호에게 전음을 보냈다. 어느 정도 장백의 무예를 선보이는 것이 좋을 것 같아서였다.

—알았네.

윤상호 또한 장내의 분위기를 읽은 것인지 당삼걸에게 같은 내용을 전음으로 전했다.

—사제, 최선을 다하게.

—염려 마십시오.

두 사람의 대화가 퍼지자 소란이 일었고, 장내의 소란이 수그러들지를 않자 대 위에 있던 제갈상운이 나섰다.

"조용히 하시오."

진기를 실은 탓인지 그의 목소리는 장내의 모든 사람들이 들을 수 있었다.

"이번 비무대회에 참가한 사람들은 실력이 백지 한 장 차이요. 지금까지의 비무가 그것을 말해 주고 있소. 비록 마지막 조에 속한 자들의 이름이 강호에 높다고는 하지만, 가진바 실력은 정말 백지 한 장 차이요. 그리고 마지막 조에 이름이 높은 사람들을 배치한 것은 이번 비무대회의 흥을 돋우고자 함이오. 어차피 이번 비무대회에 참가하는 사람들에게는 이미 각파에서 기중한 무공비급을 열람할 기회가 주어져 있소. 그들의 실력을 아깝기에 논의 끝에 결정이 난 것이오. 다만 우승자에게 상품이 주어진다는 것만이 다를 뿐이오. 그러니 강호제현께서는 논란을 멈추시고 비무를 관전해 주시기 바라오."

제갈상운이 말에 좌중에서 일던 소란이 잦아들었다.

우승자를 제외한 각자에게 주어지는 혜택이 같다면 별 문제가 없겠지만 세인들은 구파일방과 오대세가에서 장백파를 견제하려는 느낌을 지울 수가 없었다.

말이 그렇지 실력이 비슷한 사람들을 상대로 연이어 비무를 벌인다는 것은 패배를 자초하는 것이나 마찬가지였기 때문이었다.

"세 분 선사들께서는 비무를 계속 진행시켜 주시기 바랍니다."

제갈상운은 비무를 계속 진행시키도록 했다. 장백파의 인물들이 거의 동시에 올라왔고 이제 그들에게 도전할 자들이 오르면 되는 형세였다.

"이제 비무를 시작하겠네. 이의가 없나?"

굉천선사가 서린에게 물었다. 이미 먼저 올라온 이상 다시 내려간다는 것은 패배를 자초하는 것이기에 서린으로서는 비무가 시작되기를 기다리는 수밖에 없었다.

"상관없습니다. 어서 시작하지요. 준비된 무대에서 열심히 놀아 주는 것도 예의니까요. 그런데 한 가지 부탁을 좀 해도 되겠습니까."

'갈무리된 기운이나 호기로운 마음이나 좀 더 자란다면

큰 인물이 될 젊은이로구나. 그런데 무슨 부탁을 하려고……. 웬만하면 들어주고 싶구나.'

호기롭게 비무를 시작하려는 서린이 굉천선사는 단단히 마음에 들었다. 비무에 지장이 없는 한 서린의 부탁을 들어주려는 마음이었다.

"무엇인데 그러나?"

"미리 비무에 순서를 정해 주셨으면 합니다. 한꺼번에 올라오라고 말하고 싶습니다만 비무의 규칙상 한 명씩 상대해야 하니 한 사람이 패배하면 곧바로 비무대 위로 다음 사람이 올라올 수 있도록 순번을 매겨 주셨으면 해서요."

"허허……!"

굉천선사는 서린의 말에 기가 막혔다. 이번 조에 참가한 이들의 면면은 그렇게 얕볼 수 있는 상대들이 아니었다.

장래 화산의 제일검이 할 수 있는 추운신검(秋雲神劍) 종민호(棕敏虎)와 도령(刀靈) 태충(泰充), 그리고 나머지 세 명도 만만히 볼 수 없는 자들이었다. 이들 다섯 명과 연속으로 맞선다는 것은 각파의 장문인들도 힘든 일이었기 때문이었다.

휘이이익!

"하늘 높은 줄 모르는구나. 천잔도문의 성세가 크다고는 하지만 강호라는 곳이 너 같이 어린 하룻강아지가 설칠 수 있는 곳이 아니다."

비무대 위로 올라온 이는 삼가진권(三加震拳) 허인중(許洛重)이었다. 사천성 일원에서 활약하는 자로 권풍을 내치면 세 번의 벼락같은 소리가 일어난다는 삼가진권을 익히고 있는 자였다. 자신들을 무시하는 서린의 말에 버릇을 고쳐주고자 나선 것이다.

추운신검이나 도령과 한 조가 되었을 때 이미 이기는 것은 포기했으나 비무를 통해 자신의 실력을 가늠해 보고자 했던 그는 자신들은 안중에도 없는 서린의 말에 분노를 느꼈던 것이다.

"선사께서 순번을 매길 필요도 없겠군요. 이미 이렇게 올라왔으니 말입니다."

서린은 허인중을 노려보았다. 밑에 있는 자들도 가양각색의 표정으로 서린을 쳐다보았다.

추운신검이나 도령은 팔짱을 끼고 흥미로운 눈길로 구경하고 있었고, 나머지 두 사람은 분노의 기색이 가득 담긴 얼굴로 서린을 노려보고 있었다.

"자네 말대로군. 그럼 비무를 시작하도록 하지."

광천선사는 비무대에서 내려와 한쪽으로 물러서 공증인석으로 갔다.

이제 비무가 시작되는 것이다.

팡!

광천선사가 공증인석에 착석하는 것을 보자 허인중은 진

각을 밟았다. 청석으로 만들어진 바닥이 반 치 가량 들어가며 먼지를 피워 올렸다.

"차앗! 뇌전벽풍(雷電碧風)!"

허인중은 느릿하게 주먹을 앞으로 뻗었다.

문파의 힘만 믿고 위세를 보이는 강호에 이름도 없는 애송이에게 본때를 보여 줄 심산으로 처음부터 자신의 절초 중 하나를 펼친 것이었다.

휘이이익!

우르르릉!

바람이 일며 우뢰가 치는 듯한 소리가 들려 나왔다. 허인중의 권에서 발생한 풍압이 대기를 흔들며 서린을 향해 몰려갔다.

"전이혼(轉移魂) 이접(移接)!"

밀려오는 권풍을 보며 서린은 손바닥을 폈다.

어떤 기운이든 끌어들여 자신의 기운으로 사용할 수 있는 사사밀혼심법의 삼단계인 전이혼 중 이회접목의 수법이 펼쳐진 것이었다.

'이런!!'

허인중은 자신의 권풍이 서린의 손에 의해 이끌려 자신이 원하는 형태로 뻗어 나가지 않자 당혹해졌다.

휘이익! 펑!!

서린의 손바닥이 원을 그리며 바닥으로 향하자 권경이

청석의 바닥을 치며 폭음이 들렸다.

"하하! 대단한 이화접목의 수법이로다."

별로 힘들이지 않고 상대방의 경력을 이끌어 청석 바닥으로 유도한 서린을 보며 대 위의 인물들은 감탄을 터트렸다.

'이화접목하고는 차원이 다른 것이다. 분명 바닥을 친 것은 삼가신권의 권경이 대부분 사라지고 난 뒤였다. 대부분 서린이란 사람에게 경력이 흡수됐어. 이런 무공이 있다니…….'

가까이서 지켜본 굉천은 서린의 수법이 예사로운 것이 아님을 느꼈다. 대부분의 권경을 흘린 것이 아니라 서린이 흡수한 것을 본 때문이었다.

당혹한 것은 허인중 또한 마찬가지였다.

'어디로 사라진 것이란 말인가? 동종의 기운도 아니고 살기까지 섞인 기운을 흡수한다는 것은 말도 안 되는 소리건만!!'

마치 바다에 돌을 던지듯 서린에게 향한 경력이 흔적도 없이 사라진 때문이다.

요란하게 바닥을 두드리는 소리가 났지만 자신이 내뻗은 권경은 그 정도로 끝나는 것이 아니었다.

온전한 이화접목이었다면 적어도 한 치 이상은 파고들어야 정상이거늘 먼지만 날릴 뿐 청석은 아무런 이상이 없었기 때문이었다.

"차앗!"

파파파팡!!

서린의 신형이 청석을 박차며 허인중에 달려들었다. 방위를 밟는 것도 아니고 그저 최대한 빠른 속도로 접근하는 것이었다.

"에잇!"

파파팟!

허인중은 삼 권을 연이어 내질렀다.

우르르르릉!

권경은 이미 뻗어 나갔고 뒤이어 우레 소리가 메아리치며 뒤를 쫓았다.

스르르륵!

서린의 신형이 사라진 것은 삼재를 형성하며 날아드는 권경이 그의 몸에 부딪치기 직전이었다. 신기루가 사라지듯 비무대 위에서 서린의 신형이 꺼진 것이었다.

사밀야혼이었다. 사사묵련의 사람이라면 누구나 익히는 신법이지만 대성한 이가 손에 꼽을 정도로 난해한 보법이었다.

하나 삼 성 정도만 익히고 있어도 웬만한 강호문파의 보법보다 나은 것이 바로 사밀야혼이었다. 서린은 이것을 거의 대성한 상태였다.

비록 원래의 사밀야혼과는 다른 형태지만, 그것을 기초로, 보다 뛰어난 보법을 스스로 창안한 후 거의 십일 성까지 익힌 상태였던 것이다.

허인중의 눈이 순식간에 사방으로 향했다.

자신의 뒤에 있을까 하는 생각에 신형을 돌렸지만 아무 곳에도 서린의 모습은 보이지 않았다.

"차앗! 팔방회벽(八方廻壁)!!"

파파파파파팟!!

서린의 신형이 보이지 않자 허인중은 사방으로 권경을 뿌렸다. 전후좌우와 허공까지 그의 권풍으로 사방이 물들었다.

우르르르르!

벽력이 이는 소리가 비무대 위에서 사방으로 메아리 쳤다. 경풍이 회오리치며 일어나고 있었다.

〈『혈왕전서』 제7권에서 계속〉

BBULMEDIA

http://www.bbulmedia.com